锯板桥

JUBANQIAO

徐春林 著

百花洲文艺出版社
BAIHUAZHOU LITERATURE AND ART PRESS

图书在版编目（CIP）数据

锯板桥 / 徐春林著 . — 南昌：百花洲文艺出版社，
2023.5

ISBN 978-7-5500-5153-9

Ⅰ.①锯… Ⅱ.①徐… Ⅲ.①长篇小说 – 中国 – 当代
Ⅳ.① I247.5

中国国家版本馆 CIP 数据核字（2023）第 067673 号

锯板桥

徐春林 著

出 版 人	陈　波	
策划编辑	朱　强	
责任编辑	杨　萍　田　瑞	
书籍设计	方　方	
出版发行	百花洲文艺出版社	
社　　址	南昌市红谷滩区世贸路898号博能中心Ⅰ期A座20楼	
邮　　编	330038	
经　　销	全国新华书店	
印　　刷	江西千叶彩印有限公司	
开　　本	710mm×1000mm　1/16　印张14.5	
版　　次	2023年11月第1版	
印　　次	2023年11月第1次印刷	
字　　数	220千字	
书　　号	ISBN 978-7-5500-5153-9	
定　　价	58.00元	

赣版权登字 05-2023-96
邮购联系　0791-86895108
网　　址　http://www.bhzwy.com
图书若有印装错误，影响阅读，可向承印厂联系调换。

目录
CONTENTS

一

丙德老汉是我外公，一个黑汉，属马，生于民国十年（1921）。据说他从娘肚子里出来就黑，不仅黑，身上还长着粗糙的黑毛。有人说，他是天神降临凡间的蜈蚣。

外公十四岁结婚。媳妇是藤薛武的女儿藤冬莲。这个比外公大十来岁的女人，就是我的外婆，一个现在还活着的百岁老人。听外公说，他与外婆结婚之前没有谈过恋爱。那时，他也不知道什么是恋爱。第一次见面，算得上是英雄救美。外婆很漂亮，丰乳肥臀。那种场面，外公不顾后果救外婆，肯定不是逞能。我猜测是外公贪图美色，英雄难过美人关嘛。我很小的时候和外公开玩笑。"你这小兔崽子，胡说些什么。"外公觉得很不好意思。

外婆和外公的婚姻算不上二婚。外婆之前的婚姻是口说无凭的，没有办过正当手续。但外婆和外公的婚姻，也仅仅是两相情愿，至今没有领取结婚证，也没有办酒席。他们唯一的证明，就是生育了几个孩子。孩子是他们的爱情证明，也是他们的婚姻"产物"。

外婆原先是锯板桥傅家坪村傅家汉养的童养媳，不过有名无实，一直保持童贞。她去傅家的时候，傅金贵（外婆名义上的丈夫）还没有出生。当时外婆还不到四岁，是个乳臭未干的童娃。

那年秋天，傅家九十九亩地的麦子熟透了。黄澄澄、金灿灿的，像天地间镶嵌着一块硕大的黄金。看样子是个丰收年。傅家汉乐得合不拢嘴，叼着翘烟斗，嘴里哼着歌。

傅家汉的儿子傅中良，这几天眼皮跳得厉害。接生婆掐着手指说："照算，张雪凤也该生了。"已经超出了预估时间好几个时辰，还不见半点动静。"……这，这到底是男娃，还是女娃？"傅中良不着急，倒是急坏了傅家汉。"到底是男娃，还是女娃，只有生下来才知道啊。"男娃还是女娃就这么重要吗？对于傅家来说，的确很重要。我外婆是张雪凤肚子里娃的媳妇，你说重要不重要？要是生个女娃咋办？这还不说，傅家的财产又该由谁来继承？大伙儿只好祈求上苍，生一个男娃来救场。

那天下午，傅家人就像雷雨来临前搬家的蚂蚁，紧张得心头乌云密布。"哎哟……哎哟……"村民听不出这是谁的声音。张雪凤平常说话都不敢大声，除非是要她的命，否则她是不会发出如此怪异的声音的。那声音悲切得可怕。像一把锋利的刀，在不停地往人心脏里插。不是张雪凤又会是谁呢？张雪凤躺在床上痛得死去活来。她是个能忍的女人，要是早些放声叫出来，也许孩子就顺利出来了。

"接生婆，快，快。"接生婆头上的汗比张雪凤脸上的还多，汗水从额头流到眼睫毛上，又从眼睫毛上掉在地上。一阵躁动过去，屋里沉静了下来。接生婆低垂着头，幽魂般从里面走了出来。脸上、手上，到处是鲜红的血，就像是一个杀牛的屠夫，与牛搏斗得筋疲力尽。

傅家汉像是意识到了什么，一屁股坐在门口的小竹椅上。椅子咔嚓一声，整个屁股墩像个泥团黏在地上。我外婆见状，冲进屋内，哭了起来。傅中良听见哭声，也懵懵懂懂地闯进了屋里，嘴里不停地叫着："凤姐，凤姐。"紧接着哭声一浪高过一浪，久久无法平息。

这并非天命，请个大夫兴许可以避免不幸。锯板桥有个医院，医院里两三名医生，冷冷清清的。傅家汉相信接生婆，这个接生婆可是远近闻名的。傅家财大气粗，却没想过会是这等结局。难产死人的事不计其数，算不上什么大新闻，可傅家汉不甘心，他仰头看天空时，皱纹里蓄着让人难解的阴霾。一尸两命，像是要把傅家填埋在阴森晦气的厄境里。

再者傅家汉舍不得张雪凤，这十里八乡再也找不出第二个比张雪凤漂亮的女人来。

张雪凤去世那年，傅中良仅十二岁。他是被这血腥的场面吓哭的，根本不知道什么是夫妻，也体会不到丧子之痛。不过，值得怀疑的是，张雪凤肚子里的孩子，到底是不是傅中良的呢？这点，就连我外婆也记不清楚。

傅中良出生时就木头木脑的。开始傅家汉给他取了个小名，就叫"木头"。取名"木头"并非他的本意，有个算命先生说傅中良缺木。傅家汉信这个，本来说只要取个带"木"偏旁的字就可以，他害怕傅中良因缺木中邪，干脆取了个小名叫"木头"。木头被傅家坪村人叫顺了口。后来，有人暗地里取笑傅家汉生了个木痴，傅家汉这才请先生重新取名"中良"。傅中良本来取名是叫"栋梁"的，傅家汉只会写简单的"中良"。所以误将"栋梁"变"中良"。名字本来仅仅是个代号，但好名字意味却不同。

"栋梁"不做，做"中良"，这也许就是傅中良的命。

话又说回来，傅中良要不是出生在这个家族中，他的身份又怎么会如此高贵。一个连说话都说不清的白痴，说一句话，就像啃一块骨头，半天不明白他想要表达的意思。你说他是结巴吧，平常说话却滔滔不绝。奇怪的是，只要受点刺激，整个就像变了个人。"雪……雪……雪凤……"。不要说别人听了烦，就连傅家汉都火冒三丈："滚到一边去，结巴什么？"

我还是怀疑，张雪凤肚子里的孩子不是傅中良的。不过，这仅仅是我的猜测。张雪凤这么可怜的女人，可不会惹出绯闻来。我不能胡乱猜疑，那样会玷污她的清白。

我后来听外婆叙述过傅家汉的故事。外婆说，傅家汉身材魁梧，是傅家坪村有名的恶霸。村民见他就心惊胆战，避而远之。外婆说，傅家汉祖辈就是地主，家里金银财宝多得有卖，有钱能使鬼推磨，一些壮汉都被他雇佣为家奴。"有那么恶吗？"我问外婆。外婆说："人不看外表。"

傅家汉为了把张雪凤娶进门，可是花了血本的。在雪凤面前，傅家汉一不说粗话，二不显威风。应该说是想尽法子赢得张雪凤的好感。"要真是这样的话那就好了，可傅家人身体内流着的都是狼血，"外婆说，"狼性是随时会发作的。"

雪凤太漂亮了，一袭粉紫色的短披肩小外套，更加衬托出她绝佳的身材，再搭配一条嫩黄色天鹅绒齐膝裙，一双黑色的高筒靴，漆黑的头发搭在肩上有着自然的起伏弧度。清澈明亮的瞳孔，弯弯的柳眉，长长的睫毛微微地颤动着，白皙无瑕的皮肤透出淡淡粉红，薄薄的双唇如玫瑰花瓣般娇嫩欲滴。

当时张家想尽法子来推脱，他们知道傅家财大气粗。可不想把这么乖巧的孩子往火坑里推。这门亲可不好攀，太高了，怕攀不上去，更怕攀上去摔下来，粉身碎骨。出乎张家意料的是，无论他们提出多苛刻的要求，傅家汉都爽快地答应张家。傅家一半的肥田作为聘礼，换作谁都不会答应的事，傅家汉连哼都没哼一声就答应了。张家知道，傅家汉这人的耐心是有限度的，要是再不识趣，惹下大麻烦没法收场不说，恐怕连孩子的性命都不保。张雪凤自然是不同意，但同不同意也由不得她。选了个良辰吉日，张雪凤"嫁"进了傅家。

张雪凤"嫁"过去时，只有十四岁，扎着马尾辫，鹅蛋形的小脸，有着妲己般的妖媚。傅中良才三岁，穿着开裆裤在地上玩泥。傅家汉把儿媳看得比儿子还重，上哪都带着，逢人就夸赞张雪凤漂亮。张雪凤不是傅家汉夸艳丽的，她生来就是云容月貌。被傅家汉这么一夸，张雪凤就成仙女了。

傅中良十岁那年，傅家汉把他和张雪凤安排到了一张床上。傅家汉说，他最近去了趟藤家，藤薛武的女儿是个好苗子。他打算把她带回来，等中良的儿子出生后做他的老婆。傅家汉哪会想到，这仅仅是他安排的闹剧。傅中良什么都不懂，胆怯地坐在床头上。他毕竟还是个孩子，张雪凤呢？正是女人青春勃发的年龄，身体的曲线优美，成熟得像熟透了的水梨，只要风轻轻一吹就会落下来。张雪凤见傅中良害怕的样子，主动上前去抱着他颤抖的身体："别怕，姐姐抱抱你。"傅中良点了点头。躺在张雪凤的怀里，像是躺在辽阔的草原上，有风从耳边轻轻拂过。

第二天，傅家汉把傅中良拉到门角边，轻声问："昨天晚上好上了吗？"傅中良傻乎乎地摇了摇头，然后又傻傻地点了点头。傅家汉合拢双手，站在祖宗灵位前作揖。嘴里还喃喃地说着什么，到底说了些什么，没有人听得清楚。

从这之后，傅中良是和张雪凤睡的。张雪凤对傅中良特别好，把他当成了自己的小弟弟一样呵护。

张雪凤一命呜呼之后，傅家好些日子不见阳光。死了就死了，傅家汉就算有千万个舍不得，张雪凤还是死了。奇怪的是，除了傅家汉之外，傅家再没有为张雪凤伤心的人。傅家汉的伤心可不是写在脸上的，他内心那是极度地难过。

自张雪凤去世后，家里紧缺一个干家务的女人。张雪凤勤快，不用傅家人摆嘴。烧茶煮饭无所不能，屋里屋外打扫得一尘不染。现在没了张雪凤，衣服堆在那儿霉臭。傅家汉的老婆杏花是个娇生惯养的女人。她是傅家汉的第九任老婆，比傅家汉小了两轮。傅家汉前八任都是贤惠的女人，个个聪明漂亮，个个通情达理。可傅家汉就是觉得她们是不耐看，不长久。过不上几个月就把她们一个个扫地出门了。杏花可不是盏省油的灯，磨盘大的胸，水桶粗的腿，傅家汉不敢动她。有一次两人拌嘴，杏花朝着他的头部飞来一菜刀，幸亏傅家汉身手敏捷，躲闪得快，菜刀咔嚓一声劈在门框上。傅家汉在母老虎面前变成了羊羔，你说这是什么歪理。

这下好了，杏花把张雪凤的死全记在傅家汉头上，成天叽里呱啦怪傅家汉没眼光，怎么就挑个这样的短命鬼回来。舍不得张雪凤那是另外的事，让傅家汉气得脸色发青的是，几十亩田地换来的却是这等结果。最关键的是，傅家变得不吉利了。年轻人早死，可不比老人病死。这么多年没出过事，死人可不是什么好兆头。一些与傅家有过节的人，不敢明着乐，暗地里躲在被窝里笑。"这张雪凤是去报复傅家的，他们的富贵肯定不长了。"一时间，诅咒声四起。

不论早死晚死，傅家为了撑面子还是进行了厚葬。杏花这次表现得开明，没有节外生枝。说花点钱在死人身上还是应该的。傅家为了选墓地，请了好几个地仙。几个地仙各说纷纭，开始说是葬在青龙嘴的，青龙嘴是坐东朝西的山，而且前面没有山阻挡视线，地仙磨蹭了半天又说青龙嘴的杀气太重。后来说学堂坳好，结果打好了下葬棺材的凹槽，傅家汉又不同意了。下葬的头天晚上，说是张雪凤给他托了梦，她要葬在离家近点的地方，那样才不会孤单。学堂坳离家少说也有十几里的路。这么一折腾，本来简单的事情就搞乱了，乱得像是一团麻，乱得如揉搓过的蜘蛛网。

地仙说尸体停放在家里不得过七天，要是过了七天，就会耽误张雪凤去投胎。

这话不光是地仙说，村里早就有这样的说法，说是七天之内，魂魄要去奈何桥，过了时辰就不能投胎，不能投胎就会变成孤魂野鬼，野鬼别无他处，就会回来成天吵闹家人，这对家人大有不利。

傅家汉当然知道这些，可是又能怎么办呢？既然是投胎去了，那葬得远近又有何干系？反正投胎后就不会再回来了。傅家汉伤透了脑筋，他已经在梦里答应了张雪凤，反悔会不会招来麻烦？有人提醒傅家汉，沙龙有个活神仙，能够算得到人的前世今生的事。傅家汉以前也听说过，那是好些年前的事了，只是不知道此人是否还健在。那天傅家汉去了沙龙，回来时已经是下半夜了。灵堂上只有傅中良还趴在棺木上，不过他已经睡去了。几盏油灯已经燃尽，香火还没有完全熄灭。傅家汉用颤抖的手把傅中良挪开，用尽全身气力把棺木盖掀开。一股青烟从棺木里冒了出来，他顿时昏死过去了。等第二天人们赶来的时候，傅家汉呕吐了一盆瘀血，脸色苍白得就像是一张纸，"白虎，白虎，我看见白虎了。"谁也不知道他说的白虎是指什么，也不知道那个活神仙跟他说了些什么，把一个好好的人变成了神经病。

张雪凤下葬后的第七天，傅家汉口吐鲜血而亡。临死前，他拉着我外婆的手想说点什么，嘴角嚅动了几次，每次开口都有鲜血从牙缝里喷出来，直到断气都没人知道他临终的遗言。

难道这就是命运？

傅家人把张雪凤葬在青龙嘴，人们听到了傅家汉口中的白虎。大家七嘴八舌议论着，说是青龙和白虎是相克的，葬在青龙嘴会击退杀气。傅家汉则被葬在学堂坳，他几十亩水田都在学堂坳，为了争这些田地他都成了狼，一条万恶不赦的狼。傅家汉在世的时候，谁见他都怕三分，如今死了没人去坟头铲土，已经是天地仁厚了。说到底，这些可怜巴巴的百姓，哪个有这种胆量。他们怕鬼，怕沾了晦气，怕惹鬼上身。

幸好傅家汉家里本钱多。他家有九十九亩水田，八十八亩地，还有十二头驴子。娶雪凤的时候已经划给了张家一半，现在剩余的一半他答应了给藤家。这事只有藤薛武和傅家汉知道，傅家汉还用纸笔签订了契约，盖上了私章按上了手印，他怕藤薛武以后反悔把外婆要回去。傅家汉当时不好和藤家撕破脸，只好定了这张契约作为凭证。他也知道藤薛武是个老实人，即使是写好了这些条约，他赖账谁也拿他没辙。傅家汉一命呜呼了，藤薛武还是不敢把当初的那张契约拿出来。他害怕啊，总感觉傅家汉还活着哩，一双威武的眼睛注视着他。

孩子没出生，连娘带崽都去了。这是多么悲惨的事情，可日子还得继续过啊，傅中良还得再娶老婆。这么多田土的大户，愿意嫁到他家的人不是没有。之前有很多人家都不愿意与傅家有往来，那是害怕傅家汉哪天六亲不认大开杀戒。他的脾气，在整个锯板桥都是有名的，说晴就晴，说雨就雨。翻脸时，可谓是六亲不认。可话又说回来，还真没见他杀人。不过，他那恶煞的样子，像屠夫，对，就是屠夫。他掐着他的媳妇——我说的是第一个，那个最善良——掐得眼睛翻白，舌头伸得老长才松手。这个分寸换成其他人很难把握住，稍多用力就会一命呜呼。如今他死了，作为一个死人，总不可能大闹天宫吧。人们忌讳的是，他会不会像哪吒那样莲花化身，死而复活呢？要真是那样，太可怕咯。

傅中良呢？自从傅家汉去了，他也变成了疯子。他说，他只爱张雪凤，除了张雪凤，谁也不娶。你说，他知道爱情是什么？爱情两个字是横是竖他都不知道，还说只爱张雪凤。这是明着的事儿，傅中良不娶妻，我外婆就得守寡。她是傅中良的儿媳妇呢。杏花急了，由不得傅中良胡来，娶妻的事不仅拖不得，还得赶着办。在这个家里，杏花就是铁头，她放个屁，比黄豆还香。

傅中良毕竟还是个孩子，无论多疯多傻，杏花叫他向西，他就不会向东。即使是他疯了，再不情愿，也得答应。我外婆，本来很适合做傅中良的妻子。可谁也不会提出来这种违背伦理的事情。这在谁嘴里说出来都是炸弹，会发出巨大的声响。话又说回来，如果我外婆和傅中良结婚了，那不可能会有我，我这个生命可不会降临人世。

水碧源村森林茂盛，山泉可口。按理说，这样的山水孕育的姑娘是楚楚动人的。李长鹿是村里的名人，个头高大，瘦得像竹竿，脖子长得像鹿，所以他父亲给他取了个小名叫长鹿，长鹿没有大名，叫习惯了，也就里里外外都叫他长鹿。李长鹿家有七个女儿，大的二十八岁了还没出嫁，小的芳龄也过了十五。媒人说，七个女儿任由傅中良挑选，他相中哪个就哪个。说破天傅中良就是傻头傻脑地摇头，说他只喜欢张雪凤。"张雪凤，张雪凤，成天只知道张雪凤，你去土里挖起来啊！没见过你这短命鬼。"被杏花怒吼一通，傅中良闭了嘴。杏花可不会把他看成是独苗，不会像傅家汉那样惯着。杏花也惋惜，除了张雪凤，想再找个比张雪凤强的女人回来，的确是难于上青天。可是有什么办法呢，要是傅中良真的疯了，这个家可就真没了希望。

那天天气半阴半晴，阳光从云层穿过，地上山阴水明。杏花扯着傅中良的衣角赶着两头毛驴上李长鹿家去了。李长鹿家住在半山腰，路被雨水冲刷得到处是沟壑。上趟山还真不易，杏花笑着，她是来办正事的。树木拥挤，屋场里的气氛让人窒息。傅中良怨杏花，他肚子饿，腿脚软。杏花脸上红一阵子，黑一阵子。她还是强忍住了怒火，此刻她得做个善良的女人。傅中良冲冲撞撞，跨进了李长鹿家的大门。前脚刚跨过门墩，一个满头蓬松的女人像只狗扑向了傅中良。傅中良吓得大叫起来："这是什么动物？"杏花扯了下傅中良的衣角，示意他不要出洋相。傅中良甩了几下衣袖，嘴角撇了撇。这女人可是真疯，要不是脚上锁着铁链，寸来长的指甲，足可以挖出人的眼睛。这是李长鹿的大女儿李冬兰。

李冬兰本是体健貌美的。只因小时爱读书，无钱交学费，李长鹿把她抓回来，迫于无奈给她戴上了铁链。慢慢地，李冬兰疯了。疯后，就这么用铁链锁着。

在最里间漆黑的屋内，还坐着一个傻乎乎的女孩，眼睛一溜一溜地。这个孩子天生有缺陷，是个不会说话的哑巴。她是李长鹿的二女儿李冬菊。

侧房的卧室内还躺着一个，嘴巴张得像个箩筐，见有人来了，不停地喔喔叫着。这是李长鹿的三女儿李冬雪。傅中良连蹦带跳地跑到床沿上，用手在李冬雪的脸上掐了几下，然后哈哈地大笑起来。"冬雪，雪凤。好，好。九娘，我要冬雪，我要冬雪。"杏花脸上笑着，内心却是在打鼓。这么个残疾，弄回去怎么得了。

你别说，仔细瞧瞧。这李冬雪是个美人。额头、眼睛、鼻梁都很匀称，就连下巴也长得好看。

我外婆说，李冬雪最大的残疾不是嘴巴，而是腿脚，她很小的时候患了小儿麻痹症，没得到及时治疗，之后双腿不能行走。别看她腿脚不好，脑瓜子很灵敏。也是李长鹿七个孩子中长得最漂亮的，躺在床上就像是一团洁白的棉絮。"九娘，就冬雪好不好？"

　　杏花怎么会答应。拉个瘫痪的女人回去，傅家条件再好也不愿意做这等好事。可人来了，总不能空手回吧！自走进这个家门时，杏花内心就有种感觉，他的媳妇就在这屋内。"另外几个姑娘都在家里吗？"杏花问。李长鹿摊开手臂说："你看，家里光光的，孩子都去干农活了。"在锯板桥想找到大家闺秀，恐怕是难于上青天。驴可以与马交配，生下骡子。翘竹抱笋的道理都懂，说不定这李冬雪就会育个好娃。话是这么说，可杏花心里还是七上八下，乱得很。傅中良这王八蛋，居然不顾杏花脸面，两只手夹着李雪风的脸蛋，揉搓着。

　　杏花见傅中良硬是喜欢，便只好作罢。娶个这样的媳妇回去，还要人照顾哩。这家里的事务谁来料理？杏花感觉本来晴朗的天，骤雨就要来临。杏花所说的家务可不那么简单，这人人都有老来时，她得想着自己动弹不得时，臭屎臊尿还得儿媳妇来侍弄，她不想娶个好吃懒做的回去，得为自己的往后认真打算。本来是上门办喜事的，现在不但不见喜气，几张脸也是颜色各异。李长鹿的心里像是万马奔腾，这一大家子已把他的腰杆压得像棉弓。杏花突然站起来，急步走到李长鹿面前说："亲家，你看这样可好，把老七也一块儿嫁过去吧。"李长鹿正拿着光亮烟斗在吸烟，这是个竹蔸做的烟杆，粗糙但实用。李长鹿猛吸了两口，手腕颤抖了两下，将烟斗在椅脚上磕了两下，烟渣落在地上。李长鹿这才用忧郁的眼神看向厨房内灶台下的女人。厨房小，只有一个微小的烟囱。烧的柴火是湿茅草，卷在灶膛内边熏边烧。烟雾特别大，漆黑的，像是被大雾笼罩。呛得人睁不开眼，开不了口。"你说吧！"女人不做主，也不反对，她除了烧茶煮饭，做些分内的事外，一切都是李长鹿说了算，李长鹿说啥就是啥。可这回李长鹿想她说点什么，无论是赞成还是反对，他都会遵命的，可女人压根连个屁都放不出来。

　　老七叫李冬梅，年方十五。李冬雪已是二十二岁了，要不是两条腿行动不便，早就嫁人了。傅中良与李冬梅年龄相仿。李冬梅的皮肤黝黑，黑得发亮，一双大大的圆眼睛，像是镶嵌在黑幕里，可以看清楚整个世界。

　　那是一个冬天，风狂啸，大雪洋洋洒洒把锯板桥覆盖了。硕大的松树经受不起折磨，连兜都翻了。傅家财大气粗，顶着这狂躁的雪，可算是双喜临门，像是为这纷扰人世中的雪庆功。

傅中良同时迎娶两个女人过门，娶的还是姐妹俩，这在锯板桥不得不算是奇闻。傅中良穿着蓝色的棉袄站在中间，左边是李冬梅，右边是李冬雪。是什么场景呢？幸福与辛酸交织着。

大婚的几个晚上，杏花着慌了，她就像是中了邪一般，给傅中良制订了日程表，待傅中良入寝后潜在窗台下窃听。傅中良第一个晚上去李冬雪那儿，第二个晚上就得去李冬梅那儿。这铁的规矩就像是王朝的制度，如果不服从，必定会生出事端来。好在傅中良性格软弱，要不然哪有杏花喊叫的份儿。傅中良就像肉里没骨头，杏花叫他干啥，他嘴角嚅动几下，最终还是低垂着头接受。傅中良喜欢李冬雪，杏花自然会顺他的心。第一个晚上，就安排他去李冬雪的房里。"痛。"李冬雪叫喊。傅中良像是条丧家犬，捞着裤腰带，一走一拐，好像连脚也歪了。嘴里咕噜着，不停地咕噜着："这狗日的，一点都不爽。"

第二个晚上，傅中良去了李冬梅的房间。两人吵吵闹闹一直到大半夜。随后听见傅中良炸雷一样的呼噜声。"醒醒，你这么吵，我还睡不睡啊。"

两个月后，李冬雪和李冬梅的肚子都大了起来。李冬雪的肚子尖尖的，李冬梅的圆圆的。两姐妹晚上各回各屋，白天偎依相连。姐妹俩谁会生个儿子呢？当然，李冬雪和李冬梅都不会有想法。不会像皇宫里的内斗，相互因子陷害对方。有人说，肚子尖尖的是儿子，圆圆的是女儿。有儿有女，这可乐坏了杏花，孙子孙女俱全，这才是幸福满堂。

秋天是丰收的季节，傅家门前的垄田金灿灿的。李冬雪和李冬梅就像怀抱熟透了的瓜果，只要风轻轻一吹，果实就会从藤蔓上脱落下来。村里人都以为傅家又要重振雄风。那天下午，阳光特别刺眼，外婆说那是最后的秋老虎，比酷暑天还厉害几倍。

外婆在没有结婚前，只是个佣人，没有人记得她的身份。太阳再大，该做的事情一件也不能落下。那日，她下河搓洗衣服，突然听见群起的喊声。外婆不寒而栗，撑着石头站了起来，感觉眼前一阵黑雾。有人在喊："快点救人啊，李冬雪不行了。孩子只出来一个头，生不下来了。"外婆来不及细想，往回奔跑而去。

至今她都想不起是怎么赶回去的。刚到屋门口，只见傅中良从屋子里东倒西歪地走了出来，嘴里还哼着歌。人们还以为这回孩子是出生了。没想到就在傅中良走出大门不久，屋子里传来哭声一片。谁也不知道傅中良的歌里是喜是悲。总之，那副死生相怪叫人可怜的。

帮张雪凤接生的接生婆，在锯板桥是有名的，前前后后干了三十余年，一般的人家是请不动她的。像傅家这样的人家出面，她是不会轻易拒绝的。自从张雪凤死后，她就金盆洗手不干了。她说，一是自己年老了，干不了这事；二是愧对张雪凤。其实，就当时的条件，张雪凤的情况不是接生婆能挽救得了的。如果换作其她接生婆，傅家定会让她拿命陪葬才算泄气。这回杏花显得很理智，就连她那毒舌也收敛了。她的做法也引起过很多猜疑，说她与接生婆是亲戚，说她得了接生婆好处，说她的很多，但没有一件是有依据的。其实，杏花这样的女人是六亲不认的，更不是金银财宝打发得了的。

村里人都说我外婆是克夫命，要是没有她这个童养媳傅中良的老婆就不会有这么糟的下场。你说，这些村民的嘴怎么这么毒？这是什么话呢？杏花听风就是雨，喊回了外婆，二话不说，两个耳光甩在脸上。外婆感觉眼前一阵漆黑，紧接着就啪的一声倒在地上。"你这扫把星，怎么死的不是你？"可怜的外婆，哪知道自己做错了事。趴在地上，就连哭都不敢哭出声来。

于李冬雪而言，死去比活着估计会更好。傅家要的只是她肚子里的孩子，一个可以传宗接代，可以继承几十亩田土的男孩。此时最痛苦的是外婆，她真希望躺在棺木里的是自己，要是那样的话就一了百了了。现在倒好，所有的眼睛都敌视着她。

以往傅家喜事大办酒宴，丧事也是三日六夜斋奏。李冬雪去世后，发丧却再简单不过。就连个和尚和地仙都没有请，临时砍伐了两棵杉木，连夜赶做一具棺材，用火炭抹黑。把她睡的毛毯垫在棺木内，用被套盖着棺木，就这样凑合着搬上了山。葬的地方还是青龙嘴，下葬时，外婆在棺木边。几个抬棺匠见李冬雪耳朵上挂着金耳环，连忙让外婆取下来，说埋在土里也是浪费。外婆在取耳环时，还用手试探了下李冬雪的鼻息，她不敢相信，一个好好的人，怎么说走就走了。埋葬的过程很快，大伙像是要速战速决。一座小山很快就堆了起来，在小山峰上插着竹鞭，上面用火纸夹着个三角形。这大概就是新坟的标志。李冬雪死后，李家没有来人，这边也没有下帖。按理来说，李冬雪死后第一时间该通知的人就是李长鹿，他是李冬雪的亲父亲。杏花想，不通知李长鹿也会知道。死人的消息是传得最快的，傅家死人传得更快。李长鹿听到消息，当即就昏死过去。李冬雪是他的孩子，父女连心岂有不疼痛。左邻右舍都劝李长鹿别去，嫁出的女，泼出的水。活是傅家的人，死是傅家的鬼。李长鹿虽不是那种没血性的男人，可他没有见解，就算是内心想去，脚也不会听使唤。

李冬梅是唯一哭丧的人。她挺着大肚子，哭得死去活来。"死了爹还是死了娘，"杏花咆哮着，"赶紧去屋里待着。"以前有什么事情都是李冬雪做主，李冬雪死了，李冬梅就孤单了。有心里话没有倾诉的对象，想拿个主见不知道去问谁。

李冬雪下葬后的几天，傅家每天都鬼哭狼嚎的。杏花拿着竹鞭在追打我外婆，"你这扫把星，你这克夫星。你这天收的，你怎么不死？"我外婆没那么笨，不跑不行，不跑真会被她活活打死。傅家没人帮忙，大家就连看戏都没有兴致。杏花跑累了就站在那儿，手撑着腰，挥着竹鞭，咬牙切齿地骂，连祖宗十八代都骂了，总之只要是骂得出口的，什么新名词都有。"我让你死后变成牛，活剥你的牛皮煮汤喂猪，活切肉喂狗。"假如能够骂死人，我外婆早已是个死人。

外婆在傅家受的委屈藤薛武不是不知道。外婆说，她父亲虽然有些血性，可他还是畏惧傅家。他和其他村民没有区别，甚至说两句重话都顾忌。他认为外婆就这个命，她的命是上天安排的。开始本以为在这样富裕的人家不会受多大的委屈，谁知竟然落个这样的下场，不但没有好日子过，反而还要遭到毒打毒骂。外婆全身上下，青一块紫一块，四处肿得光亮。杏花不是想外婆死，要是想她死，就会下药毒死她。有下人出主意买点无色无味的"毒鼠强"泡茶给她喝，可杏花不同意，说谁要是再动歹念，就让他死无葬身之地。她是在折磨外婆泄愤，没有了外婆她没地方出气。

"薛武叔，你得想想办法啊，要是这样下去，冬莲小命就会在傅家折了。"

下屋的藤珍贵跑来劝外婆的父亲。藤珍贵和我外婆从小是一块儿长大的，感情非常好。藤珍贵小时候掉进火炉，脸被烧了大半边，就像猴子的屁股，通红通红的，至今都没人上门来求娶。外婆去傅家的那阵子，藤珍贵很妒忌，曾经发誓这辈子不与她往来。她觉得自己过于卑微，与外婆的差距越拉越大。小时，藤珍贵比外婆活泼可爱，要不是那次意外，也许去傅家的人就不是我外婆。可她并不知道，外婆是掉进了火坑。她被烧毁的是半边脸，外婆被烧毁的是整个人生。要是不救，恐怕这个女儿就白生了。藤薛武想到这，不知道哪来的勇气，从抽屉底里翻出那张契约。叹了口气，自言自语地说："孩子啊，爹可不是为了这张契约卖你的啊。"藤薛武的脾气很倔的，他豁出命想要办的事，就是有十头驴也拉不回来。外婆曾经跟藤薛武说过："爹，你千万不要把我送去做别家的童养媳，我愿意一辈子在家侍奉爹，我愿意和你一起吃薯，吃野菜。"外婆那清脆的童声，一直在藤薛武的脑中环绕，怎么也挥之不去。想起外婆说的话，藤薛武的心都碎了。记得那天，藤薛武帮外婆穿了件干净的衣服——那是外婆仅有的一件干净衣服，缝补了无数次，可再找不到比这件更好的了。可怜的外婆，从小没得半点娘的温暖，没吃过一天母乳。她娘生下她就走了，走得仓促，没有和女儿见上一面。说是子痫，这是后来听说的，子痫到底是什么，藤薛武不知道，外婆也不知道。这是外婆她娘死后，村里的接生婆放的马后炮。外婆猜测她娘的死法和李冬雪差不多，只是李冬雪没有生下孩子，而她娘把她生了下来。

自从外婆被傅家汉带走以后，藤薛武没少抹眼泪。"你也别太自责了，孩子长大不会怪你的。"藤薛武的母亲，也就是外婆的奶奶，虽说是九十岁高龄，可她还是能洞察人世间的一些是是非非。在她的苦言相劝下，藤薛武心里才好受些。孩子跟着自己的确是太苦，去大户人家总不会挨饿。想到这，藤薛武的心里轻松了许多。可是现在人算不如天算，外婆在傅家不仅没过好日子，反而成天受尽辱骂，如此怎能叫这做爹的安心？

李冬雪头七之前的晚上，杏花硬是绑着外婆跪在李冬雪的坟前，逼着外婆磕了七七四十九个响头，她说这是外婆犯的错，得诚恳请求李冬雪去阎王爷那儿说情。得保佑李冬梅肚子里的男娃顺利来到这个世界："要是你这千刀万剐的心不诚，孩子保不住，就得你陪葬。"外婆跪在坟茔前，大气也不敢出。只是一个劲地磕头，额头磕起了一块碗口大的血肿。泥土和枯草把血口子堵住，很快就凝固成了一道疤印。

李冬梅挺着大肚子过了十个月。按理说十月怀胎准会生的，要差也就几个日子。日子就这么流逝着，一直到十二月大雪临门，李冬梅的肚子还没有半点响动。杏花掐指一算，这孩子在李冬梅肚子里足足待了十二个月有余。"会是什么妖怪？"村民议论纷纷。有人推断李冬梅的肚子里不是孩子。不是孩子那又会是什么呢？

天昏昏沉沉的。像是大雪又要来临，这鬼地方，雪是没完没了的。果真说来就来，大雪不休不止地落了半个月。整个锯板桥的楠竹、杉树都被压得噼里啪啦作响。大半值钱的杉木和楠竹都被拦腰截断，残木派不上用场，只好等到天气干燥时砍回家当柴火。傅家汉家的那六头驴子活活冻死了五头，另外一头蜷缩在驴圈角落里已是奄奄一息了。遇上高贵的主人，畜生的命运还是一样的。要是想点办法，丢点稻草、破棉被取暖，那五头驴就可以幸存。四十九亩半田、四十四亩地的庄稼几乎全部折损了。地冻裂了，红薯和麦子倒是会有好收成。一些村民说这是傅家做多了恶事，作恶多端必然会遭到天谴。"这是天老爷有眼，报应。"村民说的话不完全对，这灾难哪是光针对傅家的。哪户有田土的人家不遭损失？只是傅家相对而言损失更重罢了。话出口就没有不透风的墙，杏花听了心神不宁，生怕这厄运会降临到自己的头上，晚上睡觉时也让我外婆坐在旁边守着，就连上个茅厕，也让外婆陪着。外婆心里暖暖的，她希望永远活在冬天里。可是，冬天再漫长，还是会过去的。

第二年春天，锯板桥漫山遍野的杜鹃花开了。大伙老惦记着李冬梅的肚子，会不会生出怪物来。好在李冬梅的性格不急不慢，一副漫不经心的样子。要换作别的女人，必定会用剪刀划开肚子。

三月，李冬梅的肚子终于等来了剧烈的疼痛。那天她坐在傅家堂前的天井里洗衣服，洗衣盆上放着搓衣板，她刚把衣服放在搓衣板上揉搓，揉搓第一回时，感觉下体有东西流出，她低头朝自己的胯下看了一眼，什么东西也没有。揉搓第二回的时候，感觉下面松动了一下。她又低头朝自己的胯下看了一眼，还是一点东西都没有。揉搓第三回的时候，感觉下面传来撕心裂肺的疼痛。突然来的疼痛让她叫出声来。紧接着肚子里像是有人在踢皮球，剧烈地运动起来。李冬梅放下手里的衣服，顿时满头大汗。"来人啊，来人……"听见叫喊声，傅家的家丁疯了似的都来了。大伙把李冬梅抬进了屋子。挺顺利的，仅用了两分钟，孩子就生了下来。杏花不知和谁扯"三国"去了，她父亲听说是私塾的老师，对三国故事是倒背如流，就有事没事和人扯"三国"。她扯的也仅仅是一些皮毛，张冠李戴，说得耀武扬威。听到叫喊声，她撒腿往回跑，还没赶到，孩子就落地了。没有接生婆，自个儿生的。"冬梅生了，是个男孩，顺产。"大伙都喘了口气。总算是母子平安。怀了十三个月，生下来的孩子却只有老鼠那么大。头上的头发黑黑的，背上和手臂上全是黑毛。杏花提着孩子的两只小手抖了两下，笑着说："这王八蛋咋这么丁点儿哩？"这么一提，孩子不仅没哭，反而嘻嘻地笑起来。众人取来木秤，天啊，仅三斤半，一只硕鼠也有五六斤。"哎。"杏花的唉声叹气，把本来还算热闹的气氛，一下压得死气沉沉。这家大大小小、老老少少都看她的脸色行事。其实，杏花她算个啥。论气力、相貌、能力，在傅家她都排不上号，可谁敢顶撞她？她就像是神台上的菩萨，早已树立神威。傅家汉的遗像摆在神台上，杏花抱着孩子站在傅家汉的遗像前，一会儿哭一会儿笑地说："老爷你今有后了，你今有后了。"杏花是不是忠心对傅家汉的，没有人知道，可这回又不像是在说假话。这些年杏花倒是很守妇道，未听到她有红杏出墙的绯闻。

　　傅中良十四岁就成了孩子他爹。这是他的命。自从有了这个孩子之后，傅家就像是遇见枯死的果树长新芽。孩子出生后杏花托了几个见识广的算命先生给孩子写"关"（"关"大致是辟邪书），又请了几个有学问的先生给孩子取名字。"关"写了厚厚的一札，这人都还没活几日，"关"就前前后后写了几十年，鬼话连篇却糊弄得杏花心甘情愿奉厚酬。名字说啥也不满意，队长傅忠厚有机会进城，杏花好说歹说都要他在城里买个名字回来。傅忠厚嘀咕着，这连车费都抖不出来，哪来的钱帮她请人取名字。再说傅忠厚大字不识，哪知道什么是好名字。傅忠厚半夜回来的，他蹑手蹑脚地朝门口走去，从裤兜里掏出那把生锈的钥匙。他家用的还是铜锁，钥匙长着嘞，像个长钩。傅忠厚刚到门口，漆黑中伸手去摸挂在门上的铜锁。"队长你回来了?"幽灵般的声音把傅忠厚的魂都差点吓跑了。"这大半夜你不怕吓死人啊!"傅忠厚愤怒地说。"我是来等名字哩。"不说名字倒好,说名字傅忠厚就腿软。他哪有钱哪有时间去请人取名字呢?他是连县城是啥样的都没有看清楚。就在县城周边的一个破烂废品站停留了几分钟,仅仅是几分钟,然后就搭车回来了。名字哩?好在夜晚看不清脸色,也看不见神情,傅忠厚推开门就朝厨房跑去,拿起水瓢朝石缸里打了一瓢水,两只手端着水瓢咕咚咕咚地喝起来。杏花站在门口不敢进去,她耐心地等着,听声音傅忠厚说不定是渴坏了。这季节按理来说也没那么苦干啊,可杏花没有多想,倒是傅忠厚在这一刻中大脑清醒了一大半。本来笨拙的男人,脑子里转出了主意。"金贵"。

"金贵?"杏花迟疑,细嚼名字的味道,连声说好,说名字很有深意。"几个银子?"杏花抖了几下裤兜,她带足了傅忠厚来回车费的钱,就连饭钱也数在内。"五两银子呢。""五两?这么贵么?"杏花瞪大眼睛问。"'金贵'当然贵了。""金贵"真的这么贵吗?杏花好久才缓过神来。"金贵好啊,金贵好啊,这个名字取得好。"傅忠厚满脸微笑地附和着。漆黑中谁也没看清对方的脸色,其实哪有这么金贵的名字,傅忠厚是想借机给杏花出难题,以为她会撒腿就走,这样也就搪塞过去了。没想到这招管用,一个随口诌的名字,蒙骗了五两银子。不,这不叫蒙骗,杏花乐意给的,金贵应该是黄金五条。只怪傅忠厚太忠厚。这钱花多少在孩子身上,她都不会讨价还价。

金贵出生后,我外婆更忙碌了。金贵是她丈夫,她有责任和义务照顾好他。半大的一个姑娘,搂着一个喝奶的娃,这娃还是她未来的男人,说来就让人发笑。只要金贵一哭,杏花就会拿着竹鞭抽打我外婆,咬牙切齿破口咒骂,她的骂声吓得金贵不停地抖。金贵两岁之前特别喜欢哭,也许是受惊吓的原因,外婆每天都会被骂得狗血喷头。这算什么?金贵的肠胃不好,拉的屎像黄尿,泄出来像鸡蛋砸破了壳掉在地上。外婆得用破烂布条抓起来,然后再用破布条擦干净,丝毫气味都不能留。在杏花眼里,外婆不仅要听从差遣,而且得主动干事。无论外婆怎么做,她在杏花眼里就是狗屎,又臭又烂,一文不值。对此外婆费尽心神,她想讨好杏花,可任何的讨好,在杏花那里都是自讨没趣。幸亏李冬梅不像杏花。

外婆被杏花抽打过后，李冬梅总是拿药膏帮外婆擦伤口，嘴里还不停安慰外婆说：

"儿媳妇，真是委屈你了。"李冬梅比外婆长不了几岁，按理以姐妹相称多好，现在外婆却要叫她娘，而且是正儿八经的。外婆叫不出口。平常交流也只是以"哎"，作为交流的话语。外婆"哎"的时候，李冬梅就知道在和她说话。可在一些正当的场合，还得装着亲热喊她娘。

金贵的成长可谓是顺风顺水，他八岁那年傅家再次发生变故。在傅家坪的东头有一条小河，除非春天涨水季节，其他时节河里的水都只有马尿那么点。这年有闰月，天气迟迟不见炎热。会不会是天又出了什么问题？村民们开始躁动不安。日子缓缓地过着，天气终于热了起来。河里的水比往年更深，谁也没有觉察到。炎炎夏日的黄昏，村人习惯大群往河里跑，省得磨破肩头皮——挑水回家洗实在太累，吃喝的水也都是在河里挑的。外婆也带着金贵跟在后头，可怜的外婆哪知道一场悲剧即将降临。金贵是个好动的孩子，顽皮得很，根本不听外婆的话。一到河边，脱光衣服，就像一条泥鳅，纵身投入深水中。外婆哪知道河道早已变了，漫长的春天过后那段平缓的河段现今凹出个漩涡。之前这个漩涡在上游，有人不小心卷入被淹死。河道边还设立了标记，旁边用麻石竖立了块题有"阿弥陀佛"四个大字的石碑。金贵不懂水性，跳下去就再也没有起来。外婆吓得连喊"救命"。人们听到叫喊声赶到时，也是束手无策。听到消息，杏花连爬带滚到了河边，脸色变得青紫起来，说话语无伦次，看样子这不是装得出来的。李冬梅更是撕心裂肺，几乎眼睛都哭干了。众人拿着长钩长杆往水里到处探，没有一点踪迹，本来还算清的水搅浑了，浑浊得更不见丝毫金贵的痕迹。这个晚上，河坝上灯火通明。没见着尸首，连落地钱（死后烧的火纸）都不能烧。金贵的尸体是第二天上午打捞上来的，打上来时肚子肿得像个水葫芦。如果是死去一个七老八十的老人，气氛也就没有这么紧张，可这是个孩子，而且是傅家的独苗。这独苗没有了，杏花连死的心都有。连续几天，傅家的啼哭声就没有间断过。傅家的大门也一直紧闭着，外面没人进去，里面也没有人出来，就连傅家的猫和耗子也很安分。这显然不是什么好的征兆，就连空气也荡漾着霉味。金贵是锯板桥同辈中年龄最小的，按规矩年长的人是不用跪拜年幼的。村里人以为尸体停放几日，稍微缓缓情绪就会搬上山。可是，谁也未料到，傅家这回是要大动干戈，说是要打人命，要外婆的命。打人命这种现象，在农村里持续了很多年，就是要以活人的命去抵死人的命。换句话说，是要活人陪葬。人死不能复生，即使是杀了外婆，也救不回金贵。再者金贵也不是外婆故意淹死的，怎么就把这笔账全算在外婆头上呢？杏花不是这么想的，她认为毕竟是外婆带金贵去的，责任全在她身上，金贵死了，外婆就该死、该埋。

天气开始炎热起来，尸体已经弥漫着异常的气味。傅家坪开始骚动起来，可谁也不敢去敲门讨说法。门内的事情，门外谁敢去招惹？说到底这是家事。往日傅忠厚还有点劲的，他身材魁梧，选他当队长，也就是让他出个头，好为大家说点理。现在倒好，他也是闭门不出，蜗居在家，他怕说错了话，就像苍蝇的腿粘到了黏蝇纸上，要拔出腿恐怕就得废弃这条腿，就算是废掉一条腿还得有人帮忙废弃，要真是那样的话，高大也就只能变成矮小。第七天的傍晚，村人内心还是揪着的。突然发现傅家有了动静，不管是什么动静，人们的内心都有了变化。越静，越可怕，动了倒是令大家换了口气。几个壮丁在傅家门前用木头搭起了个高台，富裕人家在年节间也会搭高台，让戏狮的攀高。傅家的这个高台有别的用意，高台上并列着两副棺木，一白一黑。白的没有上油漆，斧头削出来的木板，没有刨光。黑的涂的也不是油漆，是黑火炭涂黑的。最近这两日，再没有人过问外婆，她蜷缩在金贵的棺木边，头靠在棺木的凳头上。她根本不知道自己将受到怎样的惩罚，逃跑是没有气力的，她只有等待，无论结果如何，那都是她的命。黑色的棺材上加了几块白布，前面挂着一个"奠"字。白色的棺材前面，用墨水写着一个粗糙的"死"字。人们都只敢站得远远地观望，谁也不敢凑上前去，一是怕沾了晦气，二是害怕招惹麻烦。藤薛武早就知道了傅家的遭遇，但起初他不敢来啊，傅家没有设灵堂，主动找来不等于是自讨苦吃？"要杀人了，要杀人了。"这天老实巴交的藤薛武从山头上跑来，脚早已经不听使唤了，一步三个滚，像一条丧家之犬。谁不知道藤薛武的底细？他能起什么风浪。这时村民的心揪得特别紧，难道傅家真的要杀人了？难道百年前的事又要重演？一些年长的老人听祖辈说，傅家是杀过人的，说当时场面不堪入目，十分残忍，说把活人用白布吊在树上，活活吊死，吊死陪葬。难道故去的恶习又要重蹈覆辙？村民们想不出什么法子，可内心无比紧张。

好一会儿，外婆被人捆着推出了傅家大门。外婆脸青紫得发光，眼睛灰暗得失色，与上刑场的罪犯相比，少去了内心的虚白。起码她没有恶念，所以少了面对死亡的恐慌。就算是立马得死，那也是死得其所。"先挖去眼睛，再装进棺材，与我贵儿一起活埋。"杏花跺着脚跟怒吼着，示意站在旁边的人拿刀挖眼睛。那些狗日的家丁——就像是狗，唤他们吃屎就吃屎——还真的拿刀动真格。你说，如果他们都不听使唤，杏花再威风也只好作罢。"慢，慢，留着我儿一条命。"藤薛武一蹩一蹩地从人群中冲了出来，扑通一声跪在地上。"别管他，先挖掉眼睛。"杏花把袖子卷了起来，怒吼着，样子活像个屠夫。"她奶奶，孩子在你们家做猪做狗，你们不能这样对她啊。"

"你是什么东西，我傅家在这里清门户，轮得上你在这里放肆吗？"杏花怒火冲天，非要活办了我外婆不可。

当初外婆去傅家时，是傅家汉亲自上门接去的。自那之后藤薛武就没有见过外婆，更是没有去过傅家。傅家要的是外婆，藤薛武识趣就不会去，他也不敢去，就算去了是大鱼大肉招待他，他也害怕噎着，怕鱼刺卡着咽喉。几年不见，一个小姑娘已经长大了。"天啊，我做错了什么，要挖就挖我的吧。"藤薛武一直跪在地上，"我求求你们了。"杏花岂会给他半点情面，没把他一起处置，已经是网开一面了。"挖去她的眼睛，再装进棺材。"可怜外婆才十五岁，她已经吓傻了，突然嘴里吐着白沫，全身僵硬，不停地抖动。众人说什么她都听不见了，只是用木讷的眼神看着前方。"孩子啊，你怎么了？"藤薛武一遍又一遍地叫喊外婆，心就像是刀绞一般痛，要是孩子没命了，自己活着还有什么意义啊。"傅中良你得说句话啊，亲家啊，你说句话啊，冬莲可是你的儿媳妇，她死了对你有好处吗？"藤薛武朝着干坐在场边看热闹的傅中良焦急地叫喊着。这是他第一次见到亲家，一个比自己小几十岁的小孩。傅中良用他那幼稚的眼神看着藤薛武，做了个怪脸说："我儿子都死了，我还要儿媳妇干什么？我们今天就得为我儿子打人命。"傅中良已经不是孩子了，他说的话好像不那么疯癫了。藤薛武吓得连连叩头，不到一分钟,额头就叩得鲜血直流。"我愿意替冬莲去死,我求求你们饶了她啊!孩子啊,你求求他们啊!你是傅家的媳妇啊。"外婆也不知道是吓坏了还是怎么的,任凭藤薛武怎么叫喊就是没有半点反应。后来,外婆说,她发癫痫了,是饿得太久,加之情绪紧张,所以发了这个病。

人群开始骚动起来:"你们别太缺德了,你们这样做是会有报应的,金贵的死怎么能怪冬莲呢?"这些嚷嚷的人只能混杂在人群中乱七八糟混合的声音里叫喊,谁都不敢跳出来说句公道话。要是一旦知道是谁在说这些话,傅家肯定会借势整得人头落地的,到时候说话人甚至下场比外婆还要悲惨。

我外公,是锯板桥火石村人,是一条血气方刚的汉子,他的声音洪亮,留着粗糙的胡子,十岁就有了一米八的个头。外公的父亲张丙良是打游击战牺牲的,这在锯板桥是无人不知的。张丙良是条铁汉子,在锯板桥的时候他是路见不平,拔刀相助的。不会有任何顾忌,他来了就像一股强风,他想干的事情豁出命也会干的,一些强势的家族见他,也是闻风丧胆,不敢与他正面交锋。外公十二岁就加入了民兵连,练得了一身好武艺。他是一个十分低调的人,从不高调行事,但是路见不平,也会出手相救。那天要不是他经过傅家坪,恐怕外婆真要冤死在土霸王的"铡刀"之下。

"时辰到,先挖去眼睛,再活埋。"

"我看谁敢?"我外公三两步就跨到傅家的大门前。"现在是共产党的天下,你们这些破旧陈规是该废弃了。"傅家那一群家奴,一开始还真被他镇住了。"你是谁?"人群中有人认出外公来,大家在看戏哩,这有硬对头,也不一定会有好戏呢。他又不是孙悟空,就算是三头六臂,也不可能以一敌十。不晓得是哪个起哄,只听见一声喊打,一群壮丁蜂拥而上。他们是想把我外公乱棍打死。这场面把村民们吓坏了,生怕一条命都保不住,还要丢一条。大家还没缓过神来,只听见"砰"的一声枪响,周围就安静了下来。再吵闹的场面,还是枪的震慑作用大。枪是什么?夺命的武器,比刀,比炸药,震慑作用都大。那些刚才还一个劲喊打的人都愣在了那里。就像是被冰冻的草木,固定着某一个姿势。外公一个人顶得上一万,傅家知道这回是碰上了硬对头,谁也不敢乱动。"谁再往前走半步我就毙了谁。"

外公说着，拿枪对着那个瘦得像猴子的人做了个手势。示意他，小心枪走火。他吓得用手挡了一下，颤抖地退了几步，连爬带滚地跑了，跑得很快，他以为枪是对着他的呢，忘记了自己只是傅家一个佣人。傅家不是没有枪，但都是上硝的鸟铳。与外公手里的枪比起来，那是小巫见大巫。人再怎么逞强，也不至于与枪较量。子弹穿进体内，不夺命，疼痛也是难忍的。当年，傅家汉的父亲就是中了枪，疼痛难耐，上吊死的。关键问题是，谁能弄到枪呢？有枪的人肯定是不简单的，谁不知道傅家的势力？这种场景都敢来，更是不简单。傅家人没见过外公，在场的人有知道他来头的，也不会跳出来说长短。其实外公手里是一支自制的手枪，里面只有两发子弹。为了镇住场面已经响了一枪，要是这些人真的扑上来，外公绝对抵挡不住的。傅家不会轻易放手，再继续下去，汽油点火谁也熄灭不了。幸好，此时藤薛武掏出了那张契约，要不是那张契约扭转了局势，傅家必定会拼个鱼死网破。

"你们没有权利这样对冬莲，傅家汉说好了把你家四十九亩半田，四十四亩地，还有六头驴都给我家的。"藤薛武的话打破了僵局。"屁，你也配享有张家一样的待遇？"杏花站在那里咬牙切齿地叫着。"你也不看看你是什么东西。"藤薛武这摊子事，杏花是一概不知。更不知道傅家汉与藤家也有约定，而且还是要命的契约。她顾忌外公，可她不会顾忌藤薛武。藤薛武用颤抖着的手从怀里掏出一个塑料袋来。塑料袋包裹得严严实实的，来来回回折叠了十几回。难道他想变戏法不成？大家把所有的目光全聚焦在塑料袋上，以为藤薛武拿张过期的银票来赎女儿，谁知里面就一张陈旧的破纸。藤薛武把纸慢慢展开，然后用双手把这张并不起眼的纸举在头顶上。"乡亲们，你们看清楚，这是傅家汉给我订的契约。他们家的四十九亩半田，四十四亩地，还有六头驴……都是我家的。乡亲们，你们都看清楚了，上面都有傅家汉的私章和手印。"杏花被他这突然的叫喊镇住了，她知道藤薛武没那个胆说这些假话。她把手撑在腰上，小心翼翼地走到那张契约前瞪大眼睛看了又看。又回头看了一眼蹲在门口若无其事的傅中良，嘴角嚅动了一下，左脚提得老高，使劲用脚跟在地上跺了一下，然后大喊大叫了起来。"这老不死的，居然背着我们娘儿俩把田地都给了别人，连驴都不给咱娘儿俩留一头。""什么？"傅中良就像是触电一样从地上跳了起来。这回他的疯癫完全好了，变得精明起来，跑到藤薛武面前接过契约一看，又回过头看了做着怪样的杏花。"九娘，那是我爹的手印吗？谁可以作证明？"杏花扯衣角抹了下眼泪又跺了下脚。"这天杀的，金贵都还没入土，他倒好，把所有的家财全部给了这么个克夫星。我早就知道这天杀的不是什么好东西，张雪凤家分去了一半，这一半还要分走，你说我冤不冤啊！这造的是什么孽啊。"傅中良不认识那个章，杏花当然清楚。傅家汉的那个章是造不了假的，是由三枚翡翠雕刻而成的，只有把三块翡翠同时放在一起才能印成。如果只按个手印，人死了就死无对证。可是这章怎么也抵赖不了，而且还在锯板桥公社做了备案的，那样章还留在那里。当年傅家汉为了这枚章大做文章，他家的出账只要是印有这枚章的，视为天神所定，一定是认章不认人，否则就会天诛地灭。要不是许下了此毒誓，杏花早把它夺去撕烂，来个死无对证。

"你们的田地我不要了，我把契约还给你们，我只要带冬莲回家。"藤薛武用警惕的眼神瞪着杏花说："如果你们同意我就当着这么多人的面，将这契约作废，大伙都是证人，不同意我只有把这契约交给她。"外公成了中间人，外公顿时感觉轻松了许多，有了退路。他以为杏花不会同意的，这金贵还装在棺木里。"别，别。"杏花拦住了藤薛武。这是哪出戏呢？难道她愿意拿契约换人？要真是这样的话，那就太理想化了。"你休想把冬莲带走，她生是我们傅家的人，死是傅家的鬼。"傅中良说啥也不同意。母子俩第一次产生了争执，"你这个四毛头，你娘的话都不算话了？"杏花说啥都要这契约，她说没有了这些田地她还在傅家待个屁，以后的漫漫长路还怎么过日子。说白点，她比傅家汉要小两轮。嫁进傅家时她是冲着这些田土来的，要不然她完全可以嫁个比自己小一轮的男人，没必要与老头在一起混日子。"这田地没有了，我还活什么？不如跟着金贵一起去死了。"被杏花这么一哭二闹三上吊，傅中良最后也只好听从了杏花。他也必须得听从杏花的，没有了杏花，他还有主意吗？

外婆被救走后，藤薛武不敢把她带回家，他害怕傅家人再找上门来。要是找上门来，他可是顶不住的。思来想去，干脆暂时让她跟外公去，等避过了风头，再回来也不迟。外公无父无母，就自己做主，答应了藤薛武，暂且同意外婆跟着他去。他可是怎么也没想到，这一去外婆就成了自己的妻子。

外婆非常勤快，能做很多事。外公隐隐感觉到，他喜欢上了这个女人。此时，外婆也感到，只有跟着外公才是最好的归宿。有外公陪伴，内心踏实。两人对视时，眼神里透露着对爱情的渴望。外婆感觉，这种自由和情愿，让她变成了另外一个人，内心有种暖流隐隐流动。外公那时的思想并未解放，他最担心的是外婆做童养媳多年，身子肯定早就被那家子畜生霸占了，所以还是不敢主动去触碰外婆的手。外公的爹娘在的时候，对他说过，别人的女人千万不要去沾。他爹娘的话就像烙印一样，他不敢去揭开这个盖子，只要稍微有念头立即扑灭，一点想法都不能萌生。他能够理解爹娘话里的意思，当时的农村，大部分人的思想还很封建。外公还是有点忌讳。想到这所有的想法也就打消了，他只是把外婆当作是需要自己保护的"难民"。

那天晚上，外婆突然紧紧地抱着外公，外婆自己也不知道是哪来的勇气。

"你松开手？"外公想扳开，外婆却抱得更紧。她已经顾不得了："我就不松开。"

"你松开。"

"我不，我不，我的命是你救的，我以后就是你的人了。我向你保证，我跟那个短命鬼一次都没有。"外婆知道外公内心的忌讳。外公听了，像是看到了春天，心里豁然开朗，他猛地将外婆抱了起来，什么也没想，解开了她的衣服。一阵狂乱之后，雪白的床单上留下了一片鲜红的血迹。

看着那摊血迹，外公在外婆的额头上狠狠地亲了一下说："放心吧，从现在开始你就是我的女人了，以后再也没有人敢欺负你。"

外婆把头紧紧地靠在外公的肩膀上，幸福的泪水一滴一滴落在那沾满鲜红血迹的床单上。

二

一九四三年的冬天。牛粪绽成了冰凌花。

金贵死后，李冬梅半疯。走路歪歪斜斜的，像是在跳人间舞。见人就喊：我的儿啊，金贵，我的儿啊，金贵。女人痛失孩子的那份痛苦要比切割自己身上的肉痛得多。金贵是傅家的命根子，可也是李冬梅的命根子。这命根子断了，傅家所有的希望都灭了，李冬梅的希望也灭了。没有了金贵，李冬梅在傅家的地位一下子化整为零。傅家人看重的不是她，而是她所生的金贵。她算什么呢？像她这样的女人，只不过是个女人。想保住地位难，她也没想过要什么地位。地位于她来说，能解除内心的疼痛吗？杏花唤她就像是唤她家的驴，唤她家的鸡和狗。骂她的时候，把她贬得连猪狗都不如。自从我外婆走后，家里的大事小事都落在了李冬梅的身上。

杏花已经不指望李冬梅在短暂的时间内，给傅家再生育孩子，就算是再生个男孩，这道伤疤还是恢复不了。她把李冬梅定为扫把星，认为她不会给这个家带来吉祥。李冬梅呢？除了整天拿着金贵的物什一把眼泪一把鼻涕外，就是到金贵淹死的河边喊金贵。在河边一坐就是一天半日的。冰冷的冬天，她居然打着赤脚泡在水里。杏花远远地臭骂着："你怎么不跟着去死？"要是真死了也就解脱了，李冬梅从没想过死这条路。死对于李冬梅而言特别的遥远，这中间还隔着一层厚厚的冰，她还没想出适合的死法。要是天上掉冰雹，被意外砸死是再好不过的。

老天是只会折磨人的。人不是那么容易死的，也不是说死就死的。

傅中良虽说是李冬梅的丈夫，但从来都不过问她的事情，不正面和她说话，更不会承担任何责任。实际上李冬梅和傅中良的夫妻关系是存在问题的，需要的时候就黏在一块，像是完成一个任务。没有情感上的约定，也没有法律上的效力。李冬梅是无辜的，她不贪图荣华富贵。

不知从什么时候起，傅中良性格大变，一头温驯的小狗兽性大发，一夜间变成了西北狼。他凶残，暴烈，嘶叫声比狼还可怕。嘶叫声也把疯癫的李冬梅唤醒，她体会到人们常常说的傅家世代是狼的真实。这是一个冷血的家庭，如果你不能与之为伍，就会面临残忍的厮杀。

傅中良长得猴头狗脑的，但他不属于狗，他血液里流着的是狼的血。他刚生下来像是肉被削光了，只剩细小的骨头，性格温驯，后来才慢慢表露出狼性。一些诡异的言行举止，经常在李冬梅眼前飞来舞去。李冬梅只好忍着，一言不发地默忍着。李冬梅意识到未来的处境，与这样一个男人在一块儿，只能是度日如年。可李冬梅是孤独的，她没有依靠，心灵得不到温暖。李冬梅的苦难注定是个雪球，在寒冬里越积越厚。

李冬梅想好好活着，上天会给她活路吗？她已被傅家逼到了死角，就连呼吸都感到万分困难。在外人看来，李冬梅唯一活着的机会就是给傅家再生个孩子，而且是个男孩，有了男孩，即便是死，生命还在延续。金贵走后，傅中良再没来过李冬梅的房间，她的房里只有她一个人，有时候会有只耗子从墙角窜出来，从她的脚背上踩过，有种特别的凄凉。没有傅中良，李冬梅的肚子也大不起来。

可傅中良见她就避而远之，凭空肚子是大不起来的，李冬梅想过一些法子，不顶用不说，还适得其反。李冬梅想尽了法子诱惑，露半边屁股在外，或是半边乳房。好像这些都不顶用，有几次趁傅中良熟睡时偷袭他，有一次被他一脚踢在脸上，滚在床边动弹不得，有一次被他一脚踢在胸口上差点昏死过去。傅中良有过几次善行，但时机不对，还有几次，她都没有印象。李冬梅希望自己是个幸运者，能凑巧中奖那么一次。可是三年过去了，李冬梅的肚子就是大不起来。这时傅中良瘦弱得就像是一根枯萎的火柴，只要沾一点星火就会猛烈地燃烧起来。杏花虽说是贪图傅家的田土，可她对傅家还是忠心不二的。慢慢地她淡忘了金贵，人死了就死了，与死一只猪狗没有区别。长时间惦念一个死人，实在没有什么意义。意识到这一点，杏花开始四处打听生育孩子的良方，说李冬梅不生孩子定是得了什么病。李冬梅见杏花为自己着想，她想讨好杏花。可杏花态度坚决，只是把她当成傅家生孩子的工具。李冬梅暗中忧伤，可也没办法。

那天下午杏花从外面回来，提了几大袋草药。说这药是一个老医生开的，医生医术高明，专治女性的病。本来她是最不信这些的，不知道后来咋就信了，听说那老家伙九十一岁了，身板子还健朗，关键的问题是抓脉有几下子。有几个女人都说是他抓好的，她去时，老家伙没有正眼看过她，只是让她在他前面的小凳子上坐下，随即就抓住了她的手腕，老家伙有些力气，她想解释说不是自己，是儿媳妇生不了孩子，老家伙没有让她开口，她感觉自己的膝盖顶到了老家伙，她想挣扎，发现全身酥软，没有了力气。都是些什么妙药呢？蜈蚣、蚯蚓、蛇、金银花、鱼腥草等，臭气熏天，闻着气味就想吐。药装进土罐，满水后把土罐放在火炉上。烧了半天后，从土罐里倒出小半碗药来。那药味十里八村都闻得到，呛得人恶心想呕吐。杏花说这是她花了二十两白银开的仙药，喝下去保证能够十月怀胎，还会喜得龙胎。李冬梅按照杏花的良方喝了三天，喝到第四天的时候，药只喝一半就喷了出来。喷得满地都是，满屋子都是浓烈的药味。"你这短阳寿的，难怪你叔公得肺癌死。"杏花那张嘴就是毒，骂得人鸡皮疙瘩都起来了。骂完了还不罢休，说李冬梅先死爹，再死娘，最后死的是姐姐。"这么贵的药你不喝下去吐了出来，你怎么不去死。天要收你，你都得生个男孩再去死，否则你死了傅家汉在下面都不会饶恕你。"李冬梅有些麻木了，全身上下颤抖着，连端碗的力气都没了。

这年十月，锯板桥来了一群人。这群人给锯板桥带来了蓬勃生机，锯板桥就像干枯的冬天迎来了春天。一切枯死的草木都露出复活的征兆，想借这个难逢的机遇露出新样来。大伙说人是从上海来这里做凉席的。那时村子里的人还没见过凉席，也不知道凉席是什么。实际上凉席就是用竹子编制床垫。杏花是乐坏了，正愁田地少了人，听到消息后她就急匆匆地上锯板桥去了，想借机捞几个干农活的回来。她早上去，直到太阳落山才回来。回来的时候屁股后跟着个白面书生，鼻梁上还架着一副黑边框的大眼镜。杏花用锯板桥普通话给村民介绍说，这就是上海来的付先生。

"也姓傅啊！"

"他付非我傅，他叫付爱军。"杏花乐呵呵地介绍说。大伙一看，这细皮嫩肉的，下地干活肯定是不成的。杏花这么抠门的人，不可能领个吃白饭的来吧。这回啊，还真被村民猜中了，杏花就是领了个吃白饭的回来。

杏花把这个男人视为荣耀，像是在镇上捧了块金字招牌回来。上也"爱军"，下也"爱军"，就这么叫着。

村民们见她嗫嚅，就连背后说闲话的都没有了。大家都静静地看着，不说话，看这场戏的结局是喜是悲。谁家雇得起吃白饭的？恐怕只有傅家有这等财力。上海美男的到来，傅家就像迎来一个离家几十年满载归来的孩子，热闹了好一阵子。杏花从没有这般带劲，几十年来如此高兴还是头一回。你别说，这杏花打扮起来，还真的有点像大家闺秀，不发暴脾气时挺淑女，屁股和腰都比往常饱满。她隔三岔五往锯板桥跑。买一些洋烟洋酒回来，对白面书生那是好生伺候着，生怕得罪了他。只要他皱一下眉头，眨一下眼睛，她就会忙上跑下。很多人就发笑，这山外高人还真神通广大啊。一物降一物。有人说，人的性格是可以改变的。大家都希望杏花能够变好，变成一个普通的女人。

那阵子李冬梅喝的药也全部由付爱军来监督，这是杏花授给他的特权，也是他来傅家后所做的事情。杏花暂且想不出别的事，总不能让他成日闲着。不知道是这药真的起了效，还是怎么的，两个月之后李冬梅的肚子就隆起来了。杏花每天都会趴在李冬梅的肚子上这边听来那边听去，满脸微笑着说这是男孩准没错。李冬梅从没享受过这么高的待遇，她有些别扭，很不习惯，杏花这回变得温柔了，变得像是换了个人："儿媳妇，你只要把身子养好，家里的大事小事都不要过问。"李冬梅不相信自己的耳朵，可总不能不相信自己的眼睛吧。"谢谢娘。"她的嘴巴也学会甜起来。可嘴里说的和心里想的不同，她害怕哪天杏花不如意又拿她开刀。

按理说十月怀胎才会正常生育，奇怪的一幕又出现了。李冬梅肚子里的孩子只怀六个月就生下来了，脑袋大得像冬瓜，身子小得像黄鼠狼。

锯板桥的人就像是见了怪物一样，都挤着去看热闹。付爱军是见怪不怪，脸上表现得很从容，笑眯眯的。"正常的，"付爱军说，"这是早产儿。"然后又补充说："吃得太好了。"杏花站在那儿，嘴角嚅动几下，想说点什么，可说不出来。在她心里，倒是希望孩子死，要是真死了，李冬梅就死了心。她幻想着，自己亲自生个孩子，希望有人提出来。就算是玩笑，也没有人愿意开。她失望了，摸摸自己的身体，还嫩着呢。她还没生过孩子，真想知道生孩子是什么滋味。

孩子出生后，傅中良对孩子疼爱有加，成天围着孩子唱着跳着。"我的崽啊，我的儿啊……"不停地喊着，叫着。锯板桥年龄最长的傅伸汉那天晚上到傅家来了，这老头已经有四十年没有与傅家汉往来了。他到来，傅家是热情至极，倒水泡茶，切腊肉煮面条。傅伸汉是傅家汉的大哥，傅家汉在世的时候经常在杏花面前说对不起大哥。这话说多了，杏花对傅伸汉的印象也就深了。实际上，杏花并不知道他们哥俩的矛盾，只知道不相往来。其实，傅家汉的父亲与傅伸汉的父亲是同父异母的胞兄弟，傅伸汉是他母亲在宋家带过来的。宋家男人是患疾病死的，死时傅伸汉只有五岁，那边还有一个十六岁的大哥，他母亲丢下大哥来了傅家，他也跟着母亲一道来了。傅伸汉原来不叫傅伸汉，叫宋伸汉，到傅家之后也就改姓傅。他是傅家的后爸养大的，吃的是傅家的饭，不可能还跟着宋家姓。关键的问题是她母亲来后，不知何故没有了生育能力。傅伸汉的父亲傅全百与傅家汉的父亲傅全福是嫡亲的两兄弟。这四十年都没有来往是有原因的，傅伸汉的父亲傅全百与傅家汉的父亲傅全福两兄弟本来是和和睦睦的，却因锯板桥的一名叫相花的妓女最后反目成仇，两人不再往来。相花是锯板桥有名的娼妓，傅家汉的父亲傅全福看上了这名妓女，傅家花了一百万两银子才把她娶回来。当时傅伸汉的父亲傅全百已经与傅伸汉的母亲李氏结婚，李氏虽说算不上花容月貌，但也颇有几分姿色。傅全百与李氏是恩爱有加，也是把傅伸汉视为自己亲生的孩子一样。傅全福从小就不务正业，游手好闲，狗改不了吃屎的恶习已把傅家的万贯家财花去了一大半。如今又要花去一百万两银子娶个妓女回家，傅全百怎么说都不答应。最后傅全百提出了要求，要娶回家是可以。家里的一百万银两全部归傅全福。一百亩田，九十亩地，还有十五头驴子归他。两兄弟分家，从此不相往来。谁知妓女相花进傅家门之后才知道本来家财万贯的傅家，田土都已划分出去，成天大闹天宫说命苦，没有了田地以后怎么活。傅全福完全被相花煽得不顾手足之情，成天到傅全百家打打砸砸，弄得傅全百家鸡犬不宁。这样的日子过了好长一段时间。那时傅家的老头还在，太过分的事情傅全福也做不出来。傅全百根本不理，傅全福也没辙，最后只好不了了之。

那天下午村中可是出了大事，妓女相花光着屁股从傅全百家跑出来，在傅家坪的路上，说是傅全百强奸了她。傅全百一副狼狈不堪的样子在后面追赶，脸气得发青，牙齿咯咯作响。哪还有人管得着傅全百，都追着去看那白白净净的圆屁股了。相花下身裸露着，一直跑进了傅家大院，紧跟在后面看热闹的人把傅家大院围得水泄不通。傅全百跑到门口没有追进去，一只手撑着左腿膝盖，另一只手用衣袖往额头上擦汗，嘴里不停地喘着粗气。如一头被人追打的狗，那样子既滑稽又搞笑。只听见房内一阵汤罐砸烂的声音，紧接着相花带着哭腔大喊大叫："我不活了，我不活了，我哪有脸活下去。"

傅家老头手撑木棍从屋内一步一步地走出来，样子严肃得让人恐惧。他二话没说就拿起棍子在傅全百的背上狠狠地打了几棍，每棍都打得用力得狠："畜生，畜生，你敢做这等龌龊事。畜生，猪狗不如的畜生。"围观的人被这一幕吓傻了眼，几棍子下去，傅全百满口鲜血，喷了一地。这老头受封建思想约束，他哪里忍受得了这等耻辱。几棍子下去，他就后悔了。傅全百的妻子李氏带着傅伸汉赶到时，傅全百趴在地上已是奄奄一息了。傅全百回家后不到半年就去世了，死的时候他只是叮嘱李氏要把傅伸汉养大。李氏含泪送走了傅全百，她没有离开傅家。她是一个善良的女人，相信傅全百不会去碰那个女人。她也恨透了傅家。有人劝李氏改嫁，离开这个家，留下来恐怕还会节外生枝。可她不同意，她说要是她改嫁了，那傅伸汉还得改姓王姓李，那傅全百就死得太冤枉了，以后他就得绝后了。这孩子是他的命根子，说啥也要为他续了这烛香火。李氏的想法固然是对的，可她万万没想到相花不会就此罢休。傅家老头在傅全百死后不过七天也跟着去了，死得很安详，谁都不知道他是怎么死的。傅家老头死的时候相花趴在棺材上一声声"爹"叫着，那是比死自己的亲爹还哭得伤心。嘴里不停地哭喊着："爹啊，大哥的死不能怪你啊，你为什么要寻短见啊，你为什么要想不开啊。"要不是相花哭出来，谁都不知道老头死有他因。可到底是怎么死的，事不关己，谁会去过问呢？许多年后，有人说老头是相花毒死的，她把无色无味的"毒鼠强"混合在茶水里。

傅家老头撒手西去后，傅家重新设立了"掌门人"。按照祖上的规定，继承血脉的一定得是男孩。有两个以上男孩的，由父辈传位。父辈不在了的就由大哥接管，如只有一个男孩的就由这个男孩直接继承。这规定是铁钉钉在板子上转不了脚的，是雷都打不动的。男孩有权掌管家中的一切大小事务，这傅家的权力也就自然全都由傅全福来掌控了。傅家上上下下，敲锣打鼓响了几天。

在傅家坪村姓傅的人家很多，傅家原来是一个大家族。相传是湖北人卖货到傅家坪，发现此地适宜人安居就此落户。最早时也就一户人家，后来这户人家生了七子。七个小孩，肯定是难养活的。落户时这个陌生的荒野并无地名，时间久了，人们也就习惯地称这里为"傅家坪"，称为"坪"是因此处地势平坦。傅家先辈可以说是靠勤劳的双手赢得美好生活的。后来七兄弟实行生子比赛，延续下来就分了几十个小家族。人口多了，各种矛盾纷争不断。祖辈的家业谁都有资格继承，平均分割难度很大。比如田，山脚下的水量充足。谁都想要好田土。比如大小，东一块西一块，划分很难均匀。

分的过程中强者得好田土，得大块的田土。这是家族内的事情，还有家族外的。自从傅家来傅家坪落户后，陆续有其他姓氏落户在这里。各种纷争长期不断，这里可谓是寸土寸金，人们为了方寸土地经常大打出手。几场打杀过后，傅家也就成了霸王。方圆数十里的人，把傅家传得罪恶滔天，其实傅家人并没有那么残忍。弱小面对强大时，强大就变得万恶不赦。

慢慢地傅姓基本上都是听傅家汉这家的，这是傅家各种内斗后留下来的规矩，其他的傅姓自然照办，谁也不敢去更改祖上的规定。傅全福要求重新分配财产，要把傅家那一百亩田，九十亩地，还有十五头驴子重新进行分配。本来这家都分开了的，可祖上是一个血系。因为是在傅全福这代分家的，没有隔代他还有权重新分配。那规矩定制的是隔代分家两家再无瓜葛，隔代如隔山。可现在那破家规把李氏的咽喉一下掐住了，连一丁点透气的缝隙都没有了。李氏一个妇道人家开不了口，何况她只能算是傅家半个女人，傅伸汉只能算是傅家十分之一个儿子。最后分了一亩田，两亩地，三头驴子。其余的九十九亩田，八十八亩地，还有十二头驴子傅全福全部收回去。李氏知道会是这样的结果，但是她怎么也没想到傅全福会这么苛刻，连傅伸汉分内该得的都没有得到。她知道再这样下去她娘俩只有死路一条，傅家迟早会剥夺她们所有的田土。不仅如此，还会毒害她和儿子的性命。想到这，李氏脑门上全是火。无论如何都是一个死字，不如死得干脆些，也毒一次别人。有了这种愚昧的想法后，一个女人疯狂起来会让人窒息。女人是老虎，狼在虎面前还是会畏缩。

林木开始变得阴森起来的时候，李氏拿着香烛、切菜板、菜刀出门了。她一个人来到了青龙嘴的山头上，点燃香烛，挥着菜刀在切菜板上边骂边剁。"我杀了谁家的崽要这样对我娘俩？做多了缺德事天会收的。"这么毒的骂人话谁听了都害怕，谁见了都畏惧三分。傅全福听到嫂子的咒骂声身上起了鸡皮疙瘩，他摇醒了熟睡的相花。"你听，你听。""有什么好听的，睡觉。"相花翻个身就睡着了。傅全福想着那些凶狠的话，怎么也睡不着。三更时分他听见了窗户外的脚步声，好像傅全百在喊冤。"哥，不是我要害死你的啊，不是啊！"傅全福在梦里大喊大叫着。相花被他这么一喊一叫弄醒了，她用尽力气在傅全福的鼻梁上捏了一下，这才把他从噩梦里拉了回来。"你撞见鬼了啊，这么晚还让不让人睡觉？""我看见鬼了，看见鬼了。"说着紧紧地抱住了相花。"神经病，自己吓自己。"相花嘴里说着，背后感觉一股刺骨的水从背心流下来。

第二天爬起床，傅家人发现傅全福吊死在傅家门前的那棵松树上。背上还写着几个大字：哥哥是我害死的，我为他赎罪。这一幕让平静的傅家坪炸开了锅。昨天晚上李氏还在毒咒，今天早上傅全福就上吊死了。傅家人都说这是李氏诅咒死的，要她陪葬。相花带着傅姓族人去了李氏家，刚刚踢开房门只见傅伸汉跪在地上烧火纸，头上戴着白色的孝布。相花定神一看，吓得连退三步，李氏也已经悬梁自尽了。傅伸汉是傅全百的独根苗，虽说不是傅全百亲生的但谁也不敢再对他下毒手。

第二年春天，相花生了个男孩。他就是傅中良的父亲傅家汉。傅家汉出生后，傅家就与傅伸汉没有了来往，这是上辈人定的规矩他也不敢擅自打破。傅族人都说他是野种，还好这句话只敢藏噎在心里，没有人敢正面骂出来。傅伸汉只有一亩田，二亩地，三头驴子，种点庄稼刚刚可以糊口。村里人都知道他的背景，也没有女人愿意进这个家门，一是嫌弃田地少还要养三头驴子，二是傅家对他仇恨太大不敢招惹，三是担心冤魂不散会招魂上身。傅伸汉被生活压迫，畏缩得像个女人，就连说话的声音也是轻飘飘的，生怕惊扰了别人，生怕惹怒了别人，该说的话都不说。最后打了一辈子的光棍，连女人的手都没有摸过。

断交往来四十年，兄长主动找上门来，杏花哪敢怠慢。表面上的热情是要做得天衣无缝的，人在做，天在看。杏花说坏嘛，有时候却又通情达理。说通情达理嘛，很多时候却没有良知。"孩子他伯，你怎么想到上咱家来了。"杏花侧着脸问，语言轻柔细弱，生怕话语不当惹怒了傅伸汉。傅伸汉用眼睛瞄了一下杏花，一句话都没说，只吁了一口冷气。杏花打了个寒战，忙说，不是嫌弃你来，我们是盼着你能够不计前嫌。对杏花来说，这个时候说什么都不是。"我来是有件事要告诉你们。"傅伸汉的舌头像是打了个结，又像是鱼钩浮在水面上。"到底什么事？孩子他大伯。"杏花偏着头问。傅伸汉见杏花拿不出诚意，抿着嘴唇也就打算不说了。"来，来，来，进屋里坐着说。"傅伸汉提了提腿，发现脚跟不听使唤。脚板像一块磁铁粘在地上，怎么挪就是挪不动。杏花见状，上前去抓住了傅伸汉袖腕上的宽松处，硬是将他拖进了屋内。杏花连忙烧开水，泡了大半碗豆子，泡好了香喷喷的茶，毕恭毕敬端到傅伸汉面前。傅伸汉与杏花从未有过往来，这回算是留了个好印象。"来，来，妹子，你先坐下来，我和你慢慢说。"杏花本来还打算切块猪头肉，煮点烫粉皮的，被傅伸汉一召唤，立马就坐下来了。两人的距离仅仅半尺，杏花听得认真。

傅伸汉说他做了个梦，梦见六月锯板桥芦苇开花的时候，傅家又要出事……"孩子他大伯你不是来诅咒我们的吧！"杏花立马打断了傅伸汉的话。这几年傅家没少出事，杏花也真的是吓怕了。傅伸汉说他算不上是傅家人，也不是傅家的种，可他不想傅家再出事。杏花是半信半疑，不过更多的是信，傅伸汉要真诅咒，也不至于这般友好。"我问过菩萨，倒是有法子可解。""你说。"傅伸汉希望杏花能将李冬梅生的孩子过继到他门下，只要孩子脱离了傅家，那样也许会躲过一劫。这是小事吗？孩子过继可是大事，这家当都是孩子的。杏花哪能答应，把孩子过继给他那不是要自己绝后？那样的话自己死了活着都是一回事。傅伸汉说，孩子虽然是过继，但还是跟他现在姓傅，也不用把孩子带到他家跟他一起过日子，他只是想等他死后那一亩田，二亩地，三头驴子有个继承人，更不愿意再看到傅家后代有什么三长两短。傅伸汉说这些话时，付爱军也围坐在火炉边——杏花早没把他当外人了，每餐锅里都放个巴折，巴折上是红薯，巴折下是米饭，这点米饭杏花全部盛给了付爱军。连年干旱，就连傅家这么多田土的大户还是缺粮少食。一是要往上充公，二是傅家老老少少其实也有几十号人。这几十号人虽然都在底层，只干活吃饭，不问口粮，但每餐吃还得给他们吃饱，不吃饱干活就慢了。付爱军倒不是懒惰之人，只是从没干过重活，在城市里生活惯了，跑到这农村来还真是一时半会儿习惯不了。杏花倒是把这个上海佬——白面书生看得很重，就像是傅家汉对张雪凤一样，走哪都带着，付爱军像是城里官员屁股后的秘书。那时杏花年龄还不算老，刚刚四十。锯板桥还流传着四十女人一枝花的传说。她在傅家这么多年没有被傅家任何一个男人摸过，傅家人不知道，死去的傅家汉再清楚不过了。可是即便傅家汉早死了，杏花再有魅力傅家人也不敢在太岁头上动土。何况她胸部硕大，人见畏惧三分。就是搁在那里闲着，雪白的屁股露出来，人们也只能是流口水又咽下去。杏花与付爱军有没有那种暧昧的关系不好说，就连锯板桥的人都说杏花与付爱军有了一腿，到底有还是没有只有天知地知，杏花和付爱军知。杏花早已是寡妇，忍耐这么多年不可能不想男人。她就算是想，想得要命，没人偷也是苦差事，总不可能主动给男人吧。最早议论这事的人是对面小傅家的永真婆婆，她的那张嘴也是喜欢惹祸的，总是关不住风。杏花听到风就是雨，从早晨痛骂到昏黑。永真婆婆一大把年纪的人，你说老太婆是不是吃饱了撑着，惹谁都不该去惹杏花，惹她能讨到好处吗？她的几个儿孙想痛打杏花几个嘴巴，让她少骂几句。可这也仅是个想法，刚刚冒点烟雾就被水湮灭了。大家也知道杏花惹不得，惹着了那是要命的。傅家搬炸药包炸傅家坪外姓不止一次，本来傅家坪是有几个外姓户的，都被傅家用炸药包赶走了。不走不行啊，谁舍得把命丢掉。

这永真婆婆可不是外姓，额头上共着一个傅字，想赶她走恐怕不是那么容易的事情。付爱军在场，杏花很少撒泼，比以往收敛许多。她得在付爱军面前留个好印象：聪明、贤惠，还有修养。看不惯她的人，都在背后指责她，说她是在臭美。杏花说付爱军是大地方来的，见识广，问他有何高见。付爱军笑着说："这当然是好。"他说他不是锯板桥人，迟早要离开锯板桥，他也想认个继子。要是离开锯板桥了，以后还可以常回来看看。这话一出，杏花的脸是红一块，紫一块的。她答应了傅伸汉。说，既然孩子他伯想得周到，这事就照你的意思办。然后侧过脸轻言细语地问付爱军，傅伸汉的孙子怎么可能是你的儿子？付爱军见杏花情绪波动太大，也就只是笑了一下，就没再说话了。这也是杏花第一次在付爱军面前显露出反常表情，不过也在情理之中。我外婆说，那是杏花的一厢情愿，付爱军估计也就忽悠她，弄点好吃好喝的，不会和她上床。

不日后，傅家办起了酒席，在门框贴上了大红喜字。这几年丧事接二连三办了不少，这喜事却办得少。杏花也同意把那一亩田、二亩地、三头驴收回来，既然是一家人，那还分田地干什么。喜事能够避邪，能够带来好运。傅伸汉给孩子取了个名字叫傅吉。这名字带着吉祥如意的意思，傅中良也傻乎乎地竖起了大拇指说："大伯这名字取得好，好，好。"傅中良他知道个屁，他连学堂都没进过，"一"字都不认识，哪知道好与不好。这不是在瞎闹？付爱军是文化人，也没说半句话，这么土的名字，在他眼里好不到哪去。他不想费心，只要傅家人说好，他也就使劲点头。总之不发表任何意见。

六月正值芦苇开花的季节，杏花正在地里忙着哩。付爱军来后，她整个人都变了，没有了架子。平日里不下地的，现在干得可带劲。汗水湿透了脖子，衣服在背上黏贴得紧，风怎么吹就是吹不干。付爱军这时也不敢偷懒，跟在她的屁股后，硕大的屁股只要轻轻一翘，就会把他半边脸给翘走。那天，杏花正干得带劲。还和付爱军说着挑逗的情话，突然山对面有人拉着脖子喊。喊什么呢？喊什么杏花都不想理，让他喊去，喊破了嗓子那是活该。

"傅吉不行了。"

"谁？"

"傅吉。"

杏花吓得魂都离了体，连爬带滚地跑回了家。付爱军跟在杏花屁股后面，他是上海人，走不惯这种砂石路。就像是开车习惯了柏油路，开在泥巴路上颠簸得厉害。

远远地只见李冬梅抱着傅吉坐在大门口上哭。"怎么了？"杏花火急火燎地从李冬梅手里抱过傅吉。"我的儿啊，你这是怎么了？"傅吉口里吐着白沫，四肢僵硬似是没气了。杏花哪容得下冬梅："去死吧，孩子都照看不好，去死吧。"朝着李冬梅一脚踹过去，恰巧踢在李冬梅的腰上。李冬梅当即翻滚在地上，额头顿时鲜血直流。李冬梅本来就吓软了腿，哪还能经得起这样的折腾。怪李冬梅是没有道理的，再说这孩子是她的心头肉。傅伸汉听到哭喊声顿知大事不妙，火速赶来。可他还是来晚了一步，李冬梅经不起打击拔腿就朝傅家河边跑去。只听见扑通一声，河面上溅起了层层浪花。傅伸汉从杏花手里接过僵硬冰凉的傅吉，脸色十分地苍白。不过苍白不到一分钟就缓了过来，嘴里大喊冬梅。哪有人去管李冬梅，李冬梅早已沉到了傅家河底。"孩子没死啊！你怎么就自尽了呢？"杏花被傅伸汉这么一喊一叫都以为他也疯了，众人的眼睛朝傅家河望去，哪还有什么冬梅，河面上就连一点溅起的水花都没有。李冬梅不晓得哪来的勇气，本来大家以为她不会主动寻死的，没想到这会儿硬是迈过了心灵那道槛，兴许她害怕死是有理由的，她得选择一个合适的死亡方式。傅伸汉在傅吉的鼻子上掐了一下，又在背上连拍了几下，不到十分钟，傅吉睁开了眼睛。要不是傅伸汉来，傅吉也被装进棺材，这人没死也得憋死了。后来傅伸汉死后十多年，傅吉每年都要"死"一次，但每次都是别人照这方法把他救回来的。

李冬梅的死不能说不冤，傅家上上下下都说她是该死，要是她不死傅吉就得死了。说是金贵在下面太孤单了，要她去陪。说得好像是真的一样。李冬梅死后李家来过人，来人没有提及李冬梅的事，说的是当初送的那驴子不能犁田了，想要傅家换头驴。傅家给了两块银洋，破口大骂把李家人赶出了门，示意下次再来就打断腿。杏花说这都是托傅伸汉的福，要不是把孩子过在他膝下，孩子肯定不能逢凶化吉。傅吉长大后把傅伸汉当成了亲人，叫傅伸汉爷爷，叫杏花奶奶，叫得挺甜的。可惜他们俩没有半点关系，一个月亮与一个太阳。

那几年杏花也像是换了个人，变得通情达理。可是自从李冬梅跳河自尽后，傅中良就成了光棍。他的年龄还不到三十，就这么耗着也不是个事。杏花又四处托媒婆帮他找媳妇，可是锯板桥没有一个女人是愿意去他家的。都怕碰上那些不幸，到头来丢了性命。连找了五个月都没有人回信，杏花是干着急。又托人去了锯板桥，说只要哪家的女人愿意到傅家来田地各分一半。那年头田地就是命，有了田地就有饭吃。这么优惠的条件开出去之后，上门来的人还真不少。不过这些人来了之后立马就走了，谁都不愿意把女人嫁到傅家来。这种田地各一半的做法，不是现在开始的，也没有人捞过半点好处。

付爱军是七月离开锯板桥的，说是上海来人通知了让他回去。总之没见半个人来过傅家坪，有人和他开玩笑说，不会是托梦通知的吧？他也只是笑笑，就算是假的又如何？杏花不问，关其他人什么事。实际上他离开的真正原因，就连傅家坪的鬼都不知道。在傅家待的这段时间里，他没干出什么惊天动地的事。走的时候和来的时候一样，杏花帮他料理好行李，送他去了锯板桥。付爱军是晚上离开傅家的，离开前还去傅伸汉家走了一趟。杏花给足了盘缠，说你过些时间就回来。付爱军一个劲地点头，看上去有些不舍。

这一走，付爱军就像是人间蒸发了一样。再也没有回过锯板桥，更没有回过傅家。付爱军走后杏花成天失魂落魄似的，她逢人就说她有了付爱军的孩子，付爱军是她的男人，说她的第一次给了付爱军。这话一说出来在场的人就笑得肚皮痛，大家都说她在说梦话，说她是想男人想疯了。在没嫁到傅家之前，杏花还真是处女，因为锯板桥没有一个她看得上的男人。她的眼睛只会仰视，她看得上的男人得有两个条件。一是相貌长得好，二是家中有钱。最后挑来选去，不知道怎么与傅家汉扯上了关系。傅家汉霸道、有钱，这样的男人在锯板桥屈指可数。杏花喜欢骑在驴背上，有种高人一等的味道。

付爱军离开锯板桥不久，杏花就将傅伸汉接到了傅家来长住。这也是破天荒的事儿，傅伸汉老得连挪步都难，都是杏花挽着进进出出，上上下下的。杏花恐怕就做了这点积德的好事，这是锯板桥人看在眼里的唯一一件好事。要不是杏花与傅家汉是名义上的夫妻，按年龄傅伸汉完全可以做杏花的父亲。

外婆说人就是这么怪异。她也想不通，杏花怎么会把傅伸汉接到家里来。其中的原因估计与付爱军有关。付爱军是个知书达理的人，杏花又信任他，信任他就如村民信鬼神。

傅吉十岁那年，傅家的命运再次发生了大转折。傅家那五十亩半田，四十六亩地都是靠近傅家河的，这是整个锯板桥最好的田地。六月天干物燥，别的田地平常都依靠山沟里的水养田。这一年连续两个月都滴雨不下，傅家的田地位置低可以引傅家河的水灌溉。其实年年都是这样的，这一片田是锯板桥最肥沃、收成最高的高产田。其他村庄的田地晒得田土都裂开了碗口大的缝隙，禾苗开始冒青烟，傅家的田里还是一派生机，庄稼有足够的水"充饥"。杏花成天拿把竹扇子优哉游哉的。

我就怀疑，付爱军走后，杏花就没去找过他？"去哪儿找啊？"外婆说，"杏花豆大的字都不识一个。付爱军给她留过地址，上海。不错是上海，她哪有那个胆去上海找人。"我听了呵呵地笑了起来。"杏花再强势也仅在锯板桥，在锯板桥还算只母老虎，外出了就认不得回家的路喽。"外婆又说。

天要是再干枯下去，庄稼就颗粒无收了。那天下午傅家坪的村民都来到老爷庙，说是去求雨。据上辈老人讲，傅家坪这一带最早的求雨方式是擂码子（求雨总代表替身，头戴柳圈帽，赤裸上身，穿个大裤头，光着脚丫子，坐在一个用轿杆绑成的架子上，架子上固定着两个铡刀，码子臀下坐一个铡刀，双足蹬着另一个铡刀，双手捧着香火，被众人抬着，旁边擂着鼓，去老爷庙求雨）。旧时，正月十四下午，锯板桥各种社团也到老爷庙舞龙、舞狮、踩高跷，场面一样壮观。码子如果老了或者找不到了，就由平衡能力和定力强的新手代替，新手没有专业功底的，臀部就垫一个厚鞋底子（衣服遮掩着看不见）。一般由几个庄联合起来，由当地士绅组织，上百人参与，焚香烧纸要求普降甘霖，若如期下雨，按所许还愿，有的唱戏三天，有的重塑金身，有的重建庙宇。

老爷庙早已破旧不堪，再也寻找不到半点香火的痕迹。庙内的金身老爷也早不知去向。有的说是流落到了民间，也有的说是被人盗卖了。在很长的一段时间内，没有人信奉老爷。这期间还有另外的故事，当然这个故事与傅家无关。具体的来龙去脉，我外婆也不知道，藤薛武也不知道。老爷如能显灵，村民自会为其重塑金身，重新修寺庙。

傅家坪的男女老少也赶去凑热闹了。这么火热的场面不能不去，杏花也跟在村民的屁股后头。"你们能够求得动天神，我把眼珠挖出来丢给狗吃。"杏花幸灾乐祸地说。村民们用眼睛盯了她一眼，谁也没有去跟她斗气。只见老爷庙的门前搭起了个台子，法师穿上了红色的衣服，戴上了帽子，手上拿着个扫把一样的东西挥来挥去。村民把腊猪头、猪脚都摆放在老爷庙门前，把大把的香纸都点燃，大大小小老老少少都跪着给老爷庙的观音菩萨作揖。也不知道是感动了天神，还是观音菩萨真的显灵了。天渐渐昏暗了下来，夜晚时分就下起了瓢泼大雨。这雨一下就没完没了，傅家河咆哮了起来。大水将河堤冲决了，眼看傅家那几十亩田就要遭殃了。杏花跪在地上求天，天哪听得见她的求救声。第二天早晨，锯板桥村民看见杏花跪在河堤上，那样子十分可怜。再看那几十亩水田，禾苗是连根都拔起了。高处的水田却因为有了这场庞大的及时雨，缓过了那个残暴的季节。

三

接连好几年的气候都不算好。天气就像傅家的家况一样表现得诡异。天气是可以观测的，天意谁也没有办法，只能是听天由命。奇怪的是，我外公家倒是很平静，自然界的一切灾难和社会上的一切纷争与他似乎毫无关系。他带着外婆"退隐江湖"，躲藏了起来。

没想到的是，那场"求来"的雨，整整落了七日八夜，就像天河决堤了似的没完没了。你说这代表着什么？住在高处的人们万事大吉，傅家的田土可就遭殃了。田土的位置低，山洪暴发了，大片的泥石流如汪洋一拥而至，几乎把傅家的田土掩埋。村人说，这是天意。天要灭傅家，傅家再强也没法。其实就算是不遭此灾难，傅家也不像之前那么嚣张了。因为此时已不再是封建王朝，不是山高皇帝远，强者说了算的年代。

外公凭着那把自制的手枪吓退了傅家那群凶暴的狼，外婆跟着外公也就无人骚扰了。

火石村离傅家坪村比较远。火石村在锯板桥西北的一个大山落里。要进去一趟得花上一天的时间，不能骑马也不能坐驴。自从外婆走后，傅家再也没平安过。按理说，外婆是扫把星，她走后傅家应该就会平安无事，但相反，她走后傅家倒霉事情从不间断。外婆是个宽宏大量的人，早把从前的事给忘了。

外婆的肚子大了起来，椭圆形的，外公甭提有多高兴。那天外公拉着外婆来到一个半山腰上的两座坟茔前跪拜。"爹，娘，你们看，冬莲怀上我的孩子了，张家有后啦。"外公拉着外婆给他爹娘磕了三个响头。其实外公怪可怜的，他的亲生父母是谁谁都不知道。他不是张丙良亲生的，但有着与张丙良一样的血性。

多年前某日从锯板桥不远的凤凰城里传来消息，说日本鬼子快打到城里了，强奸妇女杀戮老少样样都干，大队（共产党的地下临时机构）发动长得结实的男人去参加游击队。张丙良有三十好几了，在火石村做了大半辈子"驴"，从八岁开始拜师学打铁，十多岁学做篾，二十多岁又学做木，三十岁的时候在家种田。他想放下那一分五薄田，杀那狗日的日本鬼子去。当时村人都劝他别去，外面再大的事也不可能闹到火石村来。张丙良哪听得进去，他就像中了邪一样，非要与日本鬼子拼个你死我活不可。他夜半三更一个人鬼鬼祟祟地翻了几座山渡了几条河朝凤凰城奔去。村里人都以为他就是去看看热闹，没准第二天就累得像条哈巴狗一样回来。谁也没有预料到的是，张丙良还真参加游击队去了。两个月后，张丙良回来了。腰上还系着一把硕大的刀，闪闪发亮，锋利无比。凭他自己的手艺，不可能造出这么好的刀来。张丙良本身个头就高大，配上那把大刀，神气活现的样子够威风的。孩子们围着他团团转，听他吹这两个月的见闻。见他神气活现的样子，村民们还是给他竖起了大拇指。张松柏是张丙良的小学老师，念过两年高中。村里连初中毕业的都没几个，高中生就是稀罕了。张松柏也有风光的时候，他教书是不用带课本的。张丙良是块顽固不化的石头，成绩相当差。张松柏逢人就说这孩子是没出息的，要是能考上学校他把眼珠子挖出来给狗吃。张丙良就是张丙良，虽说每次气得脸色发青，可成绩就是上不来，说到底他还真不是读书的料。张松柏骂张丙良可是肉里挑骨头，尽往痛处挑。"丙良，别以为你有多大本事，别人不知道你，难道我也不知道？你就是一个穷光蛋。"换作在以前，张丙良会气得颤抖。这回他装聋，别人说啥他都听不见。倒是张松柏着急了，着急的样子很好笑。

回到火石村后，张丙良做的第一件事就是给茅草房补漏，他家那几间茅草房被风吹了几个大窟窿。房内满地是黑色的泥浆，床上的棉被被雨水浸泡后变得不成样。张丙良把棉被扔在门前的草地上，他想借着阳光烤干。棉被的颜色彻底变了，是屋顶上的黑茅草腐烂后侵蚀进了棉丝里，那颜色是怎么都变不回来的。不过他已经不在意这些了，只要能取暖就行了。他这次回来比较匆忙，他说过几天还要出去，估计要好些日子才能回来，得趁这几日天气晴好，把这屋子盖牢固了。

张丙良再次离开火石村后，有一年多没有回来。那年住在他家对面的南岩老汉八十七岁了，南岩老汉岁数够大，但记忆力和年轻人一般，张丙良哪天走的他都记得一清二楚。很多人说，这老人脑瓜子灵。实际不是的，每个日子他都圈着符号，这些符号只有他自己懂。张丙良回来前的好些日子，南岩老汉从蜡黄的橱柜里，掏出一本发黑的皇历翻到最前面说："丙伢走的时候是四月初八，现在已是四月初十了。这孩子都走了一年零两天，不知道他什么时候会回来。"张丙良走后成了火石村百姓的期盼，他走后村里的人心里都空荡荡的，不踏实，大伙都盼望着他能够早点回来。

可就是望穿了眼，也不见张丙良回来的身影。那天晚上，上屋的军文叔公背驮着三军菩萨，手打着杉皮火（将干枯的杉树皮滚在一起，燃着后用来晚上赶路）来到了南岩老汉家。"谁啊？"南岩老汉天一抹黑就上床了，在床上翻来覆去的。老人晚上本来睡眠的时间就短，躺在床上怎么也睡不着觉。"叔公，是我啊，我是军文啊。"这老头年岁大了，可耳朵很好使，不仅没有聋，只要外面有半点风吹草动就能觉察到。"咳，咳。"南岩老汉从床头上扯了件破旧的棉袄搭在背上爬了起来，拿出枕头下的火柴盒，将火柴擦燃后点亮了放在木箱盖上的茶油灯。勺子上倒点茶油，搓根棉线放在油上面，就这样用来夜晚照明。南岩老汉拉开门闩，一股冷风从门外灌了进来，油灯的火本来就弱，被风一吹又灭了。"军伢啊，你怎么这么晚来了？"南岩老汉将军文让进了屋里，随即关上了门，又从裤兜里掏火柴点灯。点完灯，不慌不忙地帮军文将三军菩萨搬放在木箱盖上，在箱架子下找出了香炉。点燃了香火插在香炉上，又从厨房的火炉角里用竹钩取了半边猪头放在三军菩萨前面。"南岩叔，我听说村子里要闹不太平了。"军文用瞪得很大的眼睛盯着南岩老汉的脸说，南岩老汉的左脸像被蚊子叮了一口，脸皮抽动起来。"你这话是从哪儿听来的？"南岩老汉用警惕的眼神盯着军文，眼珠发出锐利的光。

"我今天去了趟锯板桥，集镇上的人都躲起来了。街上的张三叔说我们村的丙伢投靠了日本人，他要带日本人进村'扫荡'了。"南岩老汉听了先是一惊，脸色大变。他也听说日本鬼子来了。但他没出几分钟就平静了下来。"军伢啊，信息千万要准的，一定要千真万确才能说出来啊，你可不能信口开河。"军文点了点头。

"我这不是来问过你吗。"南岩老汉连忙点头。南岩老汉虽有八十七岁了，脑子还听使唤。在火石村他说话是有分量的，年轻的时候他还是村里私塾唯一的老师。他叮嘱军文，一定要看局势，不要随便开口说话，以免酿成大祸。

送走了军文，南岩老汉随即关上了门。他住在大山里几十年，从来没有胆怯过，这回心里还真的有点发毛。军文也不知道是走仓促了，还是故意地把三军菩萨留了下来。三军菩萨不是哪家的，村里东家有事东家请，西家有事就西家接，一年四季都在外面接来接去，只有除夕与正月初一两天是在三军殿的。南岩老汉从下半夜都没有上床，他一直在三军菩萨跟前走来走去。第二天太阳刚刚升起来的时候，火石村来了两个陌生人。从穿着上看都比较特殊，还戴着帽子。村里人谁也没见过日本鬼子，都怀疑这就是山外人说的日本鬼子。军文喘着粗气跑到了南岩老汉家，南岩老汉晚上没睡，直到天明才躺下。军文敲了几下房门里面都没有动静，他知道南岩老汉有早起的习惯。他又连喊了几声，里面还是没有半点反应。他只好通知村民往大山头上跑，说鬼子进村了。这消息一传出，各家各户赶着牛马都躲到山上去了。在山上一躲就是好些天，等他们回到村子里时发现南岩老汉死在床上，都发霉了。在三军菩萨前面的那块猪头下，压着几个字。上面写着："丙伢不会是那样的人，请大家相信我。"南岩老汉不是不知道，火石村都是一个个大字不识的莽夫，谁也不知道那纸上写着啥玩意。实际上，张丙良真是个好人，南岩老汉给他取名"张丙良"是有深意的，他说这孩子长大后一定会是火石村百姓的骄傲。南岩老汉完全凭的是个人判断，才留下临终遗言。

军文走了之后，南岩老汉怎么也睡不着，他在三军菩萨面前连求几次，结果都不是他想要的。在他眼中，三军菩萨是很灵的，总能预测到一些事情的结果。南岩老汉这次相信了三军菩萨，信得十分地彻底。三军菩萨说，要救张丙良的命只有拿他的命去换。这些话实际不是三军菩萨说的，菩萨是个木头，怎么会说话呢？但南岩老汉愿意把生死交给菩萨来决定。他宁愿这样带着希望死去。他把床脚下的那瓶"三步倒"掏了出来，咕咚喝下了大半瓶。这瓶"三步倒"是他腿脚还算灵活的时候在锯板桥买回来的，他没有后，是准备在不能动弹又无人照顾之时结束生命的。张丙良对南岩老汉可是像照顾亲爹一样的，南岩老汉也把他看作是自己的亲儿子。张丙良也是命苦人，七岁死爹八岁死娘，是依靠南岩老汉节衣省食和村民救济长大的。南岩老汉的判断失误了，那两个人不是什么日本鬼子，是共产党员，是送奖章来的，还送来一封信。村民把南岩老汉埋葬在了张丙良家屋后的第三块地上。南岩老汉死后半年村子里都很平静，那天晚上一个拐子带着个三四岁模样的孩童来到了村子里。要不是他衣着破旧不堪不像人样，被军文吓怕了的村民还真以为是日本鬼子。村民们不敢让他住在家里，就指引那拐子住在张丙良的茅草棚里。拐子进棚不到一个小时就跑出来了，大喊大叫的。村民们听到叫喊声都围了过去，那拐子手里拿着一封信，说张丙良回家了。村民们差点连魂都吓散了，还以为那拐子就是张丙良。村民们比画个头，看脸型都不对。拐子用不太标准的普通话把那信里的文字一字不落地念了一遍，村民们一个个都听呆了。张丙良死了，还成了英雄。这是真的还是假的？"不会是真的。"大伙都这么说。到底是怎么回事呢？军文连夜出山了，连爬带滚往山外跑。第二天黄昏，他唱着歌回来了。像个小孩子，连蹦带跳的。这一夜，火石村彻夜灯火通明。村民们都围坐在张丙良那茅草棚里，惋惜着，感叹着。张丙良是条铁汉子，他的英雄事迹是火石村百姓的骄傲。火石村百姓将张丙良的奖章放在棺木里面，埋在了他家山后南岩老汉的坟墓边。可是谁也不知道张丙良是怎么死的。山外有很多种版本，有说是在与日本鬼子的搏杀中死的，有说是中了白军的地雷，还有说是遭到了飞机炸弹。到底是怎么死的，谁也不知道详细内情。其实也不是没人知道他的死，他做的事情是光荣的。当时他加入了地下党，干的工作就是假装日本鬼子。流言不是空穴来风，的确有那么点靠谱。

　　拐子带着那个不大的孩子在火石村落了脚，他是从西部游荡到这里来的。村人在他死后好久才知道他是地下党员，可惜知道这些的时候他都死去了好些年了。火石村没有因为张丙良没有背叛而幸运地逃过一劫，拐子到村子里的第七天，也就是张丙良"头七"的那个晚上，火石村着火了。一路火把从村口一直蔓延到村子里，这回真的是日本鬼子进村了。他们是来抓拐子的，拐子可不是一般的人，他是地下党的干部。他是张丙良的上级引导进村的，他的一条腿被打断了，需要调养。只有到火石村才可以避难，也只有火石村的百姓才会照顾他。可是万万没料到，有人出卖了他。日本鬼子进村了，地下党干部知道事情不妙就在村头连放了两枪。这枪声一响，村民们知道这回是出了大事，火速往山上跑。在火石村半山腰有个洞，进口很小，里面可以容纳几百号人。村民们在洞里好几天都没有出来，那拐子地下党干部也躲藏在里面。大约在第五天的时候，日本鬼子开始搜山了。眼见日本人离山洞就只有一百来米了，他们一旦发现了洞口，即使是不攻进去，村民们也会困死在里头。拐子握着军文叔公的手说："大哥，这孩子就托付给你了。"军文叔公都吓得满头冒汗了，他哪听得进去拐子在说什么。拐子说完就消失了，只听见外面几声枪响后就再也没有动静了。晚上村民爬出洞，这才发现村里的房子都被烧成了灰烬，只有三军殿和张丙良那几间茅草房免遭此劫。本来那几间茅草房只要一点火立马会烧个精光，大概日本鬼子以为那是关牛的牛圈吧，因为不是住人的就没有点火。第二天早上，村民回到村子四处寻找拐子，在火石村进村口的桥头上看到了高高悬挂着的拐子的头，尸身不知去向。眼睛还是睁着的，村人说他受了莫大的冤屈死不瞑目。村民把拐子的头颅取下来，葬在了张丙良的父母的坟边。村民都知道，要不是拐子舍命相救，他们肯定难逃大劫。拐子死后，孩子一直哭个不停。他没有喊爹，也没有说什么话。他只会哭，哭得非常伤心。孩子是吓坏了，村人在他口里问不出一句话。这孩子是拐子带进村来的，村人都以为他是拐子的孩子。给孩子戴了长孝布（长孝布是最亲的人才可以戴的），灵牌也是他端的。孩子按照村民的示意，都去做了。真的让人伤心，一个这么小的小孩就要经受这么大的痛苦。好些天后，军文叔公才知道孩子不是拐子的亲生儿子，他是拐子在路上捡来的。这孩子这么可爱，又聪明，村民都很喜欢他。军文叔公说，丙良命苦没有后，这孩子怎么看都像他，就过继在丙良的门下。不管是姓张也好，姓王也罢，这就是我的外公，大名叫丙德。丙德十几岁就参加了当地的红军赤卫队，本来火石村的百姓都反对他去的。说他是张丙良的独根苗，要是他有个三长两短那就真不知道如何向连尸骨都没有的丙良交代了。可张丙德是条血气十足的汉子。幸好他在赤卫队没出什么大娄子，这才让火石村的村民悬着的心安了下来。

我外婆到火石村以后，村民甭提有多高兴。都说藤薛武是条汉子，他生的女儿也会是贤惠的好媳妇。我外婆比外公大两岁，平时外公都喊她冬莲姐。外公比外婆小，外婆直呼外公名字。村里人知道外公闯了大祸，傅家没有日本鬼子那么凶残，可也不是好惹的。这年头，没有了日本鬼子的欺凌可惹了地头蛇绝对也是没有好下场的。就在村民不安和担心着的时候，外婆的肚子渐渐大了起来。那天下午，傅家几百号人来了村子里，说是要把外婆抢回去。排山倒海的阵容，火石村的百姓都吓得不敢露面。外公就算是有三头六臂也无可奈何，他只得带着外婆在山洞里躲藏了好几天。傅家人知道外公躲在里面，谁也不敢进去。外公手上还握着枪，他在暗处，谁也不敢冒险。这次傅家人来过之后，外公去过一次傅家。那是四更时分，傅家人都还沉浸在睡梦中。一声枪响把傅中良吓得从床上滚了下来。"谁在开枪？谁在开枪？九娘。"就因为那一声枪响，整个傅家连续半年都派人轮流值夜班。每天晚上都把马灯挂在宅院的门顶上，整夜不灭。也不知道是谁说这是我外公放的枪。外公说，那晚的枪真不是他放的，自从有了外婆之后他想得最多的还是外婆和孩子。"算了吧，九娘，"傅中良用乞求的眼神看着杏花说，"我成天都睡不好。"杏花知道，跟外公斗不是斗不过，主要就是少了武器。外公有把枪，他们没有。要是一不小心被他一枪崩了，那不死得很冤？想到这杏花的汗毛都变成了荆棘，满身都在冒汗。她咬牙切齿地说："看我不收了你的命。"那次之后，傅家没有人再来过火石村。谅他们脑壳再大都不敢再来。外公放言了，说只要他们再来，就让他们有来无回。这话虽然不是傅家人从外公口中听到的，他们还是认为这是外公放的风，他们也了解外公的性格。再凶残的猛兽也怕兽中之王。本来杏花找人也自制了几支猎枪，打算去火石村拼个鱼死网破的。连着几个晚上她都做了同一个梦，梦见一条白龙把她缠得快窒息。醒来时感觉身上冰凉冰凉的。她去过沙龙算命，跑遍了沙龙都没有找到傅家汉在世时所说的那个活神仙。沙龙倒是有个神仙庙，听说那里的菩萨很灵。杏花去了神仙庙，烧香拜佛之后，就在她打算离开的时候，她看到了一条白龙。白龙盘旋在屋檐上，看上去栩栩如生。难道是菩萨显灵了？她跪在菩萨面前磕了三个响头。回到家召集了傅家上上下下的人，说活神仙说外婆是克夫星，这样的女人给张丙德罢了，她回来了不知道还会给傅家带来怎样的灾祸。说来也奇怪，自从那个晚上回来后杏花就没有再做同样的梦了。傅中良那天下午去了傅家对面的将军滩，回来的时候说是经过傅家河的时候看见了白龙在喝水。傅家人都以为他是在说疯话，只有杏花听进去了。杏花请来了锯板桥杨四菩萨的弟子徐国文，说是要玩"恭贺"（一种消灾的迷信方法），还要杀猪杀鸡。天黑了一阵子后，"恭贺"在傅家河边上进行。先是在桌子上摆好贡品点燃蜡烛，接着将猪和鸡抛进河里。然后徐国文拿着火纸，从桌子上的碗里用手指蘸点酒弹在火纸上。用手指对着另外一只手捏着的纸比画了几下，再端起一大碗酒猛喝一口喷了出来。说是菩萨已经附身了，嘴里不停地说着什么。徐国文拜一下，跟在身后的杏花就躬一下腰，傅中良也躬一下腰，傅吉也在后面跟着躬腰。这一家三代都是傅家的主干，拜完后，连卜了三次卦，结果就是没有猜到什么原意。杏花说，问问是不是要放过张丙德。"只要让我见了，我得把他的皮都剥光，他把我吉儿的媳妇都抢去了，弄得我吉儿又去娘又无媳妇的。"傅中良愤愤地说。"先问问吧。"杏花说。这次的结果如杏花所料，她放弃了对付张丙德，但又怕遭对方报复。"这事有什么破解之法吗？"杏花焦急地问。弄得大半夜，徐国文给杏花画了一道符。说是把符贴在傅家大院大门门顶上可以避难，杏花当天晚上就把符贴在了门顶的正中间。锯板桥的百姓都信这个，各家各户的门顶上都贴有符。有些是刚刚贴上去的，有些是贴了好几年的。自这之后傅家也好像怕外婆再克夫，干脆把这个带了好些年的童养媳忘记了。灾害之后，傅家再无粮进仓。不过半年就全部靠吃薯和薯丝过日子，过习惯了上等生活的杏花哪熬得了这样的日子。成天鬼哭狼嚎大喊大叫，弄得整个傅家是鸡犬不宁。本来还算是兴旺的大家族，一下子变得衰败了起来。哪还有人去过问外婆了，更是把外公抛到了九霄云外。在傅家被认定为克夫的外婆，不久就和外公生了一胎男孩。外公没念过书，也没有给孩子取名字。平常口头就叫他早早，意思是说孩子来得早。其实在锯板桥十三四岁就生孩子的男男女女多的是，一辈子生十多个的，七八个的多的是。有些是从十岁开始，生到五十来岁。当然其中好多女人都是因为生不下小孩就这样去世了，有些能生的就生了一大伙。多的有十四五个，少的也有四五个。自从生下早早之后，外公干活的劲头更大了。他考虑到这一家子又多了一口，自己又得多付出一份力气。那年头到处兵荒马乱的，为了让孩子出生后有一个安静的生活环境，外公把家搬到了东浒寨，在东浒寨的山头上用泥土筑了几间房子。东浒寨在当地有一个传说，古代有个寨王带着兄弟守在山上，山下的追兵怎么也攻不上去。上山的地方有一条密道，如果追兵占领了那条密道那就难守了。寨王定下一个规矩，一旦被追兵占领密道，山上的兄弟就跳崖自尽。密道上安机关，机关会发出警报声，以警报声为信号。那晚夜半，山寨的跳崖警报声被老鼠踩响，寨王带着兄弟跳下了悬崖，东浒寨最后不攻自破。自从外公在山上筑了房子之后，火石村还有几户人家也搬到了山上来。在山上一住就是好几年，外公得依靠开荒种地过日子。早早，也就是我舅舅。出生之后的那几年，不是山洪暴发就是旱灾不断。就连锯板桥都没有水喝，幸好在东浒寨的山顶上有一口泉水井，水又清又凉。外公把这口泉水井取名为"救命泉"，寓为可施舍给穷百姓。奇怪的是，那口井真的一直没有干枯过。

舅舅两岁的时候，外婆得了急病。最开始眼睛有点痛，外公以为只是小病。加之忙碌就没有放在心上。再过几日病情仍然不见好转，外公这才去锯板桥请来了郎中。可郎中走到火石村就再也不愿意上山了，从火石村到山顶要两三个小时。上下的小道宽只能容下一只脚，一不小心还会掉下悬崖。郎中不愿意走路，外公硬是将郎中伏在背上背到了山顶。不要说治疗外婆的眼睛，到山顶郎中早已晕死过去了。等郎中醒来都已经是三天后，三天后外婆的眼睛已经什么都看不见了。外婆的眼睛失明之后，她想的就是跳崖自尽，只有这样才能不拖累外公。外婆的想法很快就被外公发现了。外公跪在外婆的跟前说："冬莲姐，要是你不怕苦，就跟我一起把孩子拉扯大吧。"外婆用手在外公的头上抚摸着，就像是一位慈祥的母亲在抚摸着自己的孩子。他还真是够苦的，从小无父无母。要是自己丢下他和孩子去了，那往后的日子他又得当妈又得当爹，可怜舅舅那时小，以后就没有娘了。想到这，外婆放弃了寻死的念头。活着拖累这个家不如死去，可现在外公告诉她，死去不仅不会给这个家减轻负担，还会让活着的人永远痛苦。外婆眼睛看不见了，可家里的事都是她做的。煮饭、炒菜、照看小孩，她想尽量帮外公减少负担。外公在外面可是拼命苦干，一年下来总有吃不完的剩粮食。如果就一个孩子，可能生活会过得正好。接下来十年，外婆生了七胎。七胎都是女儿，没有一个男孩。七个孩子取名为张少平、张少兰、张少菊、张季秋、张季华、张季牧、张季瓶。这些名字都是后来一个先生经过火石村帮忙取的，叫了好长时间的"早早"也取名舅舅。外公是在火石村碰到这位先生的，他是广东人。广东那时穷得是无粒米下锅，加上战乱，一些人就往其他地方逃亡，依靠讨饭过日子。外公把先生请回家，那天晚上锅里蒸的是红薯。讨饭先生吃了红薯之后，外公担心讨饭先生没吃饱，又让外婆煮了三竹筒米（足有一斤半）。讨饭先生是饿疯了，三竹筒米饭全部吃光了。讨饭先生说，这些孩子都这么聪明乖巧，问孩子们都叫什么名字。还从兜里掏出铅笔和纸张来记。外公摇了摇头说，苦于自己没文化，没有给孩子取名。讨饭先生思索了一会儿，在昏暗的茶油灯下写下了一串名字。从大到小，按顺序叫。讨饭先生写好一张给外公，自己又写了一张放在裤兜里。第二天早上讨饭先生就离开了外公家，外公送他到村口。外婆把头天晚上蒸好的红薯用纸包着，帮讨饭先生放在背包里，说是给他在路上吃。这样的年代，也不是到哪儿都能讨到饭吃的。有时一天能吃上一只红薯就不错了，有时是接连几天都讨不到半点粮食。临别时，讨饭先生跪在地上给外公磕头。说如果将来大难不死，必定会回来报恩。外公和外婆都是心地善良的人，只觉得讨饭先生可怜。

养大八个孩子的确不是容易的事情，舅舅七岁的时候跟着锯板桥的先生念了半年私塾，能认识十几个字。外公一人实在没法养活这么一大家子，张少平——我的大姨——出生的时候舅舅刚刚八岁，可以下地了。舅舅那时就没有去私塾了，跟着外公砍柴种地。舅舅小时就很勤快，脑子也比较灵活。东浒寨一带属深山密林，山下都是原始森林。经常有野猪、野兔、野鸡出没，舅舅除了帮助外公砍柴种地之外，还在山下放夹子。满山都放，听到野猪、野兔、野鸡的叫声就去取，每天肉食还是不愁的。吃不完的野味，外公剖成两半挂在火炉坑上，十天半月就被烟熏干了，待到食量大或捕捉不到猎物的时候再吃。舅舅十一岁就自立门户，娶了蜡树嘴麦河老汉的大女儿祖香过门。祖香比舅舅长了七岁，生性泼辣。舅舅偏偏喜欢上了这号泼辣的女人，说女人泼辣能管家。祖香可不是一般的管家婆，磊落泼辣不说，还六亲不认。进家门之后，祖香做的第一件事就是分家。祖香进门的时候，张季秋、张季华、张季牧都出生了，这是我外公的另外三个小孩。吃饭的时候围着桌子只见人头。这么重负担的家庭，祖香哪愿意去挺。这媳妇要分家，外公不能不答应。他与外婆商量之后，分了一间土房，搭了个茅棚给他们。土房是用来住的，搭的茅棚隔成两半，里面是厕所，外面是厨房。一开始夫妻俩挺高兴的，可是不到半年就没吃没喝的了。外公又省出一些粮食来救济他们，这样的日子大约熬了三年，第四年舅舅家比外公家好了很多。舅舅十五岁的时候大女儿取名仙冬。就在祖香生下仙冬的第二个月，外婆也生下了张季瓶。张季瓶不是在计划范围内的，由于没有避孕措施，肚子大了，也就只好生下来。那天，天刚刚暗下来，外公就上锯板桥去了。夜里张季瓶啼哭不睡觉，外公去锯板桥请先生用红纸抄写了这段"谣谚"。"天皇皇地皇皇，我家有个夜哭郎。过路君子念一遍，一觉睡到大天光。"四更时分外公才回来，外公把"谣谚"粘贴在行人多的墙壁和电线杆上。果真自贴上"谣谚"之后，张季瓶夜晚安静了许多。

四

　　长子舅舅自立门户后，他的二女儿仙桃和儿子张白轩像风一样赶来了。家庭被生活的重负压得咯咯响，外公就像一根柱梁，费尽了所有的气力。他更黑了，更瘦了。外婆虽然看不见，可她从外公的呼吸里能感觉到。舅舅分家后，两边家庭压力只增无减。舅舅得承担起一个家庭的责任，外公则少了一个好帮手。长女张少平四岁半就跟着外公下地，毕竟是女孩子，干不了重活。没有劳力又能咋办呢？孩子这么小，谁见着也不忍心。当初是张少平主动跟着外公去的。"爹，明儿我去帮帮你吧。""你别瞎扯。"张少平这么一说，外公的心里咔嚓一声响。这孩子咋这么懂事。"你个小孩凑什么热闹？"外公说。"我就要去。"外公就当孩子说着玩，没往心里去。第二天早上，他早早下地。不经意间，发现一个瘦小的孩子站在身后。他被这孩子较真的性格彻底地征服了。这是个夏季，正是挖红薯的时候。外公在前面挖，张少平在后面捡。回到家，张少平脸上、头上都是泥土和薯浆。

　　张少平五岁半那年，锯板桥私塾的夏先生给外公托来口信，说他免费收张少平为门生，希望外公能将孩子尽快送来。夏先生是谁？他可不是一般的平凡人。他在锯板桥也是响当当的人物，谁不知道他夏先生的本事。他可不是一般的人，锯板桥人把他当神，只差不当成神像供奉。夏先生原先是共产党的地下党员，随时可能牺牲。就算不上战场，随时可能会被人谋杀。好些年夏先生都不敢在阳光下行走。听说夏先生在地下组织工作时，主要负责思想政治教育，干这行当没有文化肯定是不行的。夏先生一点都不幸运，在做地下党工作时丢了一只胳膊。要不是这个原因，估计他不可能回到锯板桥。当时组织让他回来，也是照顾他。如果他继续留在地下组织，结果难以预测。

回到锯板桥后，夏先生做的第一件事就是办私塾，广纳门徒。锯板桥那时根本就没有读书风。私塾开门后，冷冷清清的。总共不到八个学生在那里叽叽喳喳。究其原因，主要是交不起学费。一学期仅收五分钱，可还是没有哪家交得起。几分钱能买半个月的油盐，谁家愿意把钱白搭在这上面？锯板桥百分之九十的家长都是大字不识的文盲。自己斗大的字都不识一个，哪会顾及后代有没有文化。夏先生十分敬佩张丙良，说张丙良是条铁打的汉子。张丙良死得很惨，铁枪从背部插入肺部，再从胸部透出。是谁在背后捅了枪？张丙良死也没有闭眼。倒下的那一瞬间，他看到了杀他的人。可惜那时他已经断气。夏先生回到锯板桥后，他想为烈士的后代做点事情。外公几个孩子，只有舅舅是男孩。按理来说男孩上学是理所当然的，可现在舅舅已成家立业，自然不会去私塾念书。女孩上学的先例基本没有。俗话说，只要功夫深，铁棒磨成针。夏先生思前想后，他决定做件破天荒的事——让女孩子一样接受教育。他请人给外公捎去了口信，希望外公能让张少平到私塾念书。这让外公十分为难，他知道学知识对孩子有益。但当前家里不仅缺少劳力，而且没有钱交学费。晚上，外公在饭桌旁把这事和外婆说了。"冬莲，你看夏先生这也是一片好心，我们如何是好。""孩子还这么小，我们和傅家结了怨。再说，哪有女娃学知识的？要是她走了，家里还会少帮手。"两口子商议后，又托人给夏先生回了信，说感谢他的好意，孩子对念书没有兴趣。

夏先生早已预料到会是这样的结果，但他仍然不死心，决定亲自去趟东浒寨。他知道，张丙德和外婆并非那种不明事理的人，只要把念书的好处灌输进他们脑海里，他们一定会改变主意。他去的时候已经接近黄昏。夏先生翻越了几座山，直至晚上十二点钟才到外公家。"咚咚……咚咚……"清脆的敲门声划破了寂静的长夜。外公警觉地坐了起来，外婆也被惊醒。这是谁大半夜来访？以防不测，外公蹑手蹑脚地爬起来，把挂在床头上的枪取了下来。枪虽然已是锈迹斑斑，可里面的火药还管用。"哪个？"外婆很有默契地配合外公。女人问话往往会让人不设防，这也是一种策略。"是我，我是夏先生。"外公一听，立即把枪插上保险，放回了原位。"哦，是夏先生来了，快去开门。夏先生怎么这么晚来访？"外婆说。

外公把夏先生迎进了屋里，又生了个火，让外婆泡了杯热茶。外公把挂在窗框上的烟枪取了下来，从裤兜里掏出烟盒，打开烟盒把烟草捏在烟枪上，然后递给客人。"我戒了。""戒了？"外公奇怪地问。"戒了。""这烟可以戒吗？"外公问。"这有何难？你决心戒就一定能戒。""夏先生，你是无事不登三宝殿的。"外公又转入了正题。夏先生说："我在锯板桥办私塾，目的就是破旧立新，让孩子们多长见识，连你们这些识大体的家庭都不愿意放孩子去，别人家也就不用说了。"外公没有说话，用火钳夹着火炉里的柴。柴干透了骨，烧得特别旺。外婆不敢多嘴，在一旁忙着自己的事。"夏先生，你这是何苦呢？"外公犯难了，"这娃是不能去的。"夏先生沉思了一会儿才说话："张老先生要是在天有灵，他是不会反对的。""怎么？你认识俺爹？"外公猛吸了口烟，连咳了几声，烟枪里的火熄灭了，烟叶已经全部烧尽。再吸不仅没有烟，还会把烟枪肚子里的水吸出来。外公把烟胆取下来，在火炉石上敲了几下，一团烟屎滚落在火炉灰里。夏先生又说："你们大可放心，就算我没了胳膊也会照看好你们闺女的。"外公愣住了，思索了好久才缓过神来。

外公抬起头，看着夏先生坚定的眼神，点了点头。"夏先生，我这就给你凑学费，明儿孩子就跟你去。""学费就免除了吧。"这一长夜，夏先生都在回忆地下党的事情。外公听得津津有味，外婆实在熬不住困意，接着去睡了。

这先生上门来了，外公自是感激万分。张少平去是去了，去了不到十天就回来了。外公一个人在家实在是忙不过来，就托人给张少平带信。张少平虽然对识字很感兴趣，可她还是回了家帮助外公。就这样来来回回两三次，每次都待不了半个月。那天晚上外公从地里回来，发现张少平不在屋内。四处寻找，最后在东洴寨的山崖边找到了张少平。她已经睡熟了，手里还拿着从私塾带回来的课本。看到这样的情形，外公心痛不已。他跟舅舅商量，不如就让妹妹去私塾念书吧。祖香知道外公的想法之后，上了外公家。"亲爹，亲娘，舅舅也没识几个字啊，一个女孩子要认什么字啊。"祖香的意思是不同意。舅舅还是听了外公的话，答应每月都出一只野鸡给外公去锯板桥集镇卖。这事情一答应下来，晚上舅舅就被扫地出门了。外公早就预测到会是这样的结果，要不是舅舅自己喜欢，张家肯定是不欢迎祖香这样的女人进门的。麦河在蜡树嘴可是老实得可怜，真没想到生个女儿却如此粗暴。张少平被祖香这么一折腾，再也没有去私塾了。张少平八岁的时候，郭城村婆坑头文丙老汉找到了外公。文丙老汉也是个老实本分的人，他说让外公把张少平给他家时汉做老婆。外公答应了，张少平也去了。在文丙老汉家待了半年之后，张少平就跑了。时汉个头矮小，比张少平大了十岁，是一个莽撞的男人。一餐能吃半斗米，一担能挑两百斤木柴。最让张少平讨厌的是，时汉大字不识不说，与她根本没有共同语言。一上床就撕她的衣服，趴到身上压得她连气都透不过来。就这样折腾了几个晚上，张少平愤怒了。她觉得趴在自己身上的不是一个男人，是一个万恶不赦的畜生。她无法容忍这个男人，也不愿意与这个男人同睡在一张床上。两人性格凑合不到一块，很快张少平就回了娘家。在张少平出嫁之前，外公也没见过时汉是个什么模样的男人。时汉第一次来外公家就是问外公要人，一头疯狗一样。不仅不以礼相待，还臭骂张少平是婊子。外公岂会善罢甘休，火气大发，硬是扇了时汉几个耳光。时汉愤怒而去，两日后的一个晚上又来了张家。手里拿着一把砍刀挥舞着，像是在表演，说张少平不跟他回去就砍了她的头。外公哪会吃他这一套，没理睬，时汉也就像只丧家之犬走了。

之后文丙老汉曾经多次替代时汉负荆请罪，希望外公看在他那张老脸皮的份上劝张少平回家。"亲家啊，这孩子们的事不是我们能够劝得了的啊。"外公至今都在后悔，怎么就把张少平嫁给了那样的男人。这做父母的自作主张已经把孩子害惨了，张少平可不是一般的孩子啊。晚上张少平坐在火炉边，把头埋在外婆的膝盖上。"娘，我能不能不去了啊？"外婆用手轻轻地在张少平的头上抚摸着，嘴里叹着气。外公拿起烟枪，装满了一烟斗烟吸了一大口，连咳了几声，又接着抽了起来。"孩子她爹，你说句话啊。"外婆焦急地说。"我在想。"外公也不愿意让孩子回去，他知道孩子不应该嫁个这样的男人。可是这一切都是自己同意的，怎能不劝孩子回去呢？嫁给了时汉，即使是时汉再配不上她，她都应该认命。"孩子，还是回去吧。"外公说出这句话时，他的心里就像是被猎鞭抽过。张少平还是回去了，她听从了父亲的话。可是回去不到三天就与时汉大闹起来，她不愿意跟时汉睡觉。给人家做老婆要分床睡觉，这是哪个男人都接受不了的事情。

时汉强行与张少平睡在一起，张少平不愿意，从床上爬起来就往外跑，时汉在后面追着。张少平还是跑了，这一次跑了就再也没有回来。外公不知道张少平跑了的事情，时汉再次上门要人的时候外公还蒙在鼓里。这回时汉的脾气很大，很暴躁，真的是有着要玩命的架势。手里还提着一把猎枪，他说就算是张少平飞上了天他也要把她打下来。外公知道这回张少平是铁了心要离开时汉了，再按着孩子那只会害死她的。他劝告时汉不要再来了，张少平不会跟他回去的。听外公这么说，时汉急疯了，眼睛也红了。他提起猎枪对着外公脑门。舅舅闻讯也跑来了，见时汉如此嚣张，在柴堆里捡起两根木柴就准备从后面砸他脑门。"慢。"外公喊住了舅舅。"你走吧。"外公发出了逐客令。时汉哪里愿意走。外公从裤兜里掏出那把生锈了的手枪。"看是你的猎枪厉害，还是我的手枪厉害。我这枪不知道打死过多少强盗劫匪，你想试试吗？"时汉早听说过外公有这么个厉害的玩意，这一掏出来他就吓傻了。那猎枪怎么也抵不过这真枪，他哆嗦地说了几句什么，谁也没有听懂。反正从这之后，他就再也没有来找过张少平。这事十里八乡都知道了，都说张丙德有个很倔的女儿。

张少平离开文丙家之后就去了锯板桥高庙村李家。李家其实不姓李，而是姓黄。李和平是上门女婿。他原先也不是高庙村人，他是锯板桥李家的后代。李家也是大户人家，在锯板桥也是财大气粗。李和平家世代都是地主，他亲哥李和贵在国民党军队里当团长。李和平从小就很聪明，后来又受了教育，回到村子里后就一直以写对联为生。黄家作玉老汉的第七个女儿中园可是个美人，前六个也都是女儿，仪表也是非常出众，只是都没有带大，不到十五岁就全部去世了。黄中园直到二十岁都无人上门提亲，当地人都怕她红颜薄命，要是与前几个姐姐一样，一夜间就去了阴曹地府，那岂不是损失过重。其实李和平那时的年龄也不小了，都三十有二了。这在当时的环境中是很少见的，急坏了李家。不是没有女人愿意上门来，关键是他都看不中。来一个赶走一个，直到三十二岁遇上黄中园才算是结束了光棍生涯。黄作玉只有一个女儿，自然是留在家里招亲。这也是黄中园命中就注定了逃也逃不掉的。奇怪的是黄家三代都只生女不生男，三代带了两代，轮到作玉老汉手上就招亲。李家有两个儿子，大的笨头笨脑的，娶了两任媳妇，头任张氏生下一男两女不知道得了什么病去了。第二任赵氏生下一男之后也不知道得了什么病去了。两任之后，李家长子就没有再娶。但是生下的几个孩子天性就古怪，没有一个能成气候的。这让李家很是失望，都希望二子李和平早日娶妻，能为李家生个聪明的儿子传宗接代。总算是盼到了他的姻缘，却又要上别人家去。李家怎么也不愿意，这么大的门户眼看就无人可继了，很是着慌。李家人想尽一切办法都无法劝得李和平后，只得随他而去。李家知道这孩子去了黄家之后会受很多苦，于是送给他一担箱子，里面装着一百零二个铜钱。李和平自知这是爹娘的用心良苦，只带走了箱子，铜钱却全部留了下来。他说今后他就不姓李了，不能为二老送终了，岂敢带走李家的这些钱财。作玉老汉知道李和平如此孝顺之后，决定尽黄家最大能力抬大轿前去迎亲。李和平比黄中园大十二岁，那是锯板桥第二对男大女十多岁的夫妻。

李和平与黄中园结合后生了两男一女，长子取名黄孝杰。生孩子的那天，作玉老汉把家族上十一个公头上的亲友都请来了。通过讨论协商之后，长子姓黄，如果再生男孩就姓李。次年黄中园又怀孕了，生下了一个女儿，取名李南英。长子跟黄中园姓，那自然长女就跟李和平姓了。后来过了七年黄中园都没有再怀孕，直到第八年又生了一个男孩，取名李珍贵。这三个孩子中数女儿最聪明，可后来嫁给了火石村一姓肖的篾匠做妻。长子黄孝杰十八岁时娶了东浒寨对面另一山头师氏为妻，师氏也不是盏省油的灯。黄孝杰自幼跟高庙村程文元学木匠，学了几年只会做一些粗活。自从黄孝杰将师氏娶进门后，李和平决定让黄孝杰自力更生。可是接连几年连温饱都难，最后师氏不愿意再在黄家受苦了。作玉老汉虽是为人忠厚，那年头家中也是穷酸。李和平是放弃富裕日子不过，把自己推向了贫穷的深渊。不过，后来作为地主的李家被批斗得死去活来，只有李和平免遭其殃。李珍贵自小就跟李和平住在一块，这不是因为姓李的缘故，是因为黄中园特别疼爱小儿子。听说后来李珍贵娶妻生子，生的三个女儿都是李和平一手拉扯大的。

师氏离家出走之后，有人给黄孝杰介绍了一个女人。这个女人不是别人，就是张少平。张少平进门之后，黄孝杰的性格都变了。他特别喜欢张少平，家外的事情一般都不要张少平做。可张少平也不是个怕受苦的女人，跟黄孝杰一起下地下田。那年头光靠耕种几分田地解决不了半年温饱，还得寻找其他的门路。黄孝杰会做木活，锯板桥这一带杉木林立。湖北市场需要木桶，两担木桶可以换回一担粮食。锯板桥与湖北通城县比邻，只隔几座山，可步行还是要一整夜。那天晚上，黄孝杰与村里的人一起挑着木桶过湖北。晚上三更时分，正好过界，湖北那边灯火四起，是一些拦木桶的人。有一个村民吓得掉进了水沟，木桶也摔烂了。幸好水沟不深没有摔断胫骨，拉上来之后才得以逃脱。有些时候张少平也会跟着去，去的时候黄孝杰挑四只木桶，张少平挑两只。回来的时候黄孝杰挑满满的一担粗粮，张少平还能挑半担米。夫妻俩把日子过得红红火火的，再也不愁没饭吃饿肚子了。

张少平跟黄孝杰生了四个孩子，两男两女，分别取名黄秋、黄春平、黄平、黄水。为取这几个名字黄孝杰费了一番脑筋，可孩子们长大后都重新取过了名字。黄秋与黄水是女孩，黄春平与黄平是男孩。

说说这几个孩子的出生吧，除了黄秋是顺产之外，其他三个孩子的出生都极为不平凡。黄春平出生的时候张少平是去了半条命，孩子的头很大生不下来。接生婆不是别人，就是黄孝杰的母亲黄中园，黄中园不懂医术，见状也是百般无奈，只是一个劲地叫张少平用力，用手帮着在肚子上压。孩子是生下来了，脑门上、后脑上、左脑边都擦去了皮。这三处地方永远留下了疤痕，黄春平长大后一直不敢理短发。怀黄平八个月的时候，家庭非常贫困，张少平就步行去锯板桥卫生所打胎。这事好在外公晓得及时，他追到高庙村外第二座桥时追上了。桥是木桥，是用两根简单的杉树架设而成的。张少平肚子太大不敢过桥，只好从桥下过水。水到了胸部还要上，张少平感到水压迫着胸部呼吸困难。黄孝杰借着水力把张少平托了起来，正打算继续往前走。后面传来了叫喊声。"孩子，快回来啊。你们这是造孽啊。"黄孝杰见是外公赶来了，没有了主意。黄孝杰还是蛮听外公话的，外公说这孩子都已经成熟了，生下来再苦再艰难也是孩子的命。被外公这么一折腾，张少平放弃了打胎的念头。打八个月的胎，不要说那时，就是现在恐怕都是一件十分恐怖的事情，跟亲手杀死一个活生生的小孩其实没有两样。黄平就是这样来到人世的，也许就是那时逃过了一劫，长大后在外面也发生一件惊天动地的事儿。黄水出生时，村里开始了计划生育。上环、结扎在锯板桥开始流行起来。生了三个小孩，黄孝杰再没打算要第四个。他陪着张少平去了锯板桥医院，医院里只有两名医生和一名院长。刘小兰那是在锯板桥出了名的，年纪轻轻却赢得了全镇人民的信赖。张少平上了三次手术台，两次差点丢了命。张少平说要不是刘小兰，她的坟头草都不知道多高了。第三次正要做手术的时候，刘小兰发现张少平已经怀孕了。黄水的出生相比前面三个孩子更加传奇，她是结扎以后生的。所以张少平得感谢刘小兰，要不是她做了保胎，肯定没有今天的黄水。

黄孝杰的思想相对村里人要超前点，不太重男轻女。第一个女孩出生后，锯板桥有了政策。召集一些有志青年去念书，这时的念书不是上私塾，是学新文化。张少平上过私塾，对识字很感兴趣。她支持黄孝杰去上学，自己则一个人料理家里的事情。黄孝杰去了学堂，可他选择的是半工半读，实际上大多数时间都是在家里务农。在黄孝杰上学的第二年，张少平又添了个男孩。多一张口，家庭负担也就更重。可张少平还是拼命支持黄孝杰学知识，就这样断断续续学了六年。在这期间张少平再生了一男一女。后来，锯板桥有了新政策。镇里就地招聘老师，上过几年学的人都可以去应聘。黄孝杰在锯板桥教了一年书之后，第二年高庙村也办起了教学点，他就跟上级提出要求到高庙村。张少平一个人带四个小孩真是亏了她，他想回去后可以照料到家里。

黄孝杰与张少平一生之中打过三次架，第一次是因为张少平跟她妹妹张少兰去了福建。去的时候四个孩子最小的也有四岁，大的都可以照料自己了。张少兰去了两年，回来的时候的确是赚了几个钱。眼见孩子一天天长大，这村子的男人女人都往外跑了。黄孝杰被这份工作把脚给绑定了，哪也去不成。万般压力之下，张少平与黄孝杰商量后黄孝杰同意了张少平外出。他心想，张少兰是她嫡亲的妹妹，跟她去不会出什么娄子的。张少平跟张少兰去的地方是福建，去那干什么谁都不知道。反正说那工作挺赚钱的。自从张少平进了家门之后，那是一天也没有离开过黄孝杰的。就算是回趟娘家，那也是早上去晚上归的。这主意虽是黄孝杰同意的，但张少平这一走他失魂落魄得就像是一只丧家之犬，隔三岔五给张少平打电话。那时整个锯板桥也就集镇卖货的雪华老汉家有台电话机，打电话挺贵的。

一分钟三块钱。黄孝杰那时的工资每月也就十六块五，经得起打几个电话？每次打通后只说得上一两句话，问好不好。张少平那边也不是自己的电话，打过去之后还得去叫。这边是看着秒钟走的，那边也是跑来接电话的。大约过了三十秒钟，黄孝杰才听到张少平的声音。到了五十九秒的时候就得把电话挂上，刚刚挂上时间正好是一分钟，一秒都不差。雪华老汉是个精打细算的人，超过了一秒钟是要算两分钟的钱的。别说，有一次黄孝杰还真是挂慢了，一分零一秒。雪华老汉硬是要收两分钟的钱。这次黄孝杰与雪华老汉大吵了一架。不过吵架归吵架，后来黄孝杰还是去那里打电话。每次打完电话他付钱，雪华老汉看时间，两人都不说话。之后一次都没有超过时间，自从大吵一架之后，五十八秒的时候黄孝杰就挂上了电话。这样大概苦苦熬了三个多月，也挺为难黄孝杰的。一家四个孩子要他照管，白天还要去村里的学堂上课。好在学堂办在离他家不远的大队部，学堂里也就他一名老师。早点去晚点去都没有多大约束，也没有制定任何管理制度。学堂里总共只有七名学生，还包括黄孝杰自己的两个孩子。张少平走后的第二个礼拜，黄孝杰干脆把家里那间堂前拿来当教室，把学堂搬到了家里，这样主要是更方便照顾四个小孩。一个晚上两个小点的孩子要起床把两三次尿，睡过了头还经常会把尿尿在床上。这些事情都还能挺得住，算不上什么吃苦。关键的问题是难熬夜晚那个寂寞，以前黄孝杰都习惯抱着张少平睡觉的。现在倒好只能抱着枕头，半夜里口水流在床上被套都湿透了。黄孝杰不好意思在电话里向张少平道出内心的想法，只好给张少平写信。信写去之后什么音信都没有，第一次外出的张少平被外面的花花世界感染了。不是信没有收到，她是想冷落一下黄孝杰。要是张少平有点反应，或是好言说些安慰黄孝杰的话，也许还能在外面多待些时间。男人都是这样，越是没有反应就误以为她在外面有了男人。黄孝杰的猜测是不错的，张少平在外面的确不是做什么正经事。她是被张少兰带坏了，张少兰的男人根本不管张少兰在外面干什么。每年过年能为他和孩子买几件新衣服，筹备点年货他就喜笑颜开。黄孝杰不同，虽然之前有过一婚，可他的思想还是比较传统。如果他发现张少平与别的男人在一起，那唯一的选择就是离婚。之后，黄孝杰又隔三岔五给张少平打电报。写去的字不到十个。"家中急事，张少平速回。"一般都是这样几个字。电报发去三个，张少平还没有回来。无奈之下，黄孝杰想出了一个下下策。在电报上写着："黄春平触电身亡，张少平速回。"那个黄昏，张少平真的回来了。她手上提着一个红塑料桶，里面放着洗衣粉和几件衣服。张少平知道黄孝杰是骗她的，见到孩子的时候她还是抱着痛哭了起来，很是伤心。第二天，黄孝杰把衣服放在门槛上用刀割烂了，张少平坐在床沿上哭。人们都不知道发生了什么事，反正从来没见黄孝杰发过那么大的火。

第二次打架是为了黄水。黄水生下来的时候一直挺健康的，这都是因为黄中园的偏心。李珍贵比黄孝杰小十二岁，结婚也就晚了好些年。但是在黄孝杰生黄水那年，李珍贵与吴氏结婚了，当年就生下了一个女孩。本来黄孝杰是跟黄中园姓的，是她的后人，她应该偏向黄孝杰，但父母都有偏心最小的孩子的习惯，所以李珍贵结婚后一直与李和平和黄中园住在一起。李珍贵从小受到黄中园惯养，不爱学习也不思进取。吴氏也是高庙村人，仅与黄家隔了几座山。李珍贵与吴氏认识完全是姐姐李南英的缘故。李南英十六岁嫁到了高庙村小地名叫肖坑堍（也叫火石村）的肖家，丈夫肖百云是个雕菩萨的好手。他的师傅是一个世外高手，号称能够和神鬼说话。不仅会雕菩萨，还是一个不错的篾匠和漆匠。雕菩萨与做油漆是紧捆在一起的，菩萨需要各色油漆去装饰才显得神威。篾匠也与菩萨有关的，菩萨坐的轿子就是用篾做成的。肖百云是那活神仙真传的弟子，那年头真的混得响当当，在锯板桥都算是小有名气。人们都知道他有几下子。谁家的孩子生不下来，谁家的小孩感冒发烧，把他请去，孩子也顺产了，烧也退了。李南英不是看中了他的手艺，她是觉得肖百云还算是个"才子"。她喜欢有点本事的男人，觉得跟有本事的男人生活在一起有点荣耀。自从李南英嫁给肖百云之后，李珍贵就去了姐夫百云家长住。他想去拜师，不是学雕菩萨，也不是学做油漆。雕菩萨这活都是夜晚进行的，半夜三更还得出门去偷樟木。李珍贵哪吃得了这个苦。学做篾比学雕菩萨要好玩得多，十里八乡的人家都需要簸箕，肖百云也算是有名的篾匠，请他的人很多。李珍贵成天跟在他屁股后走东家，串西家。吴氏离肖百云家不算远，肖百云带着李珍贵去过吴家几次做篾。李珍贵在吴家认识吴氏之后，两人陷入了爱情的深渊。不久吴氏就被娶进了家门，次年生了一个女儿，取名李彩华。黄中园把这个孩子视为掌上明珠。黄水只比李彩华早生四个月，黄中园养了两只蛋鸡，隔不了两天就有鸡蛋。每次都煮两个鸡蛋喂李彩华吃，黄水见状哭闹着也要吃，每次哭得天昏地暗黄中园就是不动心。那天下午大约是四点多钟，黄孝杰与张少平正在地里除草。黄秋哭喊着来到了地头，说是黄水死了。黄孝杰与张少平是连魂魄都吓散了，火速回到了家。只见不到四岁的黄水口吐白沫，手脚僵硬躺在门槛上。张少平抱起黄水哭得死去活来，以为这孩子就这样去了。后来孩子还是活了过来，只是每次哭过了头就会复发。这一次打架是因为张少平要黄孝杰与黄中园断绝母子关系。黄孝杰怎么也不答应，与张少平吵闹得厉害就大打出手。这次之后，外公送去了几只母鸡，有了鸡蛋黄水解馋了，这事情也就过去了。

第三次打架是为了一个男人。高庙村这个地方板栗树很多，满山到处都是野生的板栗树。这些板栗不算大个儿，可吃起来是又香又甜。

有一年村外来了好些人，说是来栽种板栗苗的，也就是搞试验的意思，还带来了好多纸膜和刀片，这些人中仅有一人是锯板桥人，其他人都是外来的。说话的口音都很难听懂，加上不流行普通话，沟通全靠锯板桥那人。那人姓师，名江修。师江修算是锯板桥的晚生，年龄比黄孝杰还小两岁。来到高庙村一个月余，基本上住在黄孝杰家。之前黄孝杰听说过师江修的一些事情，这几年他在锯板桥开了几间门店卖南杂。生意挺好的，有了点钱。住在黄孝杰家也不是空手吃白粮，每天都给钱作为生活费。黄孝杰同意他住下的一个最主要原因是，他也想种点板栗苗子。这苗子听说可以赚大钱，要是能够通过种板栗苗给家庭增加点收入，那也是令人开心的事情。黄孝杰把对面山上那块平常用来做菜园的肥地用来种板栗苗，把师江修带来的板栗种下去，然后用纸膜盖上。仅一个多月，满地青绿。那阵子，黄孝杰高兴过头，以为那点板栗苗会给家里增加收入，也把师江修当成了要好的兄弟。可他万万没想到的是张少平居然与师江修有了一腿。白天黄孝杰会去学校上课，晚上太阳落山才回来。那天下午黄孝杰接到锯板桥教育组捎来的口信，让他第二天把学生数和学校的总结材料送到教育组去。黄孝杰是个急性子，怕误事，所以下午四点提前放了学，带着材料往锯板桥赶去。到锯板桥一趟来回都得四五个小时，起码在晚上八九点钟之后才可以回来。巧的是黄孝杰在路上碰到了水碧源村的一名老师从锯板桥回来，说是材料不用送了，教育组是为了应付检查，谁知检查组提前来了，现在都已经检查完回去了。这信息肯定是准确的，黄孝杰纳闷地往回走。当他推开家门时，屋子里漆黑一片，连油灯都没有点亮。走进卧室发现床沿上蚊帐在动，而且还发出异样的声音。定神一看，张少平正与师江修在床上滚来滚去。他们根本没有留意进来的人是谁，村里晚上也没有串门的习惯，都以为是哪个小孩进来了，根本没有在意。黄孝杰顿时怒火冲天，拿起棍子往床上砸去。喊了几声饶命之后，师江修来不及穿裤子，光着屁股消失在了黑夜里。黄孝杰怎么也没想到张少平会这等下贱，暴打一通之后，张少平收拾好东西打算离家出走。她也没脸面在这个家待下去了，孩子们知道母亲要走，抱住了张少平的腿，哭得伤心不已，张少平这才留了下来。从那之后师江修再也不敢进村，那些板栗苗之后也没有人来买。

五

　　在这八个孩子中张少兰的命是最苦的。她嫁的地方离东浒寨不远，但比东浒寨还偏僻。山没有东浒寨那么高、那么陡峭，可山上的生活环境比东浒寨要恶劣得多。她家的男人是从湖北通山县迁来的，当时也是躲避灾难才来这里开荒种地。张少兰生活极苦，一家人住的房屋都是茅草盖的。到了下雨天，满屋子漏水，连床都没地方放。那男人头发稀疏，个头矮小。张少兰个头有一米六二，男人只有一米四七，站在她面前头部只到她的胸部。村人经常讥笑他，给他取了绰号叫"矮哥"。"矮哥"叫习惯了，他的真名叫什么连他自己都忘记了。名字只是个代号，怎么顺口就怎么叫。矮哥不太懂得爱情，他只知道男人与女人睡在一起就是生孩子。张少兰比张少平要长得好，比张季瓶差点。男人见了她都会瞪大眼睛。这门亲事外公最省心，矮哥上门只说了一次他就答应了。张少兰听从了外公的话，外公说，这人不能光看外表，矮哥除外表差了点，脑瓜子还是蛮灵的。男女结婚本来是会考虑门当户对的，可外公那时的择婿唯一标准就是男人是否忠厚。矮哥外表虽是丑陋，思维还算是敏捷。外公封建思想严重，张少兰也没有过多选择的余地。只得从命，嫁鸡随鸡，嫁狗随狗。好在矮哥对张少兰是一片真情，婚后与张少兰也是恩爱有加。张少兰总共生了两个孩子，都是男孩，矮哥是高兴得一蹦三跳。传宗接代是大事，有了两个男孩以后就有指望了。

　　张少兰跟矮哥生活在一起倒是挺好的，最关键的是矮哥对张少兰好。家里家外都是张少兰说了算，矮哥从不顶嘴。张少兰脾气不好的时候还会借火扇矮哥几个耳光，矮哥从不还手，也不讨饶。打得实在痛了，嘴里就大叫张少兰的名字。叫张少兰名字可缓解疼痛也未可知，不过一般这时张少兰再大火都会罢手。

张少兰最初去福建也不知道是谁人指引的，村子里的人连福建这个地名都不知道。外出千里，矮哥自然是不放心。那年头村子里虽说是太平，可却不知道外界好歹。矮哥最为担心的是，张少兰一人外出会不会发生什么事情。矮哥有阻止的意思，可张少兰坚决要去。说女人去外面能够赚钱，不把握时机将来不仅苦了自己，还会苦了孩子。矮哥自愧不如，妻子有这等想法他自然得支持才是。张少兰在此之前没有出过家门，这让矮哥格外担心。

　　夜晚他站在门口，像个撒娇的孩子一样脸上做着怪样。"能不能不去啊！"他知道张少兰决定的事情是十头牛都拉不回来的。能够留住张少兰的人不是他，外公完全有这个能力。张少兰是外公的孩子，外公的话不敢不听。矮哥想是想过把外公请来降服她，张少兰似乎看出了他的用意。"要是你把事告诉俺爹了，你以后就别想俺跟你过日子。"张少兰说话算数的，矮哥知道她的脾气。张少兰去意已定，他只好作罢。要不是为了还没长大的孩子，张少兰也不会去福建。她跟矮哥在一起生活惯了，离开他还真有点舍不得。她用手在矮哥那光脑门上摸了两下说："你就放心吧，我不会背叛你的。"有了张少兰这句话，矮哥心里舒畅了许多。想想自己这么些年，也没让张少兰幸福过几天。她想出去就随她去吧，再说她的心思不歪。

　　第一次张少兰外出，矮哥送她到锯板桥，拉着张少兰的手千叮咛万嘱咐。汽车启动的时候，矮哥追着车跑。张少兰知道这个男人不是自己想要的，但这辈子她都不会离弃他。这年过年的时候张少兰回来了，打扮得挺漂亮的，比以往要年轻得多，还带回了一些好玩的玩具和好吃的食品，这些东西之前谁都没有见过。好多人都凑上去看热闹，都想瞧瞧那些稀奇的玩意。那年张少兰回来后，住在上屋的张菊兰半夜来到了张少兰家，好说歹说都要张少兰带她去福建。张少兰与张菊兰倒不是什么亲戚，住得近也就姐妹相称。平时张少兰都称张菊兰菊姐，这是和睦的时候。有些时候也会为鸡吃了菜、牛吃了禾苗破口大骂。甚至还会一年半载不相往来，僵持好长一些日子。稀疏的几户人家，无论是油盐酱醋都是经常借还。到了清水六月家中无盐下锅的时候，再深仇大恨都得化干戈为玉帛。自己不好意思就叫自家的男人去，或者叫小孩去借。这样一来二往又开始讲话，好的时候就连绣花都在一起。

张少兰去福建的那阵子，整个锯板桥都知道了这事儿。矮哥每个月二十八号中午 12 点准时到镇上雪华老汉家接电话，每次都聊上两分钟。其实张少平在福建并没有做那事，回来的时候除了买了几件衣服之外并没有一分钱。张少兰让她去做那事，她不敢去做。男人在胸部摸一下给两块钱……这么容易得来的钱，张少平就是放不开。就在思想开始变化的时候，黄孝杰就像是热锅上的蚂蚁，电话电报是接连不断。张少平临走的时候还是被三个男人摸过三次，第四次打算脱裤子的时候她还是没有脱下去。那三次她是太寂寞了，在家的时候黄孝杰可是每晚都得摸几十次的。张少平不想骗黄孝杰就把事情的真相告诉了他，谁知黄孝杰愤怒不已就将她从福建带回的衣服全部砍烂。村子里的男人不是个个都像黄孝杰这么死板，说女人出去赚钱养家做什么事情都可以理解的。张菊兰那年纪本来也不适合去做那事了，都四十好几的人了。在农村待了大半辈子，皮肤黑得光亮。每年张少兰回来她都会去求张少兰，让张少兰带她去福建。张少兰也不止一次劝导她，可她就是死脑筋。张少兰不带她去，她对张少兰意见很大。最后还把自己男人何水明也搬了出来，让何水明找矮哥搞定此事。男人出面的事情，代表着一门一户。矮哥丢不起这面子，答应了何水明一定说服张少兰。去的那天早上天还没有亮，何水明就帮张菊兰提着行李一直送到锯板桥。张菊兰跟着张少兰去福建不到一年就回来了，说是在那里不适应水土。回来不到半年，张菊兰就悬梁自尽了。寻死是因为得了一个不治之症。可她万万没有想到的是，自己死去之后给这个家庭带来的只有灾难。孩子失去母亲的伤心之痛不说，老实本分的丈夫何水明也闯出了天大的祸。这可是继傅家之后发生过最为令人震惊的事，把整个锯板桥震惊得昏天暗地。何水明跟水碧源村的梅花有了一腿，他们之间的事情除了他们自己没有外人知道。要不是做出荒唐违背天意的事情来，他们之间的暧昧之情永远都不会有人知道的。

梅花跟傅家有点关联。传言说是傅中良在外面强奸过一个女人，这事情还真不知道是真是假。傅家没有没落之前，想进傅家门的女人是数千万，现在傅家惨败得一塌糊涂，却是无人再愿意进傅家大门。之前傅中良想要什么样的女人都有，之后他疯疯癫癫想必也不会强奸女人。可梅花那长相真还是正儿八经的，一点都不比杏花差。这个女人看外表，怎么也不像是个愚蠢的女人。可人们怎么也没想到，她会是个十恶不赦的毒妇。她男人叫铁山——这也是绰号。真正的大名写在族谱上，他大字不识就把自己当成是一座铁山。铁山是个老实憨厚之人，在水碧源那是无人不知的，他心肠也是非常好，从来都不干没德的事。梅花跟他结婚的时候，村里的人都去了。都为铁山高兴，能够娶得如花似玉的梅花。梅花图铁山什么啊？人们都不理解。反正梅花就像是从天上掉下来的一样，铁山也没有抬大轿去娶。她是自己送上门来的，来的时候还是一个霞光满天的晚上。那时流落到村子里来的女人不是没有，可像梅花这样妖艳的恐怕还是第一个。铁山家穷，没有人帮他养童养媳。他三十岁的时候还跟着父亲德京老汉过日子，砍柴、挑粪、种庄稼样样都会。男人基本上都是十多岁就与女人同床共枕，可铁山三十岁了连女人的手都没有摸过。他也是想女人想疯了。梅花到村里来的时候，只是手上捧着几件破旧的衣裳。见她那模样，村人都以为她是从傅家来的，她与杏花长得太像了。与杏花长得像说是傅中良的女儿，这似乎不太符合情理。事实上她与傅家并没有什么关联，可人们还是不太相信事实，更相信自己的眼力。不管怎么样，铁山都算是走了狗屎运。梅花见到他不到两天就与他住在一起了，生米煮成了熟饭不结婚还真不行。这点人们就不理解了，梅花有着窈窕的身材和一张让人喜爱的脸蛋，怎么就愿意与铁山这样木头木脑的人在一块儿呢？她真是没有人要才跟铁山的吗？鬼才相信。

梅花那阵子倒是没有半点嫌弃铁山，把他当成是如意郎君。连续四年生了两胎，都是龙凤胎。大的取名家龙、家凤，小的取名鑫鑫和茜茜。四个孩子个个精灵乖巧，活泼可爱。这让村子里的人们羡慕不已，都说铁山好福气。铁山更是欢喜不已，成天嘴皮子里挂鸟儿唱的曲子，乐哉乐哉地行走在村道上。

一日，村里来了一名道士。这道士能掐会算，对村子过去的一些事情是了如指掌。连梅花是从外地来的，她的腋下有个肿块都知道。说铁山最近会有祸降临，说得铁山脸上是红一阵白一阵的。铁山问道士是否有妙法可以避祸。道士说让他到东浒寨下的三军殿烧香，磕上几个响头，三军菩萨会保他逢凶化吉。回到家，铁山正打算把所听之事告诉梅花。刚进家门，没想到梅花大喊"铁山救命"。铁山跑上前去，发现梅花处在梦中。他死命地将梅花摇醒，问她发生了何事。梅花紧紧地抱着铁山的脖子，说梦见他被人祸害。东浒寨上飘着白条布，两个孩子站在三军殿前祭拜。铁山吓得腿都软了，他火速把道士说的话跟梅花重复了一遍。"有破道之法吗？"梅花严肃地问。"有，就是……""那你快去啊。"还没等铁山说完，梅花就催促着铁山去三军殿。

到东浒寨三军殿那可不是一步之遥，来回至少得走上六七个小时。铁山还真去了，去得匆匆。快到东浒寨的三军殿时，他才想起忘记了带香纸和贡品。这白手求神，神会灵验吗？正巧外公挑着一担粮食从三军殿经过，铁山见到外公赶紧迎了上去。"丙德叔，能去你家借点香纸给我吗？"村人一般都是接菩萨到家就行的，很少到殿里来祭拜的。外公也觉得奇怪，就问铁山家发生了什么事。是不是小孩发烧，还是大人出了什么事。铁山原原本本地把道士的话跟他重复了一遍，外公听了哈哈大笑起来。他从来不听这些歪门邪道的说法，于是劝铁山回去："回去吧，不要信那道士的。回去后就说祭拜了菩萨，说是菩萨让回去的。"铁山到东浒寨跑一趟，回到家已是夜深人静了。家门关闭得严严实实的，铁山敲了几下门。家龙、家凤都有六岁了，能起床开门了。铁山进屋后才发现梅花不在家中，这夜半三更会去哪呢？他是吓得全身都起了鸡皮疙瘩，不会自己没拜菩萨惹来了灾祸吧。四个孩子见不到娘，哭哭啼啼的。可是谁都不知道梅花根本没有出家门，躲藏在某个隐蔽的角落与那道士干着见不得人的勾当。只是没想到铁山这么快就回来了，按理来说最少也还得半个时辰啊。要是铁山进了三军殿恐怕再有半个时辰也回不来，那道士在三军殿里设了一个圈套，想让铁山进去了不死也只剩下半条命。这回外公为铁山化险为夷，可他怎么也不会知道险情仍然伴随着他左右。就在铁山着急的时候，听见了屋后传来啼哭的声音。"爸爸，是妈妈。"孩子尖叫着。铁山闻声寻去，见梅花跪在地上嘴里喃喃地说着什么，好像疯了一样，身上到处沾着泥土。旁边还躺着一个人，铁山用马灯凑上去一照，这不是那道士吗？他来不及详问缘由，就把梅花和道士一起背进了屋内。这一宿铁山都没睡好觉，梅花一直在大喊着"救命"。嘴里不停地在说些什么，铁山一句都听不清。第二天早上醒来，梅花大惊失色地告诉铁山她昨夜碰到鬼了。鬼把她都掩盖了，她说话都困难。铁山从小就听说过鬼事，听说鬼能够把人掩盖得肉眼看不见。他还真被梅花吓傻了，这可怎么是好。铁山是毫无对策。这人在明处，鬼在暗处，谁也不知道它会在哪个时间出来害人。幸亏那道士还没走，他一定有消灾解难的良策。那道士呼噜了一个上午，直到中午12点钟才醒来。梅花不让铁山去惊扰他，说是让他养足精神，说昨夜要不是道士出手相救，恐怕自己早已命丧黄泉了，说着呜呜地哭了起来。梅花再三叮嘱铁山一定要听道士的指令，按照他的意思去做。铁山心里疙瘩着，他都怀疑是不是自己没听从道士的话造成了相反的结果。道士醒来后就一本正经地对铁山说："心诚则灵啊。我昨天晚上差点就因你丢了命，我道破天机告诉你机密，你却不按照我的办法去做，结果野鬼找我复仇。"见那道士绘声绘色地说得那么认真，铁山还真就这么相信了。让人惊讶的是那道士不是别人，正是张菊兰的丈夫何水明。自从张菊兰上吊死后，他是成天过着人不人鬼不鬼的日子。以前他从未与梅花有过来往，还真不知道他们是怎么扯到一块的。自从赢得了铁山的信赖后，何水明成了铁山家的贵客。每次来都被好酒好肉好生伺候。铁山不胜酒力，每次都喝得一塌糊涂，烂醉如泥。梅花心里也没再把铁山当作自己的男人。女人的心一旦被另外一个男人占领了，她就不会再爱之前那个男人。铁山隐隐感觉梅花变了，但他又说不清楚哪变了。反正他发现梅花对他冷淡了，没有了以往的激情。

德京老汉住在铁山卧室的隔壁，与铁山家一堵墙之隔。墙上原先是有一扇门的，自从梅花进门之后，德京老汉干脆把这扇门用铁钉钉牢，不再用这扇门。生活上他也是独立的，自己一个人单独用黄泥筑了个灶台。一间房用木板隔成两半，里面用来做卧室，外面用来做厨房。那些年德京老汉身体还健朗，不仅可以自力更生每年养一头肥猪，还给铁山一大半猪肉接济他们。那阵子梅花每天见到德京老汉都会"爹，爹，爹"地叫着。现在老汉年岁长了，不能自力更生不说，他因那肺结核病半夜咳嗽到天亮，影响了他们晚上休息。梅花表面上倒是表现得很平静，没有太多的怨言，可心里还是怨烦这死老头不早死。每天吃饭都是家龙送去的，他把碗放到德京老汉的床面前就跑了。梅花叮嘱几个孩子不要接近德京老汉，他患的病是会传染的。半夜里，德京老汉痛苦的呻吟声一浪接着一浪。梅花气得在铁山的肩膀上狠狠地咬了几口，老实的铁山被咬得直冒冷汗都不敢出气。

那天黄昏，铁山从外面回到家。刚进家门，家龙就哭泣着从德京老汉房里跑出来。铁山跑到德京老汉房里一看，被眼前的一幕惊呆了。德京老汉瞪着大眼睛，口吐白沫已死多时。他扑上去，抱着德京老汉的尸体大哭起来。梅花从隔壁跑了进来，见德京老汉断气了，也扑了上去，跪在德京老汉尸体边哭得很伤心。"爹啊，你怎么就这样去了啊，我还未来得及尽孝呢。"村里人听说德京老汉死了，都来帮忙办丧事。村里的习惯是，只要哪家办红白喜事各家各户都会派人去帮忙。当时不是没人发现异样，但谁都没有说出来。德京老汉都这把年纪的人了，的确是会把一个家庭都拖垮。可是要是谋害他，这做儿媳的就太残忍了。锯板桥都有死人下葬时嘴里放棉花的传统，算是给逝者送行。德京老汉下殡的时候，村里人在他嘴里放棉花时闻到一股甲胺磷的气味。可不敢说出来，这事一旦说出来那可是大事。下葬的那阵子，梅花扑上去跪在那里鬼哭狼嚎，看上去比死了自己的亲爹娘还伤心。那时几个孩子大的才十岁，基本上都不懂事。德京老汉死的那天家里就只有梅花和四个孩子，别人都以为德京老汉是年寿到了，该升天了。德京老汉死后，铁山在家基本上说不上话了。梅花操持整个家，还让何水明进了家里来。何水明是何许人？这样的活神仙铁山哪敢不听他的话。后来何水明明目张胆提出与梅花同床时，铁山居然都答应了。谁愿意把自己的女人让给别的男人，而且还让他在自己的家里与自己的女人睡在一起？这一切都是梅花与何水明的计策，铁山不答应，梅花是碰都不让他碰一下。铁山是何等的老实之人，梅花说什么他都不敢顶撞半句。那天晚上，梅花让他睡在德京老汉的房间里。夜半里从隔壁传来一声声淫荡的嬉笑声，铁山听了肺都要炸了。他在枕头下扯点破棉花塞耳朵，不想听到那销魂刺耳的尖叫。可是无论他怎么塞，那声音骚动着他的每一根神经，使他彻夜都难以入眠。后来这样的日子铁山也就习惯了，梅花冷落他成了一种习惯。一个月能让他碰一下那就已经不错了，梅花对他没有一点激情，任由他磨蹭一下就叫他滚。铁山不是能忍，他知道不能忍也得忍。梅花嫁给自己本来就是鲜花插在牛屎粑上，还为自己生了四个孩子。要是自己提出来与她分开，那以后不仅孩子没有了娘，自己还得继续打单身。一宿未睡，第二天醒来眼圈发黑。梅花在白天倒是表现得一如既往，在外人眼中他们家还是一个和谐的家庭。何水明基本上都是晚上在，天还未亮就走了。这种偷鸡摸狗的活，他也不好意思光明正大。可德京老汉的死完全是他出的主意，要不是那天晚上德京老汉喊铁山他们也不会下此毒手。德京老汉知道那天晚上铁山不在家，他知道梅花已经变心了。这女人来的时候他就担心，怕她总有一天会变心。那时梅花可不是现在这般，她也是个可怜人。村里人都说铁山没那艳福，遇上梅花就是遇上了仙女下凡。可她还是跟了铁山，而且还生了四个小孩。村人都羡慕铁山的命好，都说娶了梅花是他家八辈子修来的福。梅花是啥样的人谁都不知道，却说她跟傅家有关，到底是怎么一回事？没有人知道老底。谁都没有想到的是，这个外表温柔的女人其实是一个杀手。她下手特别的毒，丝毫都不手软。当何水明提出用砒霜毒死德京老汉时，她没有半点犹豫就答应了。德京老汉哪知道梅花会下此毒手，他怎么也没想到会死在自己儿媳妇的手上。砒霜是混杂在面条里的，家龙把面条端到他床前，叮嘱他趁热吃时他还以为儿媳妇真的记得自己的生日。面条里还有两个鸡蛋，他甚至还在懊恼是不是那男人就是铁山。他甚至感觉到老了就会犯些很低级的错误，责怪自己老了眼睛灵点好，耳朵最好是背得什么都听不见。他哪里知道，这哪里是什么孝敬，这是要送他上西天。不仅是要他耳闭，眼睛瞎，还要让他永远都开不了口。德京老汉吃下去后，他才知道自己必死无疑。他把碗丢在了地上，拿起凳子打算砸家龙。可他没有半点力气了，只爬了几步就断了气。他是想砸家龙这不孝孙，与梅花一起合伙谋害他。家龙还是孩子，他哪知道碗里有毒。母亲叫他去干什么他就干什么，根本就不知道此刻他成了杀手的工具。家龙直到十年之后才知道母亲是只毒虎，为了她心中的男人可以残害任何一个亲人。

德京老汉死后，这个家成天是乌云密布。梅花再也不是以前那个温柔体贴的梅花了，何水明干脆住到了铁山家。水碧源的人都看在眼里，痛在心中，多次给铁山出主意让他把何水明赶出去，可铁山没那个胆。这是家里的事，家外的人哪有权去干涉。梅花只要听到外面有一点对她不利的风吹草动，就指名道姓地骂，骂完东家接着骂西家。她出口很毒，得罪她的人祖宗十八代都被她骂了，骂得人是眼冒金星。闻到了火药味的人们就主动撤退了，反正铁山的死活不关自己的事。这外村人到村里来做"第三者"，村民都是满腔怒火。他只要做了违背村里民约的事情，村里还是可以把他赶走的。梅花那毒牙对付得了一家，可对付不了一个村的百姓。大家都来谴责她，恐怕她也无地自容。那些日子何水明也算安分，与铁山家倒是和和睦睦。"三角恋"关系倒是处理得很好，没有发生任何口角。谁都不知道在这"三角恋"里面还暗藏了一个定时炸弹。梅花在外面还有一个男人，这个男人不是别人，是村里唯一的单身汉四宝。四宝住在铁山下屋，比铁山小四岁，一直没有娶媳妇。那时娶个媳妇不是那么容易的事情，山里没出嫁的女人是少之又少。除了老辈手上带的童养媳之外，一些有女儿和儿子的家庭，一般都是把女儿嫁给有女儿的人家，这样又把这家的女儿娶回来做媳妇——这叫兑换，这种方式还是比较流行的。像四宝家穷得叮当响不说，他个头矮小瘦得像只猴子，谁家的姑娘愿意跟他。平常四宝不与梅花讲话的，至少没有人见他和梅花说过话。这样形同陌路的人，别人怎么也不可能把他们联想到一块。再说梅花怎么会与四宝这样的男人鬼混在一起。可这并不是虚拟的假设，这是铁的事实。这个事实爆出之后，整个锯板桥又是炸开了锅。要不是梅花接下来的毒手，这事情也不会成为震惊锯板桥的头号新闻。

　　何水明假作道士与梅花鬼混的事情只有四宝知道真相。那天晚上四宝去铁山家借住，铁山家的门半掩着。四宝没有敲门，就像是进自家一样闯了进去。眼前的一幕把他惊呆了，梅花和何水明坐在火炉边的矮凳子上亲密接吻。这事情要是传出去了，那面子是无处搁放。那时何水明还没有光明正大地到水碧源做道士，铁山也根本不知道梅花与他已有了一腿——其实他们在一起偷偷摸摸已经有了半年多，老实的铁山根本没有觉察到自己的老婆早已变了心。梅花开始心地并不坏，她是被这个男人带坏的。何水明开始也不认识梅花，他只是听说水碧源有大美人。他只是想去看看，一个大男人窝在家还真寂寞。哪怕是看上一眼，也能够解馋。那天他找了个帮人看风水的理由一路访到铁山家，巧的是那天铁山并不在家。何水明见了梅花之后，真被她的美色迷住了。四宝容不下何水明，并且要挟梅花，只要在水碧源见着了何水明，他就向铁山泄密。这一招够毒，不仅梅花气得满眼冒金花，就连何水明也仇恨四宝。每次到村里来，何水明都要经过一番乔装打扮，把自己化装成一个道士。虽说他不是专业化妆师，但谁也不会去注意。就这样偷偷摸摸了好些日子，四宝还是发现了这道士就是何水明。最后毒招还是何水明想出来的，他要把四宝和铁山两个都解决了，就说是突发疾病暴毙了。

中午，梅花让铁山把四宝喊到家里来吃饭。她说四宝兄弟是个好人，帮过咱家里不少。铁山想想也是，全村人就四宝去他家最多。他也没有多想就按照梅花的指令去办，一喊四宝就摇头晃脑地来了。铁山把家里的"老三花"拿了出来——这可是一瓶用眼镜蛇泡制了十多年的陈酒。扭开瓶盖，满屋子都是香味。梅花用辣椒混鸡蛋，麦冬炖老母鸡，弄了几个上好的下酒菜。谁都不知道梅花葫芦里卖的什么药，两个老实的汉子大吃大喝，笑裂了牙。酒过三巡，四宝就感觉腿软冒冷汗。他放下筷子，用手往喉咙抓去。铁山见状也放下了筷子，他还没站起来就发现四肢无力。他知道饭菜里有剧毒，用尽全力把桌子推翻了。紧接着扑向了站在旁边的梅花，他想掐住梅花的脖子。梅花往后退了几步，他扑了个空。一跤跌倒在地上，就再也爬不起来了。不到十分钟，四宝与铁山都去见了阎王爷。可怜铁山临死都不知道梅花有两个情人，还与她的情人合伙谋害了自己的性命。四宝与铁山死后，村里人把他们埋在对面的半山腰上。也没有立碑，铁山躺着的棺材都是临时借来的，四宝就是用她亲娘给自己准备的。

铁山死后过了头七后，从锯板桥传来了一个令人害怕的消息。说是山外发了一阵瘟疫，好多人都莫名其妙地死于非命。这一传言吓坏了村里人，大家都拢在一起讨论着什么。这四宝与铁山的死按梅花的说话也是急症，发病就死。在锯板桥都没有见过这种死法，毕竟四宝与铁山都是两个健朗的男子汉。村民们真的是害怕了，一旦他们的死跟山外说的瘟疫有关，那村里就会不得安宁。村民都提心吊胆起来，谁都不敢去铁山家。怕的就是缠上瘟疫，枉送了性命。

六

　　这年夏天，就在四宝与铁山死去后的半余月，水碧源村又发生了让人惊恐的事件。住在与梅花对面山头的春英出了大事，那天晚上她挑一担稻谷去碾米直到深夜都没有回家。春英四十出头，干农活可厉害了。她可是一个能顶两个男人的女人，全村人都知道她的力气大过男人。而且还有一张铁齿铜牙纪晓岚一样的嘴，那是水碧源村的四大名嘴之一。她，梅花，岁丫，张少兰，这四个女人是冤家，村民说她们是头辈子就结下了冤仇。梅花的牛吃了春英家的菜，春英能够骂上三天，这三天都不下地干活。从早上骂到中午，从中午骂到晚上，晚上骂累了才上床睡觉，第二天早上起床接着骂。祖宗十八代都骂绝了，只要能骂出口的丑话脏话不顾一切地骂了出来。岁丫与张少兰一直争"老业"，水碧源村靠近东浒寨有一片楠竹林。楠竹林原先全部是岁丫的山场，可后来生产队分了一半给张少兰家。岁丫的男人石山经常不守规矩，跑到张少兰家的山上砍竹做篾。矮哥大气不敢出，张少兰不服气拿着菜刀和切菜板坐在三军殿门口破口咒骂，说是再砍她家楠竹林让她家全部死光。岁丫也不是一盏省油的灯，说要打掉张少兰的牙，杀了她的儿子。这样一来，冤仇是越结越深。而且也都是为了一些鸡毛蒜皮的小事儿。许多年后村民都讥笑她们是村里的四大名嘴。

　　话说回来，春英的命挺苦的。男人在她进门的第二年就去世了，家里所有的负担都落在了她的肩上。那年夏天，她男人从外面干完农活回来躺在凉椅上说是心里不舒服。春英倒了杯凉开水，放在男人的手腕边，以为他是累了，过会就会好起来的。谁料到，她男人竟然在椅子上就这么睡去了。春英怎么摇他就是没有再醒来，全身就像是冰冻一样冷。没有了男人，这男人干的事情就全部落在了女人身上。村人都说春英命苦，她听了心里也就更苦了。村里四五十岁的男人没媳妇的不是没有，却没有人愿意娶她。原因很简单，一是她长得太丑，几根稀疏的头发盖在后脑勺上；二是她还带两个未断奶的孩子。一个孩子还好点，带上两个孩子改嫁，谁家都不愿意娶。她表现得很坚强，从来都没有在外人面前流过眼泪。一个妇道人家要养大两个孩子，那个中的滋味没有人能读懂。可她家从来没有断过粮，从不担心孩子温饱问题。她几十年如一日既当妈又当爹的，家里的事和家外的事都是她一个人操劳。皮肤晒得乌黑，就像是非洲人一样。

春英的两个孩子都是女丁，大的叫成香，小的取名三连。成香很小的时候就跟着春英下地，皮肤也是乌黑乌黑的。三连被春英当成是掌上明珠，还想送她上学。每到七八月份，两个小孩都会大病一场。要么是红眼病，要么是生疮疖。一病起来两个孩子就彻夜哭个不停，她只得到深山里挖些草药来，装在土罐里煎。这些药都很苦，苦得反胃。孩子是不愿意喝药的，听到春英家的孩子撕心裂肺地哭，村里的人都知道她家孩子又病了。等到药的温度适宜喝的时候，春英就会用筷子按住孩子的舌头，采取这种方式把药灌进孩子的嘴里。不这么干，药是喂不进去的。灌进去的药孩子会吐出来，按住了舌头只要一哭药就会流进肚子里。春英从不打孩子的，要不是为了喂药，她下不了狠手。这孩子不能病，都是她的命根子。她做牛做马几十年，不就是为了把孩子拉扯大。本来日子过得还算是平稳，让村人都没有预料到的事情在这个家庭里发生了，春英出了天大的事。她的大女儿成香站在门口喊娘，听到叫喊声村人都出来回应。村人说没有人见过她娘。据成香回忆，春英是天刚刚昏暗下来的时候出门的。白天都在田地里干活，只得把这些与光亮无关的活留到晚上。村民们听到叫喊声都出来了，大家提着马灯在村道上四处寻找。四宝与铁山死去才半月，这春英不会也患上了同样的病吧。村民们谈到这个就脸色苍白，要是果真如此那可怎么是好？离春英家住得最近的是德时老汉，德时老汉是个热心肠的人，听说春英没有回家就提着马灯出门了，刚刚才到门坑下就惊叫了一声。那声音让人听了汗毛都竖立起来。"德时叔，你怎么啦？"对门半山上的村民在喊问。德时老汉没有回答。只听见他大喊大叫："春英嫂，你这是怎么了？"村民们知道事情不妙，都从四面八方赶来了。看到眼前的一幕大家都惊呆了，春英僵硬地躺在路边上。口里流着黑炭一样的墨水，四肢冰凉，口里没有了呼吸。天啊，这到底是怎么了？梅花知道春英出了大事，不请自来。德时老汉见到梅花，爬起来消失在了漆黑的夜里。村民谁也没有注意到他的举动，梅花脸上有了一些变化。不到几分钟，德时老汉抱着一个菩萨气喘吁吁地跑来了。这回见德时老汉抱来了杨四菩萨，大家害怕的心放下了。春英的两个孩子成香与三连一边跪一个，一个抱着春英的头，一个抱着她的腰撕心裂肺地痛哭着。其他的人都不敢靠近春英的身体，怕春英得的也是与四宝和铁山一样的病。德时老汉大喝一声，一口水喷得站在旁边的村民满头大雾。梅花靠得最近，她魂都差点被吓走了。德时老汉这一招果真奏效，春英的眼睛睁开了。按医生说这是条件反射，可村民哪知道这些，他们都以为这是杨四菩萨显灵了。春英睁开了眼睛，不到一分钟又闭上了。"妈，妈。"成香、三连以为春英断气了，两姐妹趴在春英那僵硬的身体上哭得死去活来。

"赶紧送医院吧。"这是梅花的声音。也许这是她一辈子中让人感恩的一件事情，之后的好多年春英还一直对人说，要不是梅花她的命早就没了。梅花的一句话把村民们都唤醒了，大家已经顾不得那么多了，背起春英就往山外奔跑而去。村里的男人都去了，只剩下一伙女人。大家都没有回家，都去了德时老汉家。围坐在堂前想等到春英的消息。从水碧源到锯板桥并不是一步之遥，平常来回走路都在半天以上。听说那天晚上村民只用了两个小时就赶到了集镇，锯板桥医院里还亮着灯火。医院的大门紧闭着，村民把春英抬放在医院门口。那天晚上恰巧是刘小兰值班，她还在夜读医书，听到村民的叫喊声，她拿着听诊器和手电筒出来了。她先是用听诊器在春英的胸部听，紧接着扒开春英的眼睛用手电筒在眼珠上照。她摇了摇头地说，人还有气，可是锯板桥医院救不活她，唯一的希望是送到县人民医院去，如果能赶在明天天亮之前送到估计还有希望。刘小兰说她是患了脑溢血，负重过度头脑里的血管破裂了。村民们一直以为春英是患了瘟疫，知道这种病并不是会传染的瘟疫之后心里宽了好多。商量之后还是决定去县人民医院，好像救活了春英村里就没有了灾祸一样。第二天还真就出现了奇迹，村民们在天亮之前居然把春英送到了县人民医院。总共是一百八十里路，仅用了三个半小时。

春英没有死，医生说这是个奇迹。消息传回，村子里沸腾了，大家都高兴得流下了激动的眼泪。都说是杨四菩萨与阎王爷商量好了，春英是个好人不会这么快就去的。其实村民并不知道，即使春英得救了她也是个残疾人。

春英被救活了，四宝与铁山的死也揭晓了谜底。村民们把村子里发生的奇事讲给了医生听，医生觉得这绝对不是正常死亡。把村民陈述的经过向县卫生局汇报了，卫生局领导听后就派车派人去了锯板桥。这可不是普通的事情，一定要查出病因。抽调的几名专家很快就来到了村子里，开始寻找发病的原因。村民逐个都检查了，血压体温都正常，也没有一点生病的征兆。从医学上来说这里住着的人都很健康，可是四宝与铁山的死又是怎么一回事呢？连医生都纳闷了。听了村民们述说的死亡过程，连医生都感到胆怯。难道这两个人是中了邪，或是被神鬼残害？据村民介绍说，四宝与铁山死时都口吐白沫。这种死亡医生可以断定是非正常死亡，隐隐感觉到事情有蹊跷。于是医生把在水碧源村了解到的事情向局领导做了详细汇报，局领导不敢忽视此事，向县领导作了汇报。县领导当即指示公安局介入开棺验尸，一定要把真相查个水落石出。

那个下午，从外面来了大队人马。这是村子里几十年来最热闹的一天，梅花也跟在队伍中去看热闹。很快坟墓就揭开了，两具尸体还完好如初。村民见了很是惊讶，以为这里面会有名堂。法医将尸体从棺木里搬了出来，切开肚子将里面的胃肠取了出来。取出来的那一瞬间，站在百米之外的村民差点呕吐出来。一股难闻的刺鼻臭味扑面而来，这绝对不是尸体腐烂的味道。村民们赶紧用手捏住鼻子，往后退了好几步。眼前的状况对于法医来说，不需要通过任何仪器检测就可以断定四宝与铁山是死于非命。梅花知道事情不妙，她扑上去不顾一切抱住了铁山的尸体，号啕大哭起来。哭得非常伤心，口里还不停地咒骂着。"是哪个天杀的害了你啊，你死得好冤枉啊。"就是傻瓜也知道梅花在演戏。黄昏时分，梅花手腕上戴着亮堂堂的手铐被几个警察带出了山。她表现得十分平静，没有喜，也没有悲，好像这一切都与她无关一样。几天后从县公安局传来了信，说梅花承认了谋害四宝与铁山的事实。让村民意想不到的是，梅花谋害四宝与铁山就是为了一个男人。这个男人没有给她什么好处，只能够满足她那虚荣心。这样的女人在村民的口中后来变成了精怪，人们都说她不会有好下场的。谋害了两条人命要么会被押上断头台，要么就是吃"炮子"，村民们猜测。

几天之后住在铁山对门的神长（"神长"是一个村民徐小满的绰号，地痞的意思）吆喝了起来，说是何水明吹牛说水碧源村的人不能拿他怎么样。当时梅花还没有承认害四宝与铁山是他的主意，却承认了她是何水明的地下情人。神长为头，水碧源村一家出一个人带着绳索上何水明家去了。这一次是打算杀杀何水明的威风，去的时候何水明坐在家门口。他的两个儿子也都已是成年人了，一个叫虎子，一个叫猫子，都长得横蛮粗野，牛高马大的。就像是左边一个关羽，右边一个张飞站在那里护着他。一般的人还真不敢靠近，神长哪管得着是谁，拿着绳索像只猛虎扑上去打算捆绑何水明时，两个孩子拦住神长让何水明脱了身。何水明以为梅花不会把他供出来，再大的事她都会一个人顶着。在看守所关了半个月后，梅花大概知道自己要以死抵命，吓得脸色苍白。如果把何水明出谋划策的事跟公安说了，兴许不会判死罪。为了脱罪，她在看守所内大喊冤枉。何水明害死四宝与铁山的事一传到水碧源，神长再次为头带领村民去了何水明家打人命。这次是动真格的，打算用绳索捆着他，先打个半死，然后再扭送到公安局。何水明似乎觉察到了事情不妙，躲藏在附近的山林里没有出来。那天晚上公安局也派了人来捉拿何水明，要不是村民先去了打草惊蛇，那何水明就是长有翅膀飞上了天也会被子弹打下来。有预感的何水明那天晚上躲藏在后山一个晚上都没有下山，公安民警搜索了一个晚上都没有见着何水明的踪影。接下来的半年公安民警来抓捕过几次，都没有抓到何水明。其实自从那次之后，何水明就没有再回过家。这杀人偿命的事情他自然知道，一旦被公安机关抓着了那必定是枪毙。梅花关押了半年之后判了死缓。这个结果虽然对于四宝来说不算冤，但对于老实本分的铁山来说那完全是看走了眼。铁山临到死才知道这个女人不仅不爱自己，还会要自己的命，可惜一切都太迟了。梅花进班房后的第四个月，她的大儿子家龙去看过一次。梅花问长问短，在牢房里唯一牵挂的还是几个孩子。家龙的性格一点都不比梅花弱，梅花说的话他一句都没有听进去。临别的时候家龙对梅花说："你是个毒妇，我没你这个娘。"看着家龙远去的背影，梅花落泪了。这眼泪是来自心里的，她以为孩子还会认她这个娘的，怎么也没想到亲骨肉都与她脱离了干系。她以为何水明会跟她一起到海枯石烂的，没想到何水明就此人间蒸发。在牢房里她还时刻做着与何水明在一起的梦，她想何水明会跟她一起坐牢，甚至会一起去阴曹地府。可后来，何水明一直逍遥法外。

何水明本来也不是一个胆大妄为的人，更不会轻易想出毒害四宝和铁山的毒招。自从张菊兰上吊之后，他的情绪发生了很大波动，总想寻找一点刺激的事来安抚自己的灵魂。他以为梅花不会那么毒的，不会听从他的意见去做。没想到梅花下手非常狠，居然将四宝和铁山同时毒死。最要命的是又巧遇春英患病，要不是春英患病这事情可能也不会见光。可他万万没想到事情就这么发生了，他注定一生都不能再见光。

自从水碧源村出了这场灾祸之后，有人出主意在村里修建一座"社"。说把社建在村口，这样祖宗能够看清楚进进出出的人。好人坏人能够分辨得出来，要是有坏人进入了村子是要受惩罚的。社与寺庙完全不一样，社是专门为祖宗而建的，取名"枫坪社"。修建社的钱都是村民们按人口凑起来的，村里按姓氏在社内设牌位。各姓氏牌位的摆放也比较讲究，是锯板桥的夏先生定的。他这种方式村民们都没有意见，按照百家姓里的排序，排在前面的就放中间，后面的依次从左到右。列祖列宗神位按照派门、年龄和死亡时间排高低，派门大的比派门小的要略微高点，年龄大的比年龄小的要略微高点，死亡早的比死亡晚的略微高点。所有死去的人都有一个位，在一块一尺高、半尺宽的木板上写着死者的名字和后人，后人一般写儿子的名字和孙子的名字，媳妇不写具体名字，只写姓氏。四宝与铁山的死都属于非正常死亡，在安排神位的时候村民商量了好久。大多数人的意见是认为四宝与铁山给村里造成了不好的影响，虽然死得冤枉，毕竟这一切都是自找的。比如四宝，村民们都同情他一辈子没有娶媳妇，可他干这种下流可耻的事情也的确不应该。铁山虽说老实本分，但太没有男子汉气概，枉有一身力气。四宝显然是村里的败类，死有余辜。铁山可是老实到了家，也没有赢得村民的同情。最后村民们决定把四宝与铁山除名，以免玷污了枫坪社。德时老汉一个人持反对意见，他说应该宽恕他们。这让村民都不理解，这样的人何来的宽恕？德时老汉说："他们都是可怜人，都死得冤枉，不管在世的时候做错了什么，死了都应该一笔勾销。"德时老汉的话虽说得在理，但村民们哪听得进去。最后在社里的神位上并没有四宝与铁山的名字，按村民的说法是这两个人不配在社里安位。要是让他们进了社，那以后好人坏人都会进村子里来。他们脾气和性格是改变不了的，一旦有美女再来他们肯定不会拒之门外。要是那样以后村里还会遭受灾难，村民们还会遭殃。说到底建这个社的目的就是用来捍卫村子。

　　第二天上午，太阳刚刚露出脸儿。村民们就敲锣打鼓来到枫坪社。家龙、家凤、鑫鑫和茜茜头上戴着白孝布，跪在枫坪社列祖列宗的神位前面。正当有人打算将四宝与铁山的神位入座时，神长摇晃着冲了进来。"慢，铁山的神位入座我不反对，四宝也入位你们同意我不同意。这社不是某一个人的，这是大家的。只要有我一人不同意他就别想入位，就算是入了位我也会把他的神位抛掉。"谁都知道神长是说话算话的。德时老汉一时也无上好对策，这家伙是块顽固的石头，村里人谁说的话他都不会买账，他抬杠子连他父亲出面都不顶用。只有他娘亲说的话他才听，可是他娘亲已经去世多年了。神长的父亲对他母亲是苛刻过头了，神长很小的时候时常见他父亲毒打他母亲。他只是瞪大眼睛站在墙角看，不敢出来拉开父亲。母亲被打瘫坐在地上，父亲还是不放过，狠狠地用脚在她的身上踢，每一次都打得鲜血直流。神长恨透了父亲，发誓长大之后一定要为母亲报仇。他渐渐地长大了，父亲打他母亲的恶习依然没有改。那次他见父亲将母亲踢倒在地上，他在房里找了把斧头提在手上冲向了凶残的父亲。"你再踢我娘，我现在就砍了你的头。"他恶狠狠地说。他母亲见状从地上爬了起来，按住了神长的手。"孩子啊，他是你的亲生父亲，你怎么可以这样对他呢？"那时他怎么也不明白，母亲为什么宁可受尽折磨，也一定要护住父亲。不过从那之后他父亲再也没有毒打他母亲了，可他母亲还是早早就去世了。他母亲去世之后他就与父亲相依为命，他家穷得也是没有娶媳妇的钱。十多岁的时候他带了个叫秋香的女人回家，那女人比他大好几岁，是高庙村张家张忠汉的大女儿。某日秋香去水碧源扯猪吃的青草，恰巧碰上砍柴的神长。大汗淋漓的秋香，单薄的衣裤紧紧地贴在肉体上。神长无法抗拒那诱惑的力量，将秋香压在山地上干了那事。秋香哭着跑回了家，坐在床沿上一哭二闹三上吊。这下把张忠汉急坏了，他问清事情真相之后气得差点吐血。再三叮嘱秋香不要把这事情张扬出去，否则以后全家的面子没地儿搁。这可不是小事情，张忠汉思前想后决定上水碧源一趟。他怎么也没想到的是，欺侮自己女儿的人竟然是一个乳臭未干的娃娃。见张忠汉找上门来了，神长倒是挺客气。说他看上了秋香，正打算上门提亲呢。张忠汉气得牙齿咯咯咯作响。见神长那气魄，他也有八分畏惧。回到家后躺在床上生闷气，并交代女儿不要出门。自从尝到女人的甜头后，神长有些按捺不住了。隔三岔五地往秋香家跑，死皮赖脸地叫张忠汉爹。碰上这样的寡皮溜那张忠汉也是找不出任何对策，一家人气得过不上一天好日子。两个多月后，秋香发现身体发生了变化，而且有了喜吃酸味、呕吐等一些症状。全家人都知道这孩子可能是怀上了，这可怎么得了。村里有人知道打胎的草药，只要服下一贴就能将孩子打下来。天黑了一阵，张忠汉装了十斤茶油，从笼子里捉了两只老母鸡装在蛇皮袋里出门了。直到下半夜才回来，回来之后一直在与秋香她娘说着什么。唠唠叨叨一直说到鸡鸣才灭灯上床睡觉。

第二天天刚亮，神长就在窗户外喊门。这家伙真是疯了，怎么这么早又来了呢？张忠汉压根就不想理睬他，加之一个晚上没有休息好，只是嗯了几声就接着睡着了。神长在窗户下转了几个钟头，后来就没有了声音。秋香是第一个起床的，她打开房门时吓得大叫一声。神长屁股坐在门槛上，头靠在房门上呼呼大睡。门一开，整个人倒在了屋内。头磕碰在秋香的脚尖上，伸手紧紧地抱住了她的腿。张忠汉气红了眼，提着锄头就要往神长头上砸。神长像只猴子一样，从地上翻了起来。顺手从门角里提了一把柴斧要砍张忠汉的头，那气势把秋香吓到了。"快把柴斧放下。"秋香冲上前去。"要是你不嫁给我，我就砍了他的头。"一大早吵闹声惊动了邻居，陆续来看热闹的人越聚越多。谁也不敢去夺神长手里的那把锋锐的柴斧，张忠汉跟人家做了一辈子的牛工，从没有见过这种场面，傻傻地站在那里不知所措。当着众人的面神长将柴斧粗鲁地架在秋香的脖子上，逼着她跟他去水碧源做他媳妇。光天化日之下，这不是明抢吗？众人还没反应过来，秋香就像是一头失散的家犬被人系住了脖子，乖乖地跟在主人的后头走了。张忠汉的肺都气炸了，他冲了出来站在屋门口，张大了嘴巴一句话都没有说出来。将拿在手上的锄头往旁边一摔，就像是个孩子瘫坐在地上。那样子看上去既可笑又可怜。

秋香边走边回头望她爹，她倒不是希望张忠汉来把她抢回去，她是在担心张忠汉跟神长拼命会受到伤害。本来还算隐蔽的事，这一下就全部暴露出来了。好些人也劝阻张忠汉，"嫁给谁不是嫁，既然这孩子这么喜欢秋香就让她去吧。你们拦阻也是没有用的，万一哪天一过激闹出人命来那可如何是好？"这天晚上张忠汉坐在火炉边抽了一个晚上的闷烟。"孩子她娘你说这事情咋办呢？"秋香她娘是个没有一点主见的女人，一切都是听张忠汉的。"你说咋办就咋办吧。"秋香她娘说。张忠汉皱紧了眉头，吸了几兜烟才慢慢地将皱紧的眉头舒展开来。"孩子她娘，既然那孩子这么喜欢俺家秋香就让她去吧。你看这事左邻右舍的人都知道了，孩子也已经有了身孕，留在家里哪家的男人还愿意娶咱娃。"秋香她娘点了点头，叹了口气地说："听你的吧，你说咋办就咋办。"

半月后，水碧源村来了一伙人，都是神长左邻右舍的亲戚。一行总共有二十好几人，挑着一担猪肉、两箩筐大米来到了张忠汉家。一阵鞭炮响过之后，神长先是在张忠汉面前跪着赔礼道歉，紧接着就是族人出面求亲。被神长要挟去的半月里，秋香是被神长折腾"死"了。从来没被男人碰过的女人，被男人一折腾什么都答应了。秋香站在神长的身边，都在帮神长说话："爹，这男人对俺还不错，我愿意跟他过一辈子。"张忠汉的脸上是青一块紫一块，孩子都愿意去了，做爹的也不好再反对。他只得勉强点了点头。按理来说，秋香跟这样的男人过不会幸福。可从秋香的脸上看不出半点哀愁，她的脸上满载着幸福的笑容。

秋香嫁进神长家之后，神长可是把她看作捧在手心上的宝，成天逗得秋香乐呵呵的。本来那时村子里还不习惯女人不下地，神长就不让秋香下地。他说女人的力气比男人小，女人应该在家操持家务，田地里的事都是男人做的。一个女人嫁给男人不是图男人什么，就是希望能够得到男人疼爱。只要觉得幸福，不管他是采取什么方式把自己娶进门的，秋香都不计前嫌了。要挟女人做妻的事件在锯板桥成为首例，张忠汉不去告神长他也就万事大吉了。其实要是真把这事告到锯板桥政府去了，干这抢占民女的勾当神长是要坐大牢的。主要还是张忠汉胆子太小，他担心要是没抓到神长反被他砍了头那就太不值了。这回张忠汉是彻底地放心了，他最担心的是秋香跟了这么个土匪不会有好日子过。神长那性子不是一般女人能够降得住的，发起火来要人命。秋香跟他在一起的日子他都服服帖帖的，不像是个比她小的弟弟，倒像是个成熟会疼爱女人的男子汉。神长不仅年龄比秋香小，个头也只到她的耳根下。村里的人都以为他会成为光棍，一辈子娶不到女人，怎么也没想到他会采取下流的手段娶来大美女。秋香与梅花完全不是一路人，神长要不是娶了秋香现在也许还会是土匪。娶了秋香之后，神长从不乱来。但是江山易改，本性难移。神长的脾气还是与往常一样，发起火来还是暴跳如雷。村里人都知道他的臭脾气，一般都让他三分。这会儿他不让四宝入社，谁都不敢把四宝的神位安在社里。几十年来，村子里死去的人都能够在社里找到神位，只有四宝一个人的神位摆放在枫坪社外的门口。日晒夜露，成了一块无人看管的朽木。

七

八月半间，正值芦苇开花的季节。沿着水碧源山下的碧源河岸两旁，芦苇成了耀眼的风景。载满枝头的芦花，在秋风的吹拂下漫天飞扬。整个碧源河上就像是覆盖着一层薄薄的雪花。在这样一个季节里，孩子们迎着飞舞的芦花往碧源河跑去。水性好的孩子们，在水里就像鱼儿游来游去。那充满童趣的戏水声，从太阳落山一直延续到天上布满星辰。

那天晚上外公做了个可怕的噩梦，梦见水碧源村有灾星降临。那是一个完完全全的死人场景：芦苇、棺木、孝布。睡梦中他顺着碧源河岸往水碧源走去，两岸的芦花开得十分壮观。芦苇代表着时间，还代表着地点。锯板桥只有水碧源才有芦苇，到了八九月间芦苇会开出洁白的花朵来。棺木和孝布肯定是不好的兆头。第二天早上，外公起床就把梦中的情节跟外婆说了。"昨天晚上梦见水碧源又有大祸，这几年水碧源可是折腾得不像样了，要是再这么折腾下去那该如何是好？""是啊，水碧源不是住人的地方。"外公最担心的事不是别的，张少兰与水碧源住得最近。起初张菊兰去福建也是她带去的，回来之后就患病上吊了。虽说张菊兰的死跟她没有多大干系，可这一切起源都与她有关系。张菊兰要是不死，何水明也就不会去偷人，更不会出那些毒计害死四宝与铁山，好好的一个家也就不会落个家破人亡的下场。想到这，外公的脚就站不稳了。"我得去趟少兰家。"说完就下山去了。外婆平静的脸上开始有了波动，她张了张嘴还有几句叮嘱的话要说，还没来得及说出口，外公就已经走得老远了。

外公去张少兰家一定要经过东浒寨的三军殿，他刚走到三军殿左侧的墙角边时，只听见里面发出蟋蟀般哭泣的声音。他脸上的肌肉抽动了一下，这么早怎么会有人到这里来？难道是神鬼在说话？他小心翼翼地往三军殿门口走去，奇怪的是大门上还上着一把锈迹斑斑的铁锁。他的心扑通扑通地跳到了嗓子眼，冷汗不由自主地冒了出来。"我丙德一生不与鬼神来往，也不信这人间有鬼，难道今天还真碰上了鬼不成？"他深吸了口气，往三军殿门口而去。顺着门缝往里望去，只见一个披头散发的男人跪在三军菩萨的神位前磕头。他定了定神，仔细地打量着这个人不人鬼不鬼的怪物。外公敢断定这是人非鬼，可他为什么要躲藏在这无人问津的菩萨殿里呢？这菩萨殿只有大年初一到初三这几天才有人来，因为新年的头三天三军菩萨都要回到这里来，之后这扇门就常年闭上了。这人会是谁呢？外公屏住呼吸静静地站在那儿猜测着。那人磕完头之后站了起来，外公看见了那人的脸。我的天！这要是一般的人真会被吓得叫出声来。这可比活见鬼还要见鬼，这人怎么会隐藏在这里呢？外公没有作声，悄悄地离开了。要是换作别人，肯定会藏不住话。可外公没有把这事情说出去，要是说出去了那人肯定会没命。不被五马分尸也会被众人的唾沫淹死。外公很快就把看到的一幕抛到了脑后，他不是那种作恶之人，何况救人一命，胜造七级浮屠。

可是让外公不敢相信的是，水碧源发生的事还真印证了他的梦。周公解梦里说梦都是相反的。可接下来发生的事情跟外公梦里如出一辙。村子里哭声一片，村民们都紧张兮兮地往神长家跑。神长的媳妇秋香正在生产，孩子露出了个头顶就生不下来了。神长这回没有了半点威风，蹲在门前的石门槛上像只耗子。秋香的求救声一浪比一浪凶猛，叫一声神长的胳膊就往上弹跳一下。

德时老汉捧着杨四菩萨又风尘仆仆地赶来了，他刚进门秋香就昏死过去了。德时老汉迅速从房里退了出来。他知道这是女人的事情，怎容得下他一个瘦老头去插手。

本来这不关外公的事，他知道灾祸与张少兰无关便大可回去了。谁知，外公却想去探个究竟。这最主要的还是出自善心，加之他也略微懂些接生之道，于是毫不犹豫地参加了接生救人。他耳闻过一些难产死人的事情，知道要是孩子生不下来大人小孩都得死。神长对外公有几分信任，至少他在锯板桥算是大名鼎鼎的人物。他说怎么做神长都愿意服从。"请医生来不及了，要想媳妇和孩子活命赶紧用剪刀把下面剪开，把孩子取出来。"外公只是想到这样做孩子会活命，但是没有想到秋香会因此出血过量死得更快。神长百般无奈之下，听了外公这么说火速去办了。不到一会儿工夫，接生婆抱着孩子跑出来了。她脸色发青，头上冒着豆大的汗珠。"这孩子，这孩子……"她结巴着想说什么，舌头僵硬得什么都说不出来。众人见孩子的眼睛闭着，也不见啼哭就着了慌。还是外公出的主意，叫人快把碗朝天井上砸。众人听从了外公的话，把神长厨房里的碗全部搬了出来。一轮碗朝天井上猛砸下去，一声刺耳的巨响过后，孩子果真放声啼哭起来。"孩子算是保住了。"就在众人欢呼雀跃时，房内传来了神长的悲惨哭泣声，秋香因为失血过多一命呜呼了。"你不能丢下我和孩子啊！"众人闯进屋内，只见神长就像个疯子，抱着秋香的遗体哭得死去活来。一声爹一声娘的，比他亲娘去世时哭得还要伤心。这是村民们第一次见到他哭得这么惨，大家都知道神长对秋香的感情，都劝他人死不能复生，要保重身体。神长哪听得进去，不顾一切又是跪又是拜折腾了好些天。那些天外公都没有离开，懊悔不已。总感觉是自己做错了什么，要是自己不出那主意兴许秋香就不会丢命。奇怪的是神长只是痛不欲生，并没有找他麻烦。

外公的梦印证在了秋香身上，他梦见自己飞着趴在水碧源枫坪社的大枫树上。只见村头的一户人家门外挂着许多洁白的布，门口放着一副没有上油漆的棺材。几个人站在那里拍着棺材笑，那笑声非常刺耳。那个下午，秋香就被穿上了寿衣装进了棺材。棺材是从邻村临时买来的，还没有来得及涂油漆。外公纳闷了，这梦怎么就这么灵呢？从不相信梦的他，这回被梦弄得彷徨了。

德时老汉说，这肯定是四宝在作怪，要是神长同意把他安进枫坪社也许秋香就不会死。外公什么都不信，他知道秋香是因为失血太多了才死亡的。外公没有把自己梦见的事讲出去，并且叮嘱外婆这事到死都不能说。

秋香死后安葬在水碧源的龙凤湾，这是一个山清水秀的好地方。坟墓的后面是翠竹，前面是一顷农田。下棺的时候，神长没有去。他不是不愿意送秋香最后一程，他是不忍心看见她被泥土覆没。他说只要没有亲眼看见秋香埋在土里，她就还活着。

让人庆幸的是，秋香给神长留下了个可爱的男孩，取名徐钢。徐钢的性格像秋香，相貌也与秋香很相像。神长说，要不是秋香留下了这么个孩子给他，他真会跟秋香一起去死。他说家里的碗都摔碎了，他也没打算往后还要过日子。他打算等孩子长大后，去陪秋香。秋香过了头七之后的第二天，神长提着斧头往枫坪社冲去。将摆放在枫坪社门口被太阳暴晒得裂了缝隙，雨水淋得变了颜色的四宝的神位几斧下去，砍了个稀巴烂。神长嘴里不停地咒骂着，一阵臭骂之后，坐在枫坪社门口呜呜地哭了起来。

神长的命也够苦的了，几岁就没有了娘。他对他父亲徐清正也是恨之入骨，他认为他母亲的死是他父亲徐清正一手造成的。要是他父亲不那么狠毒地打他母亲，他母亲也不会早死，他也就不会没有母亲，更不会像现在这样活得那么痛苦。也不会成天神乎其神，让人给取了这么个绰号。他觉得自己必须强大，做些正义的事情，给那些欺负女人的男人点颜色看。所以他对女人特别地专一，誓死一辈子只娶秋香一个女人。秋香去世时他才十七岁，其实也就只是个血气方刚的孩子。孩子养孩子这显然很困难，徐清正完全把徐钢当成了心肝宝贝。一是他想忏悔，想通过行动来感化神长；二是这孩子确实太小，带孩子他还是有点经验。徐钢长大后很聪明，五岁就去上学念书了。学校里的老师都说徐钢是块读书的料，长大后肯定会依靠知识改变命运。这孩子也挺乖的，回到家还能帮大人干点家务。那些日子也真亏了神长他父亲，虽说他父亲对他母亲是有过错，可对神长并不差。徐钢上学之后，神长唯一给孩子做过的一件事就是用苦竹给他削了个笔筒。这个笔筒后来也成了神长留给徐钢最为珍贵的礼物。

在徐钢七岁那年，神长离开了村子。他去了外地，说是出去找点事儿干。他去哪儿没告诉任何人，有人向他打听过他也没说。那天早上天还未大亮他就背着行囊往村外走去，走到枫坪社门前他顿住了脚步。解下行囊，从里面取出一块神位来。这是他在头天晚上为四宝重新做的神位，一块用墨水染黑的木板上弯弯曲曲地刻着几个字：四宝之位。神长没上过学，大字不识一个，写字就更不用说，从没拿过笔，他花费了不少周折才把这几个字刻上去。他蹑手蹑脚地将社门推开，好像生怕惊醒了里面的神，将四宝的神位慢慢地放在了村民按祖规留着的空位上，然后跪在神位前磕了几个响头。嘴里轻声细语地说："老四，按辈分我们应该是兄弟，要是你娶了媳妇你的孩子都比我大了。我现在把你的神位入座，你在地下可以多照顾你嫂子，你可不能欺负她啊。"神长知道秋香的死与四宝无关，他去锯板桥医院问过刘小兰。刘小兰说要不是果断把孩子取出来，孩子都会窒息死亡。秋香的死不能怪任何人，要是临产前送到医院里就不会有这样的结果。刘小兰还告诉他，世界上并没有鬼，有关神鬼之说完全是谬论，希望他多信科学，不要信神。听完刘小兰的话，神长当场瘫坐在地上。既然与四宝无关，神长想了想心里总觉得过意不去，就重新帮他做个神位安进了枫坪社。

次日，有村民发现四宝的神位在枫坪社里时大惊。德时老汉又抱着杨四菩萨赶来了，谁都没有见神长写过字，更不会猜到是他把四宝的神位安放在里面。大家认为这是四宝显了灵，秋香的死也与四宝有关。德时老汉说，只有想法子解除他与神长之间的仇恨，秋香在下面才不会受到他欺负。神长的父亲硬朗的身板经过这次折腾之后，彻底地垮了。一天到晚咳个不停，睡到半夜爬起来坐在床头上咳。一家子没个女人真不像个家，徐钢从出生就没吸过母乳，都是麦糊米糊一口口喂大的。这孩子还算争气，从小到大都没有大病过。

徐钢十一岁时，水碧源村来了第一笔汇款。汇款单写着：人民币两百元。这可不是笔小数目，那时两分钱一盒火柴，两角钱一斤煤油，五角钱一斤猪肉。这一块钱都要找零，两百元可不少。汇款单是锯板桥邮政所的张贤金所长亲自送来的，徐清正接过汇款单，口中鲜血喷了一地。汇款单的落款上写着：抚恤金。"抚恤金"三个字徐清正认识，他一辈子就认识这三个字。他父亲原是共产党的地下干部，是她娘亲手出卖了他爹。她娘被捕之后，为了活命成了叛徒，出卖了他爹。后来她娘成了狗日本的中国夫人，过着逍遥自在的生活。他爹是死在断头台上的，他爹被砍头那年他十八岁。之后共产党送来过二十块大洋，上面写的就是这三个字。抚恤金徐清正没有花，他用布包裹好了装在塑料袋里埋在了墙根下。神长的母亲与徐清正结婚是冲着那二十块大洋来的，要徐清正把那埋藏的二十块大洋拿出来。"那是我父亲用性命换来的，我怎么可以拿出来用？"两人为此时常吵架，吵得凶的时候还会大打出手。神长小时见父亲凶巴巴地对母亲，那种仇恨在他幼小的心灵里刻下了一道深深的印迹。想到这，徐清正又喷了一口鲜血。徐清正知道，神长的死是值得的。可他并不知道神长是为什么而死的。这二百元钱他托张贤金所长带回邮政所去，以徐钢的名字先存起来。他说徐钢这孩子是块读书的料，这钱就留给孩子以后读书。"你现在病得不轻，先拿点去看病啊！身体要紧。"张贤金劝说徐清正。徐清正说啥都不同意。并且叮嘱张贤金这钱不要告诉任何人，这是他们私下定的协议。这事情徐钢并不知道，要是知道他说啥都要先救爷爷的命。张贤金在没有答应帮徐清正保留这笔汇款前，他一直都是锯板桥人民心中的优秀邮政所长。谁都不会把他与坏人扯到一起，只是他那个不像人模样的老婆人们是畏惧三分的。

　　那年冬，徐清正咳得非常厉害。让徐钢把德时老汉喊来，说是让他问问杨四菩萨自己还能活多久。这一辈子徐清正都没有求过杨四菩萨，这一次他是跪在杨四菩萨面前诚恳地求他保佑。"杨四老爷，你要保佑我多活几年啊，这孩子还小，你得让我多活几年。"德时老汉闭着眼睛站在杨四菩萨面前良久，这才缓缓地睁开眼睛。"清正老弟，你就宽心养病吧，杨四老爷说你还没到阎王爷勾薄的时候。"听德时老汉这么一说，徐清正的脸色好多了。夜晚，徐清正把徐钢叫到了床前。他还是担心，胸部左上的乳房剧烈地疼痛。万一要是夜半病情加重，封口说不出话来了，那后事都没法交代。他把嘴凑到徐钢的耳根上说："崽，我得告诉你两件事情，你要记住啊。"徐钢瞪大眼睛看了看病重的爷爷，他的心里有一股寒风掠过。他听人说过，人要死的时候就会交代这交代那。"在那墙角埋有二十块大洋，在锯板桥邮政所存了两百元钱……"徐钢越听越害怕，他用手在徐清正的头上试探着。他担心爷爷是不是在说胡话，是不是马上就要死了。房间内的油灯越来越昏暗了，火苗将灯芯化成了焦炭。"爷爷你怎么了？"徐钢哭喊着没有让徐清正把话说下去。听见哭喊声，附近的村民都赶来了，大家都以为徐清正出大事了。推开徐清正家门时，只见徐清正的一只手在徐钢的头上轻轻地抚摸着。众人帮忙把油灯换了灯芯装上煤油，重新点燃后这才离开。众人离开后，徐清正继续交代着。这回徐钢听得很清楚，他知道爷爷说的是真的。不是在说胡话，也不是在说梦话。墙角下的二十块大洋还在那里，只是现在都用人民币了，那大洋只有等贩卖大洋的人来了才能卖钱。现在拿出这些大洋还真不是好时机，要是早拿出来用就是钱，再迟点拿出来就是古董。可徐钢挖这二十块大洋出来时，是徐清正卧床不起的时候，他想用这二十块大洋救爷爷的命。可贩子两手指头捏着大洋先是吹，吹过之后侧着放在耳朵边听，听完之后一本正经地说：这大洋值不了几个钱，总共给两块钱吧。两块钱也不是小钱，请个郎中上门看病是绰绰有余的。徐清正患的也不是什么大病，咽喉部位有一丁点腐烂。到锯板桥卫生院打几天消炎针就会好的，结果拖的时间太久引起了肺部腐烂。这病说大则大说小则小，对症下药了可以保命，没对症下药或是拖着不治疗，最后的结局就只有一个，那就是死。一个孩子知道什么，他根本不知道爷爷会死。把换来的两块钱跑到火石村的赤脚医生那里买了二十片 SMZ（一种广谱抗菌药），SMZ 在当时也是上好的消炎药，指头面那么大一片，厚厚的。可徐清正的病到了非打青霉素不可的程度。买回 SMZ 的晚上，徐清正说啥都不愿意吃药。徐钢没有把药退回去，用纸包好放在抽屉里头。临近年关的时候，徐清正感觉自己过不了这个年了。于是让徐钢去锯板桥邮政所把那两百块钱取回来。

一是想拿点钱去请个郎中来，二是钱是在自己手上放出去的，也该收回来了。徐钢是早上天未亮出山的，直到晚上下半夜才回来。把孩子给饿坏了，也累坏了。徐钢早上去的时候只吃了一个红薯，打算中午用取回的钱在镇上买饭的，结果不仅没有取回钱还挨了顿臭骂。他推开家门时就晕倒在了地上，一句话都说不出来了，头上豆大的汗珠滚落在地上。"孩子你怎么了？"徐清正用手撑着床沿，怎么也坐不起来。"崽，你爬起来啊。快点爬起来。"徐清正撕心裂肺地叫喊了良久，徐钢才慢慢地坐了起来。"爷爷，张贤金所长说咱家没有钱……没有钱在他处。"徐钢脸色苍白得就像是一张白纸。

"什么？……"徐清正下句话还没说出来，一口鲜血喷了出来。"爷爷，爷爷。"徐钢使劲地摇着徐清正，刺激过度的徐清正昏迷了过去。徐清正怎么也没有预料到，张贤金所长回去之后把这两百元拿去用了。说是在锯板桥开了个药铺，药铺的生意不好，半年下来把这两百元抚恤金亏了个精光。这话说出来谁都不会信，亏也不可能全部亏了。这分明是想赖账，徐清正气得昏迷了三天三夜都没有醒来。

都说张贤金所长为人正直，谁都不会想到他也会干这种不知羞耻的事情。

本来这事情跟外公毫无干系，他也不是爱管闲事的人，可对那些仗势欺人的人他还是从不手软。那把跟共产党闹革命时的枪都已经生锈了，他从楼角里把它取了出来。外婆知道外公要用枪肯定是遇到了不平事，没有阻拦，只是一再叮嘱外公要小心。外公把枪杆上的铁锈用纱布擦去，在枪里装上几发子弹后就出门了。急促的脚板声，从山头一直往山下而去。

"呼。"锯板桥响起枪声的时候正是四更时分。人们都还沉浸在睡梦中，被这一声巨响吓得连魂魄都散了。人们都火速穿上了衣服，悄悄地朝人多的地方汇聚而去。只见邮政所的门口灯火通明，子弹把邮政所的铁门穿了个孔。孔边写着几个歪歪扭扭的字：请还我钱！这到底是怎么了？张贤金在房内都吓破了胆，他不敢开门也不敢出来。他老婆就像是一头疯狗在房内臭骂，说放枪的人有种就进来。外面的人都不知道发生了什么事情，只是围着那条小街你一嘴我一舌。这显然是在说大话，强撑场面。张贤金蜷缩在房内的一个角落里，生怕被穿门而过的子弹击中。那泼妇叫喊得累了，声音就慢慢地消沉下去了。

徐清正没能挺过鬼门关。他丢下徐钢走了，临死前只是用手在趴在床沿上的徐钢头上摸了一下，之后，手就滑落了下去。孩子也不知道是饿晕了，还是太累了，他没有感受到爷爷最后给他的爱。

村里有活人为自己准备后事的习惯，落地钱（冥钱）、寿衣（死后穿的衣）、棺材，这都是必须准备好的，断气时就拿来烧。而且死前都会交代几句遗言，说些后代要注意的事。可徐清正没有叫醒徐钢，他想让孩子好好睡个安稳觉。第二天太阳出来的时候，徐钢的哭喊声震惊了整个村庄。徐清正是他唯一的亲人，他走了就等于他没有了任何依靠。听到徐钢的哭喊声，人们都从四面八方赶来了。此时，徐清正已经僵硬多时，嘴角上还残留着乌黑的血丝。

徐清正昨夜死去的消息很快就传到了张贤金的耳朵里，他本来还打算把那两百块钱送去的。刚刚出门他就从水碧源村赶来的村民口中得知徐清正昨天晚上死了，听后他满身都起了鸡皮疙瘩。站在门口好久他都没有挪动半步，直到村民扛着冥钱从他门前经过时他才完全清醒过来。一大清早看着那一大捆冥钱，他的脚跟不由自主地往后挪了半截。他害怕那冥钱会有杀气，好像那冥钱上附着徐清正的鬼魂。怕撞上那杀气，自己从此命运不幸。他没有了去水碧源的勇气，总觉得自己做了缺德的事不会有好报应。回到屋里，他满脸苍白地站在那里像个中了邪的人。他老婆见他回来了，从床上坐了起来。"怎么不去啊？猪，只要你不承认谁会说你拿了他家的钱。又没有证明人，你担心什么？"昨天晚上家里被人放枪之后，张贤金就决定把这钱送回去。可他老婆说啥都不同意，两人一直吵到天亮。天明过后，张贤金还是备好了两百元现金打算送去。之前要不是那个贪财的老婆出的馊主意，他也不会做这种昧着良心的事儿。"他死了。"张贤金有气没力地说。"谁死了？"他老婆听后，从床上一跳坐了起来。"嘿嘿，死了好啊，死了好啊！"像个得了神经病的疯子一样，死命地拍着巴掌。张贤金看着他老婆，气得一句话都说出来。

"呼，呼。"夜半里，张贤金吓得差点从床上滚了下来。这回他老婆也没有白天那么嚣张了，她吓得蜷缩在被子里连大气都不敢出。这分明是打枪的声音，是谁这三更半夜瞄着他家放枪呢？连续两个晚上一共打了三枪，这两枪把门都打了个窟窿。虽然不大，但是透过窟窿能够把外面看得清清楚楚。这个晚上外面倒是显得非常寂静，连看热闹的人都没有一个。大家不是没有听到枪声，谁都知道他家惹了大祸。关起门来屋外发生了什么都事不关己，谁都不愿意惹火上身。这可是针对张贤金家来的，第一个晚上放一枪，第二个晚上放二枪，接下来还不要放三枪？天明之后，张贤金从后门弯道去了锯板桥人民公社。这夜半三更镇子里有枪响，公社的人不可能没听见。他也是堂堂的国家干部，这事情公社不为他做主，谁来做主？张贤金拖着颤抖的腿脚到公社时，正好在门口碰上李书记。他刚要开口，李书记把手抬了起来指着那辆破面包车说："我得赶去县里开会呢，有事等我回来再说。"说完打开车门钻进了那辆破面包车，一溜烟走掉了，门前还弥漫着尚未散去的柴油味。这书记不管的事情，公社谁也不愿意插手。平常作为公社部门的负责人有事也是找书记，没有找过其他人。再说这也不是什么光彩的事情，张贤金也不愿意把这事向其他人说。他猜测把这事告诉了别人，不仅得不到解决还会有人说他坏话。无论在哪个时候，都有人睁着眼睛说瞎话。何况自己也做了理亏的事情，不管与钱有没有关系他都很是不安。正打算转头回去时，见卢副书记一脸严肃地向他这边走来。"等等，我正打算去找你。"卢副书记一本正经地说。张贤金一头的雾水，直觉告诉他与枪声有关。卢副书记还兼纪委书记，他是一个下手十分狠毒的人，从来都是不近人情。在工作上，张贤金是从不与他有正面交锋，主要是不想被他抓到把柄。卢副书记捏着他的衣服，把他拉扯到一个偏僻的边角，用两根手指头指着他的鼻梁说："张所长啊张所长，你胆子不小啊！你是要让锯板桥在全县'暴动'是吧？"张所长脸上青一阵，红一阵，黑一阵。他以为徐清正那两百块钱的事情被卢副书记知道了，他也不敢还嘴。卢副书记临走前交代了他一句，让他赶紧消化此事消除影响。

张贤金回到家满面乌云，对老婆从来是百依百顺的他这回火气冲天。先是一阵臭骂，紧接着桌子椅子砸得噼里啪啦。他老婆从没见过他发这么大的脾气，吓得蜷缩在那里变得斯文了起来。如果换作是在平时，她肯定会让张贤金吃不了兜着走。这回她知道这闯大祸了，再也不敢吱声。一阵大骂过后，张贤金把手伸向了他老婆，他老婆乖乖地清点了两百块钱给张贤金。

本来这事在此可以告一段落的，张贤金还钱的消息很快就传遍了锯板桥。人们对他的印象变得很差，都唾骂他不是人，是一个万恶不赦的畜生。在咒骂声中，他也被上面来的人带走了。是卢副书记放的烟幕弹，他根本不知道张贤金拿了徐清正的钱。只是没想到张贤金胆子太小，这事要是他自己不承认没人知道底细。更不会最后麻雀没捉到，反而自己遭了殃。这也是被卢副书记几句话吓破了胆，以为瞒得滴水不漏的事情败露了。这回铁的事实暴露在光天化日之下，张贤金有再大的本事都脱不了干系。被带走之后，不仅工作没有了，还被打了个半死回来。他老婆真是个万恶不赦的畜生，还没等张贤金回来就跟别的男人跑了。张贤金这一切都是她主宰的，后果却要他一人承担。锯板桥上上下下的人见了他都避得远远的，生怕沾到了他身上的晦气。徐清正过头七的那天晚上，张贤金扑通一声跳进了锯板桥后面的深河里。他想就此了结痛苦的人生，可是他没有被淹死。也不知道是谁救了他，被救上岸后张贤金就疯了。成天站在锯板桥政府门口，看见卢副书记就在地上捡石头砸他。没有一次砸到的，要么是从头上丢过，要么是丢在他脚跟前两公分，要么是丢在脚跟后两公分。卢副书记是气得咬牙切齿，以为他是故意装疯卖傻。几次把他抓到医院去诊断，最后的结果都是精神病。精神病就是个纯粹的疯子，可他好像只有见到卢副书记才有这种条件反射。卢副书记就像是和珅碰上了纪晓岚一点没辙，气得像只暴眼青蛙。

不过不知真相的人们猜测张贤金的疯与卢副书记无关，都认为他是被枪声吓坏了神经，被他老婆气伤了。树刮了皮会死，人气伤了心也会死。张贤金虽然没有死，可他现在的活法比死其实更痛苦。

徐清正的那病已经到了死的地步，即使没有这事情发生他也会死。只是让人们失望的还是张贤金，觉得他太不是个男人。

不久后，卢副书记调离了锯板桥。说是调进了城，提拔了。他工作作风还是受上级肯定的，就是工作方式有点与众不同。

八

外公回到东浒寨的家后，左思右想还是把那件难说出口的事借着吃饭的机会说了出来："孩子娘，我们把那孩子要了吧。"这话让外婆感觉一惊，自家的苦日子苦得只能与黄连比了，还要带张嘴回来吃喝。鸡、牛、羊都是早上放出来到晚上都不用吃一粒粮食的，它们自己会去寻食。这人就完全不同，多张嘴就意味着多了一份口粮。劳动力没有增加，吃饭的人增加了。外婆知道外公说这话肯定是有原因的，他不是个无故给自己增加负担的人。家里的事情他比任何人都清楚，一家人也都靠他一双手。外婆担心的不是自己，他是担心外公会累垮身子。外公把事实的原委一五一十都讲给外婆听了，外婆听后皱紧了眉头。她说，现在把孩子接回来会惹来非议的。这全镇的人都知道那两百块钱的事，要是徐钢去了外公家，恐怕人们不会说外公是帮助他，反而会说他贪了那两百块钱。外公听了外婆的话点了点头，他认为外婆说的话也不无道理。在这样一个贫穷的年代里，两百块钱显然是个沉甸甸的数字。

"先搁一阵子再说吧，孩子都那么大了，他能够料理自己。再说就算是我们同意他来，他也不一定愿意来。"外婆说这话时一脸的迷惘，她自己瞎了眼睛知道说的也是瞎话。"这孩子的命真苦。"外公叹了口气说。

这事一搁就搁置了。徐钢这孩子真是很懂事，徐清正过世后好些日子他都守在灵牌前。对这个有着血肉之亲的老人，他只有用这种简单的坚守来表达自己的孝道。唯一让人担心的是，他脸上没有了半点血色。

江南的天气，随季节而来的变化倒不是很大。他在房间里踱步，就像是一只蜻蜓在慢慢地飞。

东浒寨与水碧源距离不过两座山，实际上要走大半天的路。走过去需要上到山顶，再下到山底，然后又上到山顶。外公一直牵挂着这个孩子，担心他一个人在家会受饥饿，实在放心不下了，他特意去了一趟水碧源。

他去之后才知道孩子不知去向，门用一把铜锁紧锁着。一只小蜘蛛在锁的侧边拉起了丝网，铜扣也沾上了银丝。外公刚刚抬起手，就放了下来。他想把银丝扯断，可他不想破坏这张完整的网。要不然小蜘蛛不仅浪费了劳动成果，还得重新寻找一个适合自己的家。屋檐上的杉树皮被风吹了个窟窿，要不及时盖上，屋子经不起大雨的洗礼。一个本算是兴旺的家庭，最后留下的也只有这几间破旧的房屋。徐钢去了哪儿没有人知道，外公的心里酸溜溜的。这孩子就这么走了？人们说他是去寻找他的父亲神长了。村子里的任何东西对孩子来说都已经不重要了，只有他的父亲才是他活着的唯一希望。也许他的寻找是没有结局的，但是他还是要寻找下去。这注定了他的生活和命运，兴许多年之后他会有个家，可现在他还是个孩子。一个没有父母的孩子他就是孤儿，无论别人对他多好，孩子都愿意与父母在一起。

孩子并不知道神长不在了，他以为父亲还活在这个世上。父亲去了哪儿？他并不知道。他知道父亲是经过枫坪社门前的小道一直走向了远方，他也是沿着那条小道离开村子的。前面的路会很远，也会很陌生，在他的心里有一种无人能抗拒的力量，那就是只要自己往前走，就一定能够找到父亲。父亲再怎么样凶暴，可他还是自己唯一的亲人。那种凶暴永远都拒绝不了孩子走近他的欲望，亲人之间就像磁铁一样永远都是相互吸引的。

那夜外公半夜三更才回到家，外婆一直等到三更都没睡。大门发出了一声响，蜷缩在外婆脚下的黄狗朝门口扑去。黄狗没有发出半点声音，又摇头摆尾地回到了外婆的脚下，随后听见了关门的声音。外公喘着粗气走了过来。"怎么还没睡啊！"外公知道，只要自己没有回来，外婆就不会去睡。外公知道外婆有这个习惯，所以他无论去多远的地方都不外宿。外婆从外公沉重的脚步中，能够猜测得出事情一定不顺利。她静坐在那里，静静地听着外公呼吸的声音。她能够感觉到外公遇到了不愉快的事情，内心的焦虑和不安让整个脸部的肌肉绷紧得成了条状。

外公感觉到了自己从未有过的失败，那失败从心脏一直延遍了全身。就像是一颗无奈的种子，只能在黑夜里熬。

刚进家门一会儿，外面就雷声一阵紧接着一阵。外婆看不到闪电，还以为不会下雨的。雷声夹杂着狂怒的暴雨倾泻了下来，猛烈地击打着茅屋的脊梁，似乎想用它那巨大的威力将茅屋戳穿。外公憋得冒汗的手心，终于被那一丝凉意吹得舒展开来。这几间茅屋紧靠在几棵古树上，墙体是泥土构筑的，茅草盖了好几层，每一层都用棕绳牢牢地系住，无论多大的风雨都不容易戳穿。可他的心却被这场狂暴的雨淋得湿漉漉的了，找不到一处可以歇息的去处。

"唉。"外公一声长叹之后，说了一句话："孩子他娘，这孩子的命……"外公没有说下去，外婆已经明白了三分。外婆知道，不是孩子不愿意来，孩子肯定出了啥事。外公不说，外婆也就不好多问，她知道这个时候问只会让他更加烦躁不安。

本来这事与外公毫无干系，与他扯上关联的还是那个梦。要不是那个梦，那好好的一家老老小小就不会落个这样的下场，孩子也就不会孤苦伶仃地走天涯。想到这，他就抬手给自己抽了几个耳光。人世间的一些事情岂是外公一个梦可以左右的，可他哪会去给自己找这些借口呢？外公从灶台上拿过烟枪，从灶膛里用火钳夹了个红色的火炭放在烟斗上，干枯的烟草冒出了浓浓的青烟，烟枪内咕噜咕噜地响了起来，烟雾很快就弥漫了整个屋子。外婆连连咳了几声，用手在椅脚上触摸了一下，火钳已被外公拿去夹火炭了。火炉里的火慢慢地熄灭了，越到深夜就越寒冷。

夜里，外婆意识到自己已经支撑不住了，用力地紧闭了一下眼睛，想依靠眼皮的蠕动来缓解下疲劳。她发现没有半点效果，又用手在眼皮上来回抚弄了一下。外公丝毫都没有要上床的意思，甚至不时还有吹烟屎的响动。外婆实在熬不住就一个人先去床上睡了，外公是什么时候上床的她并不知道。第二天还是舅舅敲门才把她吵醒的，她醒来时外公还打着呼噜。外婆的心总算是搁下了。她希望外公醒来时，不要再为这事纠结不休。

外公快晌午时才醒来，他感觉头痛得厉害。直到凌晨他才躺到床上去，一躺到床上就昏睡过去了。这一觉醒来他的头都大了，眼睛直冒金星。爬起床外公来不及洗脸就打算往外跑，刚出门他就被外面的刺眼阳光阻挡了去路。经过一个长长的雨夜后，天气已经放晴了。疲倦的眼睛根本经受不起那火辣辣的阳光照射，他眼前雪白一片。他又回到了屋内，用手托着额头一句话都不想说。外婆自从眼睛失明之后，从来都是用声音听外公心情。这回外公沉默不语，她也只好罢了。煮好面条放在灶台上，还特意在面条里面放了个鸡蛋。他知道外公的身板子，已明显不如年轻时了。那时的身体真是连老虎都打得死，带大了几个小孩，自然身体大不如从前了。

"都是我造的孽啊！"外公咆哮着大叫了起来。外婆静静地站在那里，她的眼泪一滴一滴地落在地上。她知道外公是在忏悔，因为他没有对一个可怜的孩子伸手。

那之后，外公的情绪变得恍惚起来。那种从未有过的挫败感时刻笼罩在他的心头，他似乎找不到了生活的方向。年轻时的锐气全部挫败得无处寻踪，他根本没有了那种狂傲的脾气。

你说怪不怪，徐钢离开村子半月之后锯板桥涨过一次大水。那天晚上，村里发出了异常的声音。那声音伴随着地动山摇把村子里的人们吓坏了，大家都误以为是发地震了，顾不及多想带着大人小孩往高处逃去。没有经历过地震的人们哪知道这根本不是地震，一场由暴雨带来的泥石流把整个村子的良田毁灭了百分之九十。一条原本不到一米宽的山沟，一夜之间成了一条四十多米宽的大河。徐清正遗留下的那几间破旧的房子没有逃过这一劫，一百多平方米的房屋全部被巨大的石头活埋。让外公高兴的是，孩子避过了一场灾祸。他没有再为孩子的出走而难过了，相反他认为这是天意。

自这之后外公信起了迷信，他认为这是神鬼在作怪。那天晚上趁外婆睡去后，他悄悄地去了三军殿。三军菩萨在村民眼中可是活神仙，也许只有他才能够让人们化险为夷。外公来到三军殿后，还是吓了一大跳。原本只能正月初一才能开门的三军殿，此时里面渗透出微弱的光。他的身子明显感觉到一丝丝微凉，一种莫名其妙的感觉在眼前浮现。他通过门的缝隙隐隐约约地看见里面点着的一把火和一个人。他想起上次见着的一个人来，要是被撞个正着干脆把他赶出去。本来他走夜路都习惯带上那把枪的，这个晚上他什么都忘记了。这活见鬼的事情，谁见了都会吓得晕倒过去。

水碧源村自从发生泥石流后，村民们都提心吊胆起来。说村子里再也不能住人了，大家都盼着整个家族迁徙。说说容易，可真正要搬又谈何容易。在一个地方生活习惯了，对这个地方过于熟悉难以舍弃不说，去另外一个地方从头再来岂是那么容易的事情。一个地方有一个地方的风俗，一个地方有一个地方的吃喝习惯。老人们没有半点想要走的意思，年轻的人喜欢说些天方夜谭的事情，但最终多半也是听老年人的主意。

最先搬走的是象朝家的马顺牛，象朝是个人名也是地名，象朝死后这个地方就取名象朝。马顺牛只是乳名，大名叫夏小平。村子出乱子这年，马顺牛在一个远房亲戚的介绍下去了锯板桥镇学无线电。十四岁的农村孩子，吃红薯和薯丝长大。他个头不小，面黄肌瘦的。师傅是锯板桥镇唯一的无线电师傅，说是无线电其实就是修黑白电视机和收音机之类的。维修设备也就一个显示器，一个巴掌大的蜡盘和一支电焊笔。锯板桥也没有几台电视机和收音机，这无线电的生意冷冷清清的。师傅在锯板桥难以为生，最后被逼得进了城。宁州县开始就是个小县城，落在凤凰山脚下。两三条小街，进城要渡一条河。那时河里的水不小，可以浮起一座大船。一艘船可以停几辆车，车开到船上可以游到河岸对面。

他师傅到县城后，在衙前大道的紫花墩前开了一家店铺。专修黑白电视机、冰箱、洗衣机和电风扇。黑白电视机的生意是最好的，县城里百分之五十的人家都有电视机。所以马顺牛跟师傅学手艺，有的客人上午送来下午就想拿回去，那段时间《封神榜》和《雪山飞狐》是最受观众欢迎的。锯板桥几户有黑白电视机的家庭每到晚上房间里挤满了人，有的坐在板凳上，有的坐在地上，有的踮着脚跟站在后面，个个全神贯注地盯着那块巴掌大的屏幕。电视剧每个晚上都是在黄金时间播一集，每每最后一个画面终止的时候，房间里就发出一片叹息声。"这么快就没有了"。这些人都是走十几里山路从各个村赶来的，就是为了凑个热闹过把瘾。

马顺牛学艺很用功，不到半年就学业有成。师傅见他手艺学成了，主张让他在县城也开个无线电维修店。与师傅在一起，不仅没有工钱还要交学费，虽然师傅给他开了绿单，不收取他一分钱的学费，但是吃饭钱还是要交的。他开始并不愿意自己开店，师傅铺里生意十分红火，他想先留下来帮忙。师傅并不同意他这么做，还是决定让他自己独立门户。那时县城北门长途汽车站是最红火的地方，理发的，卖南杂的，卖家电的，开药铺的，开饭店旅社的，不管做什么生意都跑火。马顺牛对这个地段的印象非常好，认为做生意就要赶热闹。他在北门拐弯的一个角落处，花了七十元租金租了一个小店面。这个地方的店面本来是连针头都扎不进去的，这个店面与其他的店面完全不同，店铺里面呈三角形状，门前有十多个台阶。卖南杂的不好摆柜台，卖家电的嫌弃店铺太小，开药铺的草药柜没地方放，开饭店旅社的没有楼层打铺。做无线电维修选在这样的地方是再好不过了，角落里可以堆放一些电视机残骸。

开张之后，马顺牛才知道这生意不是那么好做的。这里虽然是商业区，住在这附近的人却十分少。一些需要维修电视机的，都不愿意扛着上门来。最主要的原因还是门前那十多个台阶，谁都不愿意扛着电视机往上爬。这样一来，抢占了地利却没有了人和，生意冷冷清清不见半点起色。不过头脑灵活的马顺牛想出了绝地逢生的好法子，他打破常规做起了上门服务。这招果然不错，可惜的是他没有电话，要是有电话准被打爆。马顺牛腰间挂着个传呼机，一天到晚嘀嘀响个不停。这个传呼机是他勒紧裤腰带买下来的，可以说是这个传呼机把他推向了光明。

好几年，他都住在店铺的那个小阁楼上。阁楼只能放一张三尺宽的小床，长不过一米七五，刚刚可躺上，没有翻身的余地。好多白天完不成的事儿，他都是晚上带回店里加班完成的。有些事情也必到店里来才能完成，比如需要换部件，比如还需要做进一步的故障排查，有些毛病不是一下子就能够被发现的。电视机拿来之后细细捣鼓好些日子，试验好多次才能够研究出其中的缘由。部件安装上去或是取下来都依靠那支沾满蜡的笔，先把蜡沾在笔头上，等到笔头冒出青烟才沾到部件的脚上。

在忙碌中度过了一些日子后，生活条件稍微有了些改观。一个小伙子，变得成熟了起来。爱情的季节也随之来临了，没有受到任何的风吹阻挡。他跟一个美丽文静的姑娘在一个淡淡的黄昏相识了，姑娘在衙前街的工商饭店当服务员——说是服务员其实就是个洗碗工。

饭店是整个县城条件最好的，上这来吃饭的人是少之又少，进城的人都在街边的小餐馆里吃饭。在这里打工的人工资不是固定的，底薪加提成。底薪只有两百五十元，加上提成一个月最多不出五百元。马顺牛也不知道是怎么与饭店扯上关系的，反正之后饭店里的所有电器维修都包给了他。有了这个便利，饭店里的人与他几乎都熟悉了。

老板也有意帮他在饭店里介绍个对象，不过最早的想法不是介绍洗碗工。老板看中的还是马顺牛的那股干劲和耿直的态度。他一直想把在前台做收银员的侄女许配给他，谁料还没开口就发现他与那个洗碗工眉来眼去。这男女的事情早就是婚姻自主恋爱自由了，老板也只好作罢。这姑娘除了少学了点文化，其他一点都不见俗。苗条的身材，雪白的皮肤，圆圆的脸蛋，相貌是蛮好的。要不是她父亲早早过世少学了点文化，也不用出来帮人干这种又粗又累的活。家里老娘就等着她每月的一点点工钱回家糊口。虽然上面还有六个姐姐和一个哥哥，可六个姐姐都出嫁了。嫁的男人基本上都没有什么出息，想她们拿点钱米回来养娘那简直就是天方夜谭。哥哥也是在外一事无成，她的工资几百元还得分一大半回家。家里还真是亏了有她。马顺牛就是见她家穷，对生活又认真。找个这样的女人回家，也算是门当户对。娇生惯养的女人他肯定是降服不了，宁可找个差点的也不愿意去受那个气。

不久后的一个晚上，有人在紫花墩的散原中学门口碰到了马顺牛，他牵着那个姑娘的手在街上大摇大摆地走着。那样子看上去倒是有几分神奇，走的姿势看上去也很甜蜜。

消息来得很快，一夜之间水碧源村的老老少少都在议论马顺牛的事情。都说这孩子争气，都说他的命好，不仅在县城里落下了脚跟，还娶到了个漂亮的媳妇。那些年，水碧源男青年大三十好几都没娶到媳妇的人很多。老人动不动就拿马顺牛来举例子："你们要是抵得上别人的一根脚指头，我死也闭眼。"当然这只是一些气话，也只是嘴里说说罢了，大伙听后也只是笑笑而已。

马顺牛平常叫女孩子乐乐，这只是个小名。她真正的名字叫什么，村子里没有一个人知道。酒店的老板也不知道，招工不需要登记身份证。管她叫什么，别人叫什么就叫什么吧。

马顺牛那几年还真是争气，生意逐渐有了模样。那姑娘对马顺牛那是真好，姑娘每天晚上在宾馆很晚下班后就去那个小店铺里。有时候夜半三更马顺牛都在外面忙碌着，那姑娘就四处找他。只要马顺牛没回家，她就不睡觉。也就是那份真情把他们牢固地捆绑在了一起，以至于连结婚都没有给一分钱的彩礼。那时农村结婚是需要大张旗鼓的，起码要几台嫁妆。他们只是简单在乐乐上班的工商宾馆办了几桌饭，就算是结了婚。

两年后，乐乐辞职了。那天有人在街上见到她，说她变得洋气起来了。手上戴着金戒指，脖子上系着金项链，戒指和项链粗得就像是古代皇宫里的贵族珍品。尤其是那走路的样子，屁股左一扭右一扭，来回晃动着。谁见了都知道这是在摆阔，要不然就不会有这等举动。反正她身上以前老实本分的影子早已经没有了。乐乐看见水碧源村的人就装作没看到。村人说，人都会变的，马顺牛这孩子恐怕也变了。果真被村民说中了，马顺牛算是发家了。他之前的师傅给了他一个机会，把自己的店铺转让给了他，还签订了十年合约。听说马顺牛就是靠这个店铺发家的，两年后就有了自己的房子。那年头在县城里能买上房子那可不是一般的事儿，可比考上个举人还要耀眼。

自从搬进新家之后，马顺牛与水碧源村的人基本上就不怎么来往了。这不完全是乐乐的原因，是马顺牛也变了。用外公的话说，女大十八变，人有了个模样也会有些变化的。也就是太得意忘了形，接下来发生的事情也让人苦笑。那天下午，马顺牛的师傅找到马顺牛说，这店铺要提前收回。这可是一江好水，不用抛鱼苗，不用施肥，每年也能够收获满仓。这北方一刮风，南方火热的天气一下子就变得寒冷了起来。单薄衣裳一下子全部装进了衣柜，都裹上了厚厚的棉袄。消息一出，那个昨天还得意扬扬的家，一夜之间陷入了万丈泥潭。"不是说好了十年吗？给我们经营十年的。"乐乐一下子变了嘴脸，这是马顺牛结婚以来第一次见到她的丑陋面目。乐乐说这店铺不能就此归还他，我们得按照合同来。马顺牛知道师傅的意图，无非也就是想涨几个租钱，不好直接开口，就说店铺想收回。师傅当初好意把店铺给他经营，也是想照顾下他，改善下他的生活。不出两年他就改变了生活现状，这让师傅仁慈的心也变得焦躁了起来。因为此时的师傅虽说开了个大店铺，也不再是当年维修小店了，可收入却不是很高。看到马顺牛如此"嚣张"，富裕起来后目中无人，师傅就想增加租金。

这一招没有得到妥善处理，师傅口一开就像是捅了马蜂窝。马顺牛回到家里的时候，乐乐刚刚从隔壁打完麻将回来。一副表情让人看了就生气，从表面上看是赢是输都难辨别。赢钱的时候满面容光，输钱的时候也是容光满面。她学会了一套子应对的办法，不让马顺牛知道输钱。不巧的是今天输钱了，还输了不少。马顺牛的脸色很不好看，阴森森的，乐乐自知情况不对，脸色随之暗淡了下来。"师傅说铺要收回去。"马顺牛满腔怒火地说。乐乐听了马顺牛的话神气了起来："我们可是签了合同的，他这是违反合同法。"乐乐这么一说，马顺牛顿时感觉头上一轻："你说得对，他要是再强词夺理，我们就起诉他。哈哈，还是老婆你有办法。"乐乐摆出一副自以为是的姿态。第二天，乐乐还是去隔壁赌了一天。她已经习惯了这种生活，一时无心去关注家里家外的事情。这也只怪马顺牛没有管教好，不然本来一个善良诚实的乡下姑娘怎么也不会变成这个样子。马顺牛没有珍惜来之不易的生活，相反的是四处张扬。这几年，锯板桥没有一个人不晓得他在外面春风得意。有人竖拇指，夸奖马顺牛是从大山里走出去的天之骄子。也有人贬低，说他这种派头迟早会丢了饭碗。村民们也就有口无心说说罢了，他们哪会真希望马顺牛再回村里。可让人万万没想到的事情就这样发生了，一个乡下人怎么斗得过城里人呢。马顺牛虽然作了一些反抗，但最后还是被师傅赶出了门。说来说去，这也不能怪他师傅，马顺牛也有错。

外公听到这个消息后，倒是没什么惊讶的。他说，不开铺了也不至于要回到乡下来啊。这话说得在理。马顺牛的手艺是学到了的，凭着他的手艺在县城混口饭吃倒不是什么大问题。问题就出在接下来发生的事情里：乐乐的哥哥在外好几年没有回来，这次回来就直接到了马顺牛家长住。把这儿当成了自己家，白天很晚才起床，晚上一两点钟才回来。出去的时候是神不知鬼不觉的，回来的时候也像是风一样。

那阵子马顺牛急了，饭桌上一副黑得像关公的脸真的让人心冷。乐乐她哥哥权当没看见，表现得若无其事。他想若是摆出一副做哥哥的架势来，想必马顺牛也不能把他咋的。

这家子突然陷入这样的境地，马顺牛的心里真不是滋味。他知道是自己错了，被迷惑在广阔的森林中见少了阳光。

乐乐丝毫没有太在意这样的结果，依然是我行我素。除了做点饭之外，闲下来还是往外跑。

那天晚上，马顺牛满腔怒火，打算全部撒出来，消消气。谁知道，乐乐的哥哥迟迟没有回来。乐乐把饭菜准备好后，打算等着哥哥回来一起吃。马顺牛端起碗筷先吃了起来，乐乐没有吱声，用筷子夹了半碗菜放在了厨房里热着。饭吃到一半的时候，她哥哥回来了，就像是一条饿昏了的狼，端起碗筷就吃了起来。

马顺牛见他那副德行，想冲着他发点脾气消消满腹难平的怒火。他还没来得及开口，掩着的门就被人踢开了。啪的一声巨响，三个高个头莽汉冲了进来，二话不说就将乐乐她哥哥按在地上。"你们要干什么？"马顺牛怒斥。在县城居住了这么多年，听说社会上混混不少，但是大白天，明目张胆冲到家里来的还真没见过。

乐乐上前去揪住了一个莽汉的衣服，她想用自己仅有的力量拉开他。可她发现她的那点气力，一点作用都发挥不了。

马顺牛想到的是报警，他想一定是乐乐她哥哥在外面得罪了人。他拿起电话刚刚拨通110，三个莽汉就将马顺牛他哥哥从地上拖起来了。"我们是警察，这个人我们要带走。"说完亮出了警官证。

这一切早已远去。马顺牛想起那个场景时心里依然是怦怦跳个不停。他后来才知道，乐乐的哥哥不是个好东西，在外面好吃懒做，也杀死了人。这样的人是该死该埋，没有人会同情的。

马顺牛的铺被收回后，做出了去上海打工的决议。去的时候乐乐跟着一起去了，可半年之后就听到了一些绯闻。说是马顺牛在上海有了女人，他不想要乐乐了。这只是人们听到的一点风声，事实却不是这样。刚去上海的时候，马顺牛没有找到工作，乐乐很快就进了厂。马顺牛为工作上的事情是操尽了心，自己学得的一身好手艺没地方使。相反乐乐凭着自己的外貌，在工厂里出尽了风头。

马顺牛总觉得一个大男子汉，依靠一个女人来生活没什么颜面。他四处寻找适合自己的活，两个月之后他得知有一家大型的海尔专卖店在招维修人员。那天他一早就出门了，直到晚上十一点多钟才回到租住的地方。他已经是疲倦得满脸灰尘，一天都是在公交车上过的。转了多少趟车他已经不晓得了，反正他知道那是在上海的最北边，与住处中间的距离是两个区，大约是一百多公里。乐乐见他丧失精神的样子，就知道又白跑了一趟。

由于时局的变化，马顺牛在乐乐面前已经没有了半点威风。"明天再去找吧。"乐乐说。"不，我不想找了。"马顺牛半赌气半认真地说。乐乐一脸惊诧地看着他，却没有发现他心里隐秘之痛。

"你打算回去？""不，我已经找到了。"马顺牛认真地说。"只是我们得分开生活一段时间。"乐乐意识到了马顺牛接下来要说的话。"薪水可以，你就去。""那是当然。"

马顺牛去了上海北边的那家大型海尔专卖店做维修人员，乐乐还是留在南边的工厂里。马顺牛十分珍惜这份来之不易的工作，半个月时间才去看一次乐乐，每次也只是短暂地留一宿。

四个月之后，马顺牛凭着自己熟练的技术，工资直线上升至七千多元。他想乐乐可以放弃工作，来北边与自己一起生活。可意外的事情还是发生了，这是他怎么都没有预料到的事情。乐乐出轨了。在这几个月里，她与那家工厂的老板有了私情。

无论乐乐怎么落泪求饶，马顺牛就是铁了心要与她离婚。他无法接受自己的妻子背叛自己，那个让他难以入眠的场景在他脑海里挥之不去。离了婚，兴许还能忘记。

乐乐也只是按捺不住寂寞，贪图一时享乐。她以为不会被人察觉，没想到会被马顺牛抓了现行。

那天马顺牛领了工资，他想告诉乐乐这个月的薪水又涨了。他以为乐乐下午不会在出租屋的，想先做好饭菜等她下班回来给她一个惊喜。可他万万没有想到的是，当他拿出钥匙打开那扇出租屋的门时，眼前不堪入目的场景呛得他鼻血直流。乐乐与一个爷字辈的男人在床上，直到马顺牛拿起背包砸过去，他们才意识到被捉了奸。

那年冬天，马顺牛回家的时候开了一辆黑壳小车。他是一个人回来的，回来没有多久又走了。他走的第二天乐乐也风尘仆仆地赶回来了，乐乐已经没有以前那么嚣张了。看上去瘦得就像是一只猴子，皮肤黑得发亮。马顺牛的母亲逢人就说马顺牛这孩子不听话，在外面赚了钱喜欢上了一个女孩。

这个冬天的晚上，马顺牛他母亲给锯板桥的亲戚打来了电话。哭哭啼啼的，说乐乐不晓得去了哪儿。乐乐失踪的消息一夜间在水碧源成了热门新闻，这家子过好日子的时候从来没打过电话回来，现在倒好，家里有什么不快，立马就来报忧了。

人们都以为，马顺牛与乐乐之间会有个轰轰烈烈的结果。几年之后，有人看见他们手牵着手又走在了一起。之后真没有人再晓得他们的情况，马顺牛的母亲估计也不清楚。他们只知道他们还在一起，具体也不知道他们在哪个地方。

他们唯一的女儿四岁就上了幼儿园。马顺牛的父母在县城没有正当的活干，有些时间他父亲会去工地做几天零工。平常也很少有人知道他在干什么，不过要找他很容易的，打个电话他就会骑着那辆破摩托车立即赶来。现在比以前要热心得多，跟原先在村子里时一样。那个孩子不仅听话，学习成绩也很好。五岁就上了一年级，认识很多字，还会说一些洋文，这孩子不是一般的聪明。

九

张季瓶是外公最小的一个女儿,她是藤冬连四十一岁时生的落脚货(村里人都喜欢把那个最后赶来的孩子叫"落脚货")。庆幸的是她比前面的几个孩子都要聪明,而且也长得漂亮。眼睛大大的,鼻梁高高的,连走路的姿势都很优美。可惜的是,她从来都没有用镜子照过自己。她不是瞎子,大概是读书少的原因吧。她把自己的灵魂和身体卖给了一个冰窟窿。先说说她的婚姻。应该说,这一切都是命中注定的。她大姐张少平的大女儿黄秋在据板桥镇农业中学上初中时,张季瓶经常去学校看她。农业中学有一个叫程伟的大龄老师特别喜欢小巧玲珑的张季瓶,三次托黄秋向张季瓶表达心迹。张季瓶说啥也不答应这门亲事。程伟个头一米八多,外形像梁山好汉那样魁梧,脸上还留着粗糙的黑胡子。张季瓶怎么会看上这样的男人?她心中的白马王子是个文质彬彬的小男生。程伟不死心,只好亲自出马。买好玫瑰花,上门求亲。谁知张季瓶硬是避而不见,程伟最后只得灰溜溜地回了学校。之后三年,程伟对张季瓶都念念不忘。第四年张季瓶嫁给了火石村大坪山的庞西华。两人算是一见钟情。这样的婚姻是不容乐观的,两个人在一起不能全靠感觉。这种感觉不应该说是错觉,但人一时受迷惑就算是万头驴也拉不回来。

实际上张季瓶要是试着跟程伟接触,兴许结果完全就不一样。程伟虽然长得五大三粗的,脑瓜子还是灵活的。他本来是语文老师,现在还教初三的英语。他的英语音标都咬不准,有点儿走样了。可半年下来,除了那个拼命三郎教的重点班,其他班级的成绩也不相上下的样子。张季瓶最不喜欢的就是程伟那胡子,胡子黑得像张飞。一想到他那牛粗之气,就害怕得让人喘息。要是嫁给这样一个牛高马大的人，她真害怕夜晚会做噩梦。让张季瓶没想到的是十多年之后，再次在县城巧遇到他时，他脸上已经变得光滑了起来。当初一脸的黑胡子已经不知去向，人也显得精神了许多。从他那文质彬彬的外表看，简直像是换了一个人似的。

外公算是见过点世面的人，他清楚庞西华的底子。也知道大坪这个地方是鸟不拉屎的，全村都是光秃秃的，山上没有土，山下没有田，不多的几棵树也是把树根扎在石缝里长起来的，但是长得都不高。嫁到这个地方真是死门死路，今后的日子真不知道她咋过。

有些事情不是大人能够左右得了的，她宁愿去受这个罪谁能拦得住。就连白素贞都控制不了七情六欲，更不要说是平凡人了。更何况现在再也不是逼婚论嫁的年代了，就算是传统的味道在农村没有完全散尽，外公却讨厌过去那种形式，孩子有着怎样的意愿就让她去了。唯一让外公松了口气的是，庞西华还算聪明。俗话说得好，贫穷不过三代，当官不过三代，他还是相信庞西华能够凭自己的双手改变以后的生活。要真是如此也就没有枉费外公一片苦心，之后发生的事情令外公气炸了肺。要是换在十年前，他不掏出枪来打爆了庞西华的脑袋？现在老了，年轻时的那股豪气已经丧失殆尽了。话又说回来，要不是兴起打工潮这事情也就不会发生。

张季瓶与庞西华结婚的第二年就生下了一个女儿，取名庞春红。孩子出生后庞西华不晓得有多高兴，逢年过节都会往外公家送来一只大母鸡。晚上坐在火炉前跟外公聊一些家里幸福的事儿，滔滔不绝地聊个没完。说到开心的地方都哈哈大笑了起来，那笑声响彻云霄。

外婆是从来都没有看见过庞西华，庞西华在她脑海中的印象全部来自于外公和张季瓶的描述，再就是从他那带有磁性的声音里猜测。听外公与庞西华有说有笑的，外婆自然也就放心了，把留了好几个月，熏得漆黑挂在谷仓里的腊肉取了出来，切了两块精肉放在锅里煮薯粉皮给庞西华作宵夜。这种款待是上等的，只有在夜深人静确保无人来时才能进行。要是碰到一个串门客，不分半碗恐怕不知如何是好。薯粉皮是临时烫的，把红薯磨成的粉挑在碗里，用水搅浑后倒在烧红的铁锅里。然后提着锅四处荡，不到一分钟烫的薯粉皮就熟透了。把烫熟的薯粉皮先取下来放在菜板上，冷却后用刀切成块状。等锅里的水把腊肉煮得散发出香味后，把烫好的薯粉皮倒到锅里煮上一两分钟就可以吃了。父母对最小的那个孩子是最宠爱的，外公忽略了庞西华残暴的另外一面。要是早知道他是个连畜生都不如的人，他也不会同意这门亲事，更不会如此款待他。说白点，对他好的目的就是希望他对自己的女儿好，一生一世都好好照顾她，爱护她。

在家里实在是没有什么出路的时候，外出深圳的人很多。庞西华与张季瓶也随着外出的人群到了深圳，两人都在一家制造手机的厂里打工。工资还行，生活比在家里要强上百倍。在深圳半年之后，没有采取任何防护措施的张季瓶肚子大了起来。虽然现在生七八胎的不多见了，可生三胎四胎的都比较普遍。两人商量之后决定把这个孩子生下来。张季瓶怎么也没有想到，庞西华会动歪脑子。他早已与一外地人谈好，如果张季瓶生的是男孩，他就留下来；如果是女孩，他就卖给这个外地人。张季瓶哪知道这些，十月怀胎之后，很快就到了分娩的时间。

那天的天气不算是很好，空气里笼罩着一股浓烈的火药味。张季瓶在庞西华的陪同下来到了镇上的医院。张季瓶闻到了一股不祥的气息，那气息压得她喘不过气来。

医生拿着听诊器在胸部听了几秒钟，开了一个单子让他们去办理住院手续，说已经到了临盆的时间，孩子这两天就会出生。张季瓶满脸喜悦，用手在肚皮上轻轻地来回抚摸着，想着孩子马上就要出来了，内心隐藏着的不快变成了开心。

那两天庞西华一直陪在张季瓶身边，进进出出，忙这忙那，大事小事都是他一个人跑。这些天来，庞西华也很累，为了一家人的生活，已经是筋疲力尽了。张季瓶在心里默默地盘算着，第一胎是女儿，第二胎就应该是儿子。按照规律都应该是这样的，她大姐张少平，二姐张少兰都是这样的，她也应该是这样。要是再生一胎女儿，以后再生一胎的可能性基本为零。这个时候一是计划生育抓得严；二是家庭经济吃紧。这两项都让张季瓶感觉手心在冒汗，她担心的是孩子出生后不能过正常孩子的生活。第二天下午，在忐忑不安中孩子出生了。护士说是个女孩，当她从护士手里接过孩子的那一刹那，眼里噙满了幸福的泪花。孩子的眼睛特别大，看了母亲一眼才哇地一声大哭了起来。"给孩子取个名吧！"庞西华说。

按农村里的风俗给孩子取名字该是上一辈老人做的，他们德高望重取名更富有含义。但想想孩子总得有个称呼，张季瓶与庞西华商量之后给孩子取了一个叫"庞岭"的名字。取这个名字有两层意思，一层意思是没有男孩，所以取个男孩的名字来补过；还有一层就是孩子是大山岭里人，无论如何都不能忘记了那里的生活。张季瓶怎么也没有想到，自己的这种夙愿后来成了一辈子的伤痛。

第二天醒来时，她发现庞岭不见了。"庞西华，孩子呢？"张季瓶用悲愤的神情盯着他，"庞岭呢？你抱到哪去了？""我把她卖了。"庞西华笑嘻嘻地说。庞西华与她说过很多次卖小孩的事情，说要是生个女孩就卖掉，生个男孩自己留下来。张季瓶一开始以为庞西华只是说着玩玩。"你也是孩子的父亲，娘生爷（父亲的意思）养，你说怎么办就怎么办。"她当时也只是说着玩玩，没想到庞西华却把她的一句玩笑话当真了。"孩子呢？"当张季瓶再三地找孩子时，庞西华知道自己闯祸了。他真的把孩子卖掉了，只卖了五百块钱。"买方是哪儿的？"庞西华摇了摇头。当时急匆匆的，他还没来得及问呢。张季瓶不顾产后的疼痛，像匹疯狼一样扑上去，揪着庞西华的头发厮打了起来。纠缠了半个小时之后，张季瓶终于无力地松开了。

这种突如其来的风雪，一夜间把温暖的家庭气氛降到冰点。张季瓶眼前熟悉的景致也变得陌生而害怕起来，一切都是那么陌生。张季瓶的心就像是被人掏去了，她已经感觉不到丝毫的疼痛了。"猪，世界上怎么会有这样的猪？"她破口痛骂着，"你会遭天谴的，你会不得好死的。"庞西华知道自己闯下了大祸，四处去寻找抱走庞岭的那个人，可人海茫茫上哪儿去找呢？孩子此时不知道身在何方了。找不到孩子，他只好厚着脸皮回来向张季瓶赔不是。张季瓶已经无法容忍这一切了，无论庞西华怎样对她，她都可以接受，可这件事情她容忍不了。她已经决定了，下半生就算是乞讨她都不再跟庞西华过日子。

自从孩子离开母体之后，张季瓶的心里就没有停止过颤抖。那么小就得不到母亲的照顾，她会健康快乐地长大吗？买孩子的人会好好照顾孩子吗？或许只是个人贩子转下手呢？会不会是把孩子买去养大当成赚钱的工具？最近她知道有好多地方把小孩子买去打一种长不大的药物，把孩子培养成马戏团的演员。想着这些她的头里就嗡嗡作响。世上只有妈妈好，没妈的孩子像根草。孩子啊，你在哪呢？经过一段漫长的痛苦折磨之后，张季瓶出院后就回了锯板桥镇东浒寨的娘家。

外公知道张季瓶是与庞西华吵架回来的，劝解张季瓶夫妻床头吵架床尾和。外公哪知道庞西华如此狠毒，把自己的亲生骨肉都卖了。张季瓶无精打采的眼神让人揪心，可谁又知道在她的内心包裹着一个炸药包。要不是放不下大女儿，张季瓶真的会一死了之。

接下来发生的事情，要是外公活着，事情的结局可能不会是这个样子，不幸的是这年冬天苦了一辈子的外公病倒了。是张少平陪他去的医院，医生只告诉张少平："你父亲已是胃癌晚期了，回去后大约还能拖延两三个月。"这么大的事情不告诉外公哪行？到时候死了都不知道他自己得了什么病，那不是死得很惨吗？当张少平忍痛把这个常人难以接受的事实告诉外公时，外公还是哭出了声来。他乞求张少平帮他找个可以救活他的医生，他说现在还不想死。外婆知道就要失去外公了，她成天躲起来流眼泪。外公终究还是死了，他死的时候刚刚六十一岁。这个年龄的确是早了点儿，可他实在太累了。他死的时候正值冬季，东浒寨连续下了四十九天大雪。飘飘扬扬的大雪一直从上一年年尾下到新年年头，外公的尸体也在家停放了五十二天。幸好头年外公准备好了两副棺材，一副是为自己准备的，另外一副是为外婆准备的。人没有选择天堂和地狱的余地，只能任天堂和地狱选择自己。外公到死都没有预料到，他会这么快死去，他以为他会活到八十岁，甚至更加长久。他怎么也没有想到，在没有半点预料的状态下就要离开这个世界。

外公是带着遗憾离开人世的，他去世之后平静了几十年的东浒寨动荡了。庞西华带着炸药包进山了，说是要平了外公那几间老屋。庞西华也只是拿个没有炸药的手榴弹，吓唬吓唬那些没有见过世面的人。要是外公还活着，就算只是个玩笑，他也连说出来的胆都没有。外公不在了，庞西华那股压抑在心底多年的委屈就像是一股强大的洪流决堤了，用千万担沙石都无法阻挡。办完外公的丧事后，张季瓶就走了。除了外公之外，锯板桥所有的人都知道了庞西华卖小孩的事情。张季瓶的大姐夫黄孝杰文化高，点子也多。自从张季瓶家发生这样的事情之后，张季瓶就跑到了张少平家长住了一些日子。开始也只是住住，后来张少平帮张季瓶出起了馊主意。上屋的黑皮不是还单身吗？要是把张季瓶凑合给黑皮，以后姐妹俩在一起不是可以相互照顾吗？有了这种想法之后，张少平做起了牵线红娘。一开始黄孝杰并不同意，黑皮几斤几两他最清楚。此时虽然张季瓶是铁了心不跟庞西华过了，可庞西华还没有死心。要不是那场大火，庞西华的局面可能还有扭转的余地。那天晚上，东浒寨外公家的那间土屋子着火了，火光染红了半边天。不到半小时，外公一辈子的心血全部化为了灰烬。"是庞西华来放火了，我的天啊，这畜生。"舅舅就像是一只狂犬在那里汪汪地叫着，"要我找到这畜生，我定会让他粉身碎骨。"那天晚上庞西华守在东浒寨的通村的小道上，他怎么也没想到会碰上这等倒霉事。他知道这下是赖都赖不掉了，只要自己出现在东浒寨肯定会被脱掉一身皮。那几间破房可是外公的全部家当，烧掉了不要说舅舅，现在就连外婆都要寄人篱下。借住在山下张灰缠的牛栏里，牛栏本是用来关牛的，牛肉吃了牛栏就空着。外婆住进牛栏之后，真的是过着比黄连还苦的生活。这等事不要说是舅舅，就连锯板桥的人都不会善罢甘休。

舅舅的头发很快就掉光了，只剩下额头稀稀疏疏的几根毛发。庞西华开始还信心百倍地打算跟舅舅讨个人情，请求暂且放他一马。谁知道舅舅已经做出了与他拼命的决定，说是只要让他逮着就会砍了他的头，要了他的狗命。舅舅说的是真话，他是伤心过度了。庞西华想避下风头，以后慢慢向舅舅解释。找不到庞西华发泄，那天下午，舅舅像只疯狗去了黄孝杰家。在路上碰到了黄孝杰，黄孝杰怎么也没想到帮张季瓶出的馊主意被舅舅晓得了。"妹夫，你与大妹子怎么可以做这样的事情呢？要不是你们出这样的主意，庞西华他会纵火烧我家房屋吗？我们之前一直是友好的，现在倒成了仇人。他今天会纵火烧屋，明天还不知道会做出怎样的过激行为来。"黄孝杰没想到舅舅是来兴师问罪的。"你这怎么能怪我呢……"还没等黄孝杰把话说完，舅舅在地上捡起一块石头朝黄孝杰头上砸了下去。黄孝杰知道舅舅是疯了，躲避过石头拔腿就往家跑。舅舅没有就此罢休，紧追其后一直到他家。黄孝杰就像是一只恐惧的老鼠，躲藏在老鼠洞里任由舅舅在洞外怎么宣战他就是无动于衷。俗话说得好，好汉不吃眼前亏。何况还是从来都没有半点过节的亲戚，黄孝杰不是怕舅舅。他是想退一步海阔天空。舅舅无气可出，拿起地场上的木棍朝着黄孝杰家的玻璃一阵乱砸。不到一会儿，窗户上的玻璃变成了碎片。在20世纪80年代末，黄孝杰家的窗户就装上了玻璃。虽然家庭条件不算宽裕，可他还是懂得享受生活。农村里，全部都是黄泥土筑的房子。窗户也都很简单，冬天风随时可以吹进来。黄孝杰是村里的知识分子，头脑思考问题总能往前迈一步。那时的农村教师最多就是多了点知识，写得一手好字，上面发下来的工资就十多块钱，还得靠家里的农田来救济。村里的人没有一个羡慕他的职业的，对他职业的评价就是一句比种田好不到哪去。这话也说得在理，种田人有饭吃，这当老师的却还为吃犯愁。最早每到冬天黄孝杰就把窗户用报纸粘上，可冬季风雨雪都一样多。纸窗户风大了会吹烂，雨多了会淋湿，雪飘在上面成了豆腐渣一样。好不容易在山外划了几块玻璃回来，没想到就这么被砸了。此时他蹲在楼上的谷仓里面，手里拿着一块砖头。他在想这亲戚，要是找到楼上就别怪手下不留情了。舅舅也就发泄下，出了口气内心就平静了许多。

舅舅真正知道内幕是两年之后，他知道真正的凶手是自己。他无意中得知庞西华那天晚上有不在场的证据，而且着火的时候他在火场的两座山外。其实早就有人怀疑他家火灾不是庞西华放的，但是又认定除了庞西华外没有人无缘无故去放火。舅舅知道庞西华是无罪之人后，他的手心开始冒汗。他来到了只剩余一片废墟的地基上，在寻找什么。很快他就发现了答案，他清楚地记得那天晚上火是从屋后开始燃烧的。屋后面正是堆放木炭的地方，烧透的木炭挑回来还没有熄灭，夜风一吹自然燃烧了起来。舅舅越想越害怕，他希望真相不是这样。要真是如此，不仅庞西华会来算账，恐怕黄孝杰都不会放过自己。舅舅想来想去，他想到了一个地方。他的大女儿仙冬嫁到临市奉新县甘竹镇好些年了，他想在家里是活不下去了。吃了黄连还不能言苦，这等事情实在是让他不得心安。辗转难眠几宿之后，舅舅想到了举家搬迁去奉新。这个想法一提出，外婆怎么也接受不了。她一个瞎子，离开了那几间熟悉的房屋已经找不着北了。现在还要离开这个生活了几十年的地方，她说啥也不同意。无论如何舅舅都是要去的，他的决心已经定了。他走的时候静悄悄的，整个村子里的人只知道他离开了这个地方。他留给锯板桥镇的就一个故事，这个故事流传了好些年。

舅舅去过一次深圳。他是听了庞西华的讲述后去的。这次出行与庞西华无关，他去的时候没有和庞西华联系。他是想去了深圳之后再去找张季瓶，到了深圳之后他才发现自己错了。深圳不是锯板桥，锯板桥找个人一问就知道。在深圳完全相反，简直是大海捞针。大字不识的舅舅在深圳无处安生，花完盘缠后，只好寻找回家的路。这是一个非常大胆的想法——步行从广州回赣北的锯板桥。这不是一步之遥，路程达一千多公里。外公年轻时做过很多好事，被他救过的人还真不少。在改革开放之前，广州也是相当落后。有一个晚上，外公接待过一个讨饭的人。舅舅要不是途中被那讨饭之人所救，他早已饿死在外。这个故事后来在锯板桥流传了好多年，人们都相信恶有恶报，善有善报。

舅舅最终还是去了奉新县，仙冬毕竟是自己的亲骨肉。祖香在家十分泼辣，出门在外也不示弱。在甘竹镇得罪了不少人，弄得生活十分拘谨。仙冬的老公在本地是有名的"橘王"，一年种橘子两千多亩。自从舅舅举家搬来之后，附近的村民都不再愿意出租土地。横来的一杠，弄得全家生活糟糕。关键的是二女儿仙桃还没有出嫁，儿子国宝也没有娶媳妇。这些都时刻挂念在心头，让他无法安然入睡。好些年舅舅都没有回来探亲，外婆的衣食都是几个女儿轮流摊派的。之后村里给她安排了吃五保，依靠上面下拨的一点钱度日。之后他就再也没有过问家里的事情。

庞西华最终是疯了，这就是报应。事情不完全是这样，卖孩子的确是畜生才能做出来的事情，但庞西华对张季瓶的感情是真的，这点没有任何的疑问。要不然张季瓶跟他分开后，他会变成疯子？张季瓶去法庭起诉，是黄孝杰写的诉状，这主意不用说是张少平出的。要不是那样，后来张季瓶不是错了神经，也不会跟黑皮结婚。庞西华死活都不愿意在离婚协议上签字，最后法庭采取的是判决。本来像他这样的离婚案按照法律程序是判决不了的，一些起码的证词都没有备齐。黄孝杰跟法庭有点关系才办结的。张季瓶当时也是为了躲避庞西华才果断与黑皮在一起的，她是想拿黑皮来当挡箭牌。张少平与黑皮家关系开始并不好，吵架是以上百次计算。张季瓶的外表始终是讨人喜欢的，生过两个孩子后依然楚楚动人。黑皮就是皮肤黑得油亮，相貌不在庞西华之下。关键他还算是有几分霸气，恐怕庞西华这样的白面先生见了他也会后退几步。张季瓶想得到黑皮的保护，不假戏真演恐怕达不到效果。那天晚上，黑皮约张季瓶去他家玩，张季瓶去了就没有回来。张少平知道事情不对劲，可她没有阻拦，让一切都顺其自然发生。第二天下午黑皮把张季瓶送了回来，送回来的时候两人有说有笑的。

"你不会真打算跟他在一起吧？"张少平问。"那怎么办？"张季瓶说。庞西华知道张季瓶与黑皮在一起的时候，他们已经办过了酒席。法院有离婚判决书，加之他们已经举行婚礼，庞西华没有了任何接近的可能。他托人找过张季瓶，他想和她好好谈谈。每次张季瓶都没有给任何的回应，叫他死了那条心。面对这样的局势，庞西华是悔恨不已。好歹判决书上那个叫庞春红的女儿没有判给张季瓶，要不然他真的会变成一个没有精神的躯壳。按照法律程序，父亲有义务把孩子养大。如果母亲强争着要，可能最终的结果会不一样。张季瓶在张少平的劝告下作出了放弃的选择，也是考虑到将来带孩子找下家会很麻烦。要不是张季瓶与黑皮办了婚宴，也不会有那么多的是是非非。

"就放心吧，现在你是我老婆了，要是庞西华还敢来找你，我就打断他的腿。"黑皮说。

张季瓶点了点头，心里还是甜甜蜜蜜的。

黑皮的本质张少平不是不知道，真不知道她是怎么想的。张季瓶刚刚从冰窟窿里逃出来，命运又把她往火坑里推。张少平是被黑皮的花言巧语打动了，按辈分黑皮叫黄孝杰哥。不过哥嫂称呼以前就是这样的，只是没有现在这么亲热罢了。张少平为了这事情一直在懊恼，她没有完全要把张季瓶凑合给黑皮。真正定局的人还是张季瓶，要不是她心甘情愿跟黑皮在一起，任何人都左右不了她。黑皮比张季瓶要小三岁，与张季瓶往来的时候已经二十九了。他大妹成香的大女儿都有八岁了，小妹三连的儿子也有五岁了。他算是没有结婚的大龄人，不过他从来都没有为自己的婚姻着急过，好像总有一天天上会掉馅饼。应该说他的运气还算不错，张季瓶跟他结合对他来说完全是掉馅饼。开头那阵子黑皮表现得很不错，担起了家庭的重任，把张季瓶当成是手心上的宝，两人卿卿我我，非常恩爱。结婚不到半年张季瓶的肚子就大了，说来也蹊跷，张季瓶在庞西华那里生两个都是女儿，以至于庞西华都怀疑她只生女儿，不生儿子。嫁给黑皮之后她有些忐忑不安，她求佛保佑帮黑皮生个儿子。没有儿子，就算是生一群女儿都无法提高自己的地位。那年冬天，一场大雪过后张季瓶的孩子呱呱落地了。"是男孩，是男孩啊。"只听见黑皮的父亲黄家基高兴地大叫。有了儿子就有了后，这可是天大的喜事。有了儿子，黑皮成天乐呵呵地抱上抱下，又是亲又是吻的，那德行让人见了就讨厌。张季瓶还是挺高兴的，怎么说那都是他对孩子的爱。小日子过得红红火火的时候，黑皮开始变了。成天在外玩到半夜，好在不是在外面嫖。有些人在没有结婚之前可能对生活的认识淡薄些，结婚之后会彻底改变生活的态度。但黑皮是遗传的，基因就不对。这种人骨子里已经留了个陋习，要遗弃除非重新投胎。黑皮成天泡在外面赌博。一赌起来就忘记了白天和黑夜，连家门都不知道在哪。张季瓶晚上在枕边劝过黑皮，叫他不要再赌了，要是如此赌下去，以后的家庭会成为泡沫的。黑皮答应得很好，说以后不会再赌了。

村子里女人都往外跑的时候，张季瓶也跟着去了。要是黑皮好好地把家里那几块地和半亩田经营好，一家老小吃饭还是不成问题的。现在不行了，不外出打工家里只会是穷得叮当响。一段时间里，锯板桥所有的女人都去了福建。也不知道为什么不去上海，不去广东，偏偏要去福建。最主要的是其他地方没有人去过，这些去的人都是以前去的人带去的。去福建之前，张季瓶特地去了趟张少兰家。"二姐，我打算去福建。"张少兰听了没有劝阻，只是交代了张季瓶一些行规和注意事项。

女人外出打工在锯板桥成了一种时尚，就像福建女人下地种田是一样的。男人全部留在家照顾老人和孩子。不要说，女人出门比男人要强几多倍。男人出去一没文化，二没技术，走到哪都是死门死路。锯板桥的男人有文化的屈指可数，有技术的更是如此。黑皮最大的特长就是打牌，成天扑在赌窝里。张季瓶出去是明智的选择。一是孩子需要生活，二是家庭需要开支。外面欠的钱已是遍地开花，欠得不多债主数却不少。向人借钱多少都没有人愿意，主要是之前的钱还没有还。在庞西华那里生活还没有出现这样的窘局，起码不需要太担心过日子。

第一年张季瓶出去回来后，家里是搞得井井有条，还新买了一台十四英寸的黑白电视机，一台洗衣机。村里人都很是羡慕黑皮，说黑皮的命好。本来娶个离异的女人会受到人们的嘲讽，黑皮却是个例外。张季瓶实在是太漂亮了，所以他是个例外。张季瓶第二年回来后，给家里装了个电话。第三年，张季瓶的肚子又大了。那年秋天，生了一个女儿。

　　两个孩子的家庭负担不小，张季瓶还能够应付得过来。几年来她存了两万多元在大姐张少平处，说是存在那里，其实就是暂时接济。张少平几个孩子都上初中了，家庭负担十分重。光靠黄孝杰那几个工资，显然解决不了生活的难题。要不是张季瓶的那点钱，几个孩子不要说上大学，就算是考得起也送不起。当初接济的时候，张季瓶只是说把这点钱存在那里。她跟黑皮生了两个小孩，也办了酒席，始终没有打结婚证。存这点钱就是担心有一天实在跟黑皮过不下去，用这点钱还是可以过无忧的生活。这种担忧后来变成了现实，令她一直感叹命运怎么会是这样。在痛苦和折磨中度过八年之后，她选择了自由地生活，一个人去了一个地方，回来的时候黑皮去了福建挖煤。

十

那天黄昏时分，黑皮拿着一扎钱乐呵呵地跑到张少平家兴致勃勃地说："你们看，仅一个晚上就赚了八千。"每次都是这样，黑皮赚了点钱的时候就到处炫耀，输了的时候没有半点响动。正巧夜深的时候，张季瓶的三姐夫藤元章带着儿子长征风尘仆仆地赶来了。"他姨父，这孩子在学校晕倒好几次，今天更加严重。"藤元章用木讷的眼神看着张少平。张少平知道藤元章说这话的用意。"家里没有现成的钱，这咋办呢？"张少平露出了一脸无奈的表情。"你打算去哪治疗？"张少平问。"长沙。刚才县人民医院的医生让去湘雅医院。"张少平点了点头，孩子还只有十多岁，做父亲的是应该尽责任。张少平想了想，眼睛一亮。"不知道黑皮愿不愿意借点给你。""黑皮有钱？"藤元章用怀疑的眼神看着张少平。"刚刚来过，说是赚了八千块。""以赌博为生的人，赚点钱在荷包里还没放暖，马上就得拿出去。"藤元章说。也没有别的办法，张少平给黑皮打去了电话。黑皮还真答应借两千元。不过有两千元，病情也基本可以查清楚了。黑皮很快就把钱送来了。藤元章说钱得过完年才能还，黑皮满口答应了。藤元章还在去长沙的路上，黑皮又来到了张少平家，问藤元章走了没有，说那两千块钱他现在需要急用。他想凑满一万元去放水（放水与放高利贷差不多，放水是把钱放在赌场分红，无论输赢都能抽成），要是错过了今天就没办法了。黄孝杰知道事情的经过后，骂黑皮不近人情。"你还是个人，借点钱给他孩子看病没到一个小时就要收回来？"任何人都与黑皮打不着火，黄孝杰说的话他还是听的。被黄孝杰训了一顿，黑皮灰溜溜地走了。黑皮走后，黄孝杰跟张少平说："他肯定是把那六千块钱赌掉了，所以赶回来拿那两千元想翻本。"果真不出黄孝杰所料，第二天上午就听见黑皮被人追砍的消息。黑皮不仅把那几千块钱输光了，还倒欠赌场一万多现金。要是听劝不再输了，那以后的日子也许会有转机。追砍他的人放风，不还钱会砍断他一只手。这些人不是跟他开玩笑的，那天下午他被十多人拿砍刀追砍。幸好他跑到山上去了，躲藏在山林的深处这才得以脱险。事情发生的时候张季瓶在福建，黑皮无地可去就选择了去福建。两个孩子就丢在家里给老人看护。张季瓶说啥都不同意黑皮去她那里，他要是去了会把水搞浑。

黑皮去是去了福建，张季瓶没有告诉他具体地址，他去了也找不到北。这对于黑皮来说是一段过得猪狗都不如的日子，他在煤洞里一待就是一年。早晨天还未亮就下了洞，直到晚上天黑才回来。这不是人做的工作，很苦很累还有大风险。前段时间，有一个煤洞垮塌，困了十几个人在下面。结果一个都没有活着出来，连尸体都没有找到。幸好在这里工钱能够及时兑现，上个月的绝对不会拖到下个月。黄孝杰给他打过电话，让他去派出所自首。说他没有犯多大的错，不至于会判刑。只要自首了，那些人不仅脱不了干系，还会受到法律的制裁。黄孝杰说得在理，黑皮却不敢去做。他害怕，怕碰到那些烂仔会拿刀要了他的命。要是知道他出卖了他们，他肯定不会有什么好下场的。黑皮没有听黄孝杰的，寄了一个月的辛苦钱回来还清了赌债。本来负债还清了，完全可以回来。让人没有预料到的是，他硬是挺过了一年。本来大家都以为他会通过这件事醒悟的，结局还是让张季瓶十分伤心。过年的时候黑皮没有松手，还是狗改不了吃屎。张季瓶实在是无法接受，提出了要跟黑皮离婚来吓唬他。方法没有奏效，黑皮以此为由四处找她。扬言只要找到她，就一定要了她的命。这让张季瓶极度伤心，她真恨自己瞎了眼。之前失女之痛已经让她受尽折磨，她不想再骨肉分离了。可是后来的一切再次把她逼到了婚姻的尽头，她又不得不与黑皮分道扬镳。她去了哪儿，只有张少平清楚，张季瓶会把她在外面的情况打电话告诉张少平。黄孝杰极力反对张季瓶这样做，说她这一辈子就是这个命。

嫁东家也是做猪狗，嫁西家还是做牛驴。村子里的男人个个都是这样脑袋不开窍的，愚昧到让人想呕吐。你跟他讲道理吧，他说："好，好，我先听你说，你说完之后我再说几句。"而且还会引些经典，比如古人说钱财如粪土，仁义值千金之类的。这些顺口溜从小念到大，基本上都是信手拈来。说得让你颜面扫地，无处可藏。村子的女人哪个不是被当驴使唤的，农活比男人干得还卖力。有点长相的也就从20世纪90年代开始才往外跑，之前就算是天鹅，最后也成了鸦雀。这些女人也多半是本村的，东家嫁到西家，上屋嫁到下屋，左邻嫁到右舍。只要不是同姓的就可以结婚，舅舅的女儿可以嫁给妹妹的儿子，大姨的儿子可以娶小姨的女儿。说来也怪，这么近的血缘孩子出生后个个有模有样。没有医生说的那种没有鼻子没有眼。

张季瓶走后，托张少平每月给孩子一点零用钱。给钱也是秘密进行的，不能让黑皮知道。黑皮说再辛苦这两个孩子他都不会让张季瓶带走，只要看见张季瓶接近孩子他就不放过她。春节张季瓶偷偷回了家，住在张少菊家一个礼拜。她猜测黑皮不会发现她的行踪，她真的是不愿意再忍辱负重了。她想躲避那个让人冷得害怕的家，能躲多久就多久。她希望通过这种方式可以让黑皮冷静下来，思量她内心的真实想法。结果不在她的预料之中，就像是平静的钱塘江夜晚潮来，又像是伤心太平洋，卷起了狂风暴雨。黑皮追到了张少平家，拿着砍刀说是要取她性命。"你敢动我妈一根汗毛，我也取了你的性命。"黄孝杰说过，黑皮也就是一身的劲。只要与他来点真的，他就像是死狗崽一样。那个黄发毛孩冲出来的时候，他果真连屁都放不出一个来。"你凭什么这样跟我说，我是你父亲，你怎么可以这种态度。""你还好意思，他跟你毫无干系。"庞春红站在张季瓶的身后说。"红丫，我对你难道还不好吗？每次来我家，我都把你当成自己的女儿一样。你没钱用的时候，我还给过你一百块钱呢。"被黑皮这么一说，那黄发毛孩没有那么嚣张了。黑皮始终没有离开，一直在那里纠缠着。"你睡我就坐在床沿上，你站着我就看着你。"黑皮以为这招会有点作用，其实张季瓶这时才真的死心了。陷在泥潭里会习惯泥潭的臭味，见了阳光之后还是觉得芳草最香。她实在是忍受不了眼前的这一切，趁黑皮不注意的时候跑了出来。她知道无论去哪儿黑皮都会找得到，所以去了衙前大道的宾馆。登记没用身份证，住在哪间房他肯定不会知道。宾馆上上下下总共有六层，一层有十四间住房。她选择住六楼，这是最不好找的。但她还是有些忐忑不安，她是担心黑皮会狗急跳墙。大约十点钟，有一个男子来过前台，说是找一个四十岁左右的女人。上身穿着红色的外套，下身穿着黑色的牛仔裤。服务员找出登记簿来翻了半天，摇着头说在七点之后宾馆就没进一个客人。

张季瓶是第二天凌晨四点坐车离开的。这去了哪儿谁都不知道，走之后也没有跟谁有过任何联系。大家都知道她这是迫于无奈。她最放心不下两个孩子。孩子不在身边心里空荡荡的，有种失魂落魄的感觉。孩子是她的命，她也不想让孩子从小就缺失母爱。

张季瓶走后，黑皮的父母是气得呱呱叫。骂黑皮是骂得天昏地暗，说他不得好死。从他们的骂腔里听得出，他们对张季瓶也是有成见的。他们一半是骂黑皮，还有一半是骂张季瓶。怎么骂，都只有两个小孩听得见。声音大的时候，孩子会吓得哆嗦。养了儿还要养孙，这对老人来说确实不公平。一个好好的家，逐渐变得阴暗潮湿了起来。除了骂，还是骂。骂黑皮是来讨债的，说他们是上辈子欠他的太多了，要等到这辈子来还。要不然他也不会落个这样不争气的下场，连老婆都不愿意跟他了。要是骂有用早就骂好了，骂只会是适得其反。

黑皮不算是懒惰，再苦再累的活他都能扛。要不是那双输钱的手，凭他那股干劲生活早就改善了。这人的性格有些可改，有些却是天生的。就拿黑皮他大爷徐杰文来说吧，在县城没有创办私立学校之前，他是锯板桥有名的小偷。寒冬里，风霜最大的晚上，他在偷黄孝杰家的萝卜时，就被黄孝杰无意中抓过现行。后来县里办了所私立学校，他就到私立学校做工友。在私立学校的旁边租了两间破房子，一边捡破烂一边养猪。在城市里不比在悠闲的乡村，这里任何事情都得讲规矩。骑个三轮车出门得走边线，遇到红灯得紧急刹车。开车忘记了带驾驶证，要扣车还要罚款。做贼就更不用说了，凭他那点本事也就只能是深更半夜在别人的地里拔几个萝卜。县城里的混混个个财大气粗，假使拿出枪来也只敢朝天放。他有什么本事？听见枪声就哆嗦得两腿发软。两件事都是他来到县城才得以开眼界的。一件是马坳镇一名三十岁的男子，大白天冲到北门的一户人家，抢了一位七旬老太的白金，还用铁锤把她锤死。这个男子被判了死刑，枪决就在县城义宁乡良塘村的大道边。押上囚车赴刑场的那一刻，男子就成了一条死狗。脸色苍白得没有了半点血色，被两个威严的警察左右扶着。他没有去看现场，听见枪响时他的心颤抖着。还有一件事他也是亲眼所见。离英才学校大约一百米处，有一个住宅小区。小区名叫领秀阳光。下午两点十五分左右，他正在赶往学校的路上。突然听见领秀阳光砰的一声枪响，紧接着满街不停发警笛声。他知道这下肯定是出了大事，要不然也不会来这么多警察。"领秀阳光出大事了，有人朝天开枪了。"徐杰文去的时候，那个开枪的男子也被警察用枪抵在脑门上。他只要有半点反抗，脑袋就会开花。徐杰文也是害怕，这才规规矩矩。三五年之后，他还租了一套宽敞明亮的房屋，添置了电视机。

黑皮的脑子没有徐杰文滑，他是愚昧无知的。主要是少念了书，连一些简单的道理都明白不了。幸好他从来都不去触犯法律，什么亏都自己揽着。就说他跟火石村夏雪华借的那点钱，一千块钱加利息不到一年就翻了一倍。还不了钱他还每年重新打借条，直到还的时候涨到了九千。明知息滚息这种做法是不可取的，可他还是承担了下来。有人说，他最终会被人坑死的。不过他这是自作自受，该死该埋。这不是原始社会，还把脖子伸过去让别人套？不是想死，是什么？话又说回来，他也挺可怜的。张季瓶走了之后，他还得牵挂着两个孩子。他不让张季瓶带走孩子的目的，也就是希望张季瓶会回心转意。黑皮最痛恨的人就是庞春红的那个男朋友，要不是有他护着，他早就夹着张季瓶的脖子拖回了家。那短命鬼只要活着一天就会对他造成威胁，张季瓶也不可能回家。

其实说到底，黑皮与庞西华的命运是一样的。他们都是嘴里号叫，不敢付诸行动。张季瓶与黑皮办婚宴不久，庞西华就癫了。张季瓶离开他时他才三十出头，完全可以继续去深圳打工。好多人都在外面带了媳妇回来，有河南的，也有河北的。凭庞西华的长相找个结婚的姑娘并不难，他却没有这么做。他得了一种精神病，发病的时候身体会颤抖得厉害，与癫痫的症状差不多，医生说没有治好的可能。前十年，庞春红需要上学，他基本上没有理睬过自己的病。后十年，基本是庞春红赚钱帮他治病。庞春红也不知道在外面做什么行当，赚的钱不算多反正也不少。总之不是在工厂里卖苦力，也不是在写字楼当公关。她对庞西华很好，庞西华吃的喝的她全包了。前几年开始，在县城中帮他租了一套房子。房子租在北门一个小巷道内，这是一栋20世纪60年代建造的破旧房屋。房东买了新房搬家之后就把旧房空在这里出租，在庞西华没住进来之前有十几伙人来看过。没有一伙是中意这个地方的，主要是厨房和厕所要与人共用。晚上上个厕所要走几条巷道，这样进出很不方便。庞春红选择租在这里，主要是男朋友愿意留下来照顾他。再就是离宁州精神病医院较近，精神病痛发作可以迅速去医院。

某日，庞西华来到张少平家。他情绪很稳定，只是说想在张少平家住几日。庞西华再怎么也是客，既然找上门来，得以礼相待。在家吃住了一个星期，庞西华还没有要走的意思。这家子开始骚动起来，要是赖着不走以后如何是好？黄孝杰的脸色开始变得青紫了起来。"这亲戚，竟敢欺负到我们上来了。"黄孝杰的性格本来就躁，逢事总是想得很远。

"不晓得你发什么神经，好似谁得罪了你似的。"张少平想压住黄孝杰的火。"你这个猪生的东西，你知道什么？"黄孝杰一点也不听劝。"你再骂，再骂我就烧红铁火捏夹你的嘴。"庞西华坐在旁边若无其事，一点都没有觉察到这场内战他是导火线。黄孝杰用眼睛斜了庞西华一下，转过了话锋。"西华，你这……"他是打算说，你在亲戚家住了这么久也该走了。庞西华的电话响了。"什么？"他的脸色变青了，挂上电话就不告而别。"还算识相。"黄孝杰自以为是地说。"你这猪变的东西，刚才怎么那样骂我？"面对张少平的责骂，黄孝杰没有回应。"他来这里是我叫来的，还是我请来的？没见过你这种猪变的东西。"黄孝杰被张少平骂得狗血喷头，他也不敢顶嘴。

几分钟之后，张少平接了一个电话。"妹，什么？"张少平也陷入困境。"怎么会死呢？那可如何是好？""谁死了？"黄孝杰问。这下张少平没有再吵了。"红丫（庞春红）的男朋友喝药死了。""怎么死的……""是房东早上发现的，死因还不明。"庞西华赶到北门时围了一群人在那里闹事，警察站在旁边维护现场秩序。庞西华不敢上前去，只是站在人群外观望。晚上六点半钟，警察找到了他。问了男孩死前的情况，还有和他之间的关系。他半点都没有隐瞒，一点一滴都告诉了警察。尸体在出租屋里停放了三天，第四天闹得人越闹越兴。警察也去了很多，闹事的人说是要出租的户主赔钱。这些跟出租屋有关吗？警察大致查清了男孩的死，说是庞春红想跟他分手。这样说还有点依据，是庞春红不让庞西华跟他住一处的。既然是分手，庞西华的一切都应该跟他无关。男孩是接受不了庞春红的决定，这才喝药寻死的。喝的不是别的药，全部是庞西华治疗精神病的。这些药喝多了一样会死人，一瓶药喝下去了一大半不死才怪。男孩的家人要庞春红回来填命，说男孩的死她怎么也脱不了干系。庞春红哪知道他是个如此小气之人，居然因她一句话丢了性命。当时男孩说他不想在家待了，他想去她那儿。庞春红说啥也不同意，说他要来就跟他分手。"你是不是在外面爱上了别的男人？""就是。"之后庞春红就挂上了电话。庞春红让庞西华离开出租屋一段时间，等男孩信以为真的时候再回去。谁知，男孩竟然想不通一死了之。事情弄明白之后，派出所没有把这个过程当成案件来办。强行让家属把尸体运回去了，并且警告谁闹事就抓谁。这事情就这么落幕了，无声无息地没有人再提起。

男孩的死算是帮黑皮拔去了肉中刺，出奇的是他没有幸灾乐祸，反而还叹男孩薄命。自男孩死后，黑皮就没有再回家。一直在福建的煤洞里挖煤，两个孩子的学费都汇在张少平处。星期六或是星期天黑皮的父亲就会来张少平家拿钱。每个月黑皮都是准时寄，张季瓶也会寄。一年之后，听说黑皮找了个对象。这是一个结过婚的女人，跟他一样有两个孩子。年龄比他小好几岁，孩子跟他的孩子差不多大。女人是宁州县人，住在衙前街的后三巷七楼。这四十余平方米的房屋是她前夫留下来的，孩子全被判给了她。前夫不要家产也不要房子，孩子毕竟是自己的亲骨肉，就是没有房子也得养。女人一直在宁州县，足不出县，也不知道他们是怎样扯上关系的。黑皮说得有鼻子有眼，看来也不是空穴来风。那女人谁都没有见过，谁都可以肯定她一定是存在的。黑皮说女人答应了跟他结婚，只是结婚需要一点礼金。有人劝黑皮，说女人是贪图他的钱财，叫他不要到头来人财两空。黑皮却振振有词，说女人对他是一片痴情。这话也是有依据的，女人去过福建两次。每次连车费都没有要黑皮出一分，还给黑皮买烟酒。每次见面的时间虽然不长，却珍惜在一起的每分每秒。

黑皮跟女人已经认识好久了，这是他们之间的秘密。那一次是在公交车上，女人站在黑皮的身后。车上的人很多，挤得很紧。他发现后面那个娇小玲珑的女人，一直在往自己身上贴。他明显感觉到女人某个部位在跳动，两个不算大的奶子压得他手臂动弹不得。女人穿着一套粉红色的短裙子，上身半裸露在外。黑皮故意装作不知，用手臂往女人的胸部挤压。女人没有逃避，相反迎合着。

很快黑皮就陷入了困惑的泥潭。女人没有给他留任何联系方式，送上门的羊羔就这么没了。那种从未有过的失落，使他几乎晕倒。这么一个短暂的艳遇，成了他脑海中不错的风景。有过很长一段时间，他会去坐公交车。他想去偶遇那个叫不出名字的女人，可接下来几乎是没有半点收获。

"众里寻他千百度。蓦然回首，那人却在，灯火阑珊处。"说起之后的相见，这句名句表达了很好的境界。一年之后，黑皮在宁州县城的街道上碰到了这个女人。那一刹那，他感到金光四射。女人静静地站在公交站台上，等着那一站公交的到来。看着女人脸上的小酒窝，回味着那场艳遇，黑皮的心跳个不停。女人仿佛想起了什么？用微笑的眼神看着他。女人的笑容，让他深刻地发现那是慢慢品味的味道。"你记得我吗？"女人微笑着摇了摇头。黑皮哪知道，他这种直白的问话会让女人难堪。幸好女人不知道这个陌生的男人在跟她说什么。"你的样子好像一个演员。""是吗？哈哈。"黑皮从来都没有看过电影，他哪知道女人说的电影是什么。上车了，黑皮跟在了后面。可惜这趟公交车上的人不算多，女人找了个位置坐了下来。黑皮站在旁边不停地搭话，女人善于言谈。两人就像是熟人一样，扯一些生活家常。旅客还以为他们是一对夫妻，只有司机清楚他们是各自买的票。

黑皮问过女人的电话，女人说她没有电话。女人说这话时有些烦躁，她不喜欢陌生的男人搭讪。黑皮觉得奇怪，女人今儿是怎么了？像是换了一个人一样。他并不知道，女人的心情受到了莫大的影响。一些不寻常的行为，不是在正常的环境中能够产生的。黑皮偷偷地跟踪了好长一段时间，他才知道女人的住处。并且以亲戚的名义，打听到她现在是一个离婚女人。别看他憨傻，可他追起女人可是神通广大。他想到女人没有靠山，孤独在家里肯定是渴望有个男人来陪。这种女人只要一点火，就会燃烧得只剩灰烬。事实也是如此，她本来就不是那种贪婪的女人。也不会轻易做出那种出格的事，那一切都是她被逼无奈的选择。

隔三岔五黑皮就会去那条小巷。他几乎成了活神仙，能够准确地算到女人下楼的时间，女人下楼之后会先去超市，再去菜市场。寻觅着找一些机会帮助女人拿东西，甚至送她到楼上。这些都不算，最让女人感动的还是那个晚上。她把钥匙忘在了家里，房门被孩子反锁了，怎么也打不开。黑皮趴在墙壁上，爬上阳台进屋帮她开门，这是连贼都不敢去做的事，只要手一松，或是抓着的建筑物垮塌，都会有掉下楼摔个粉身碎骨的危险。女人知道黑皮心底的想法，他是图自己才这么不顾命。

黑皮问："你有时间吗？晚上我想带你去一个地方。"女人道："要去多久呢？两个孩子需要照顾呢。""我借辆自行车，很快就会回来的。"女人没有多问，把两个孩子哄上床睡着后，就坐在自行车的屁股后，跟着黑皮去了那个神秘的地方。

这个地方女人来过。走过一条浮桥就到了对面的影视城，这是拍摄《大宋才子黄庭坚》时遗留下来的。女人怎么也没想到黑皮会带她来这个连鬼都不敢出入的地方，四周静得可怕。站在浮桥上只听见湖水撞击浮桥发出的"咚咚"声响。"你闭上眼睛，试试能够听见什么。"女人真的很听话，果真闭上了眼睛。女人不会去想什么，在她的脑海里是一片空白。再就是不知道这个男人带她来这里的用意，当黑皮从后面猛地抱住她时她大概明白了什么。

女人与黑皮一开始算得上是同病相怜。女人不晓得黑皮是有家的，她以为自己碰上了一个单身男人，这个男人跟自己一样，是一个离婚的男人。黑皮只是把她当作是一个地下情人，需要发泄的时候就找她。

女人就是这样的，只要迈出了那一步就再也收不回来了。男人完全不同，尝了苹果再吃梨感觉一样甜。品不出什么滋味的时候，就慢慢淡漠了下来。之后黑皮去了福建，他不是躲避女人。这种悠闲的生活真的不再适合他，他得逃离一段时间。他是一个死要面子的人，总想在别人面前炫耀自己。他想到的是一夜暴富，一日发财。要不然他也不会把辛辛苦苦挖煤挖来的钱送到赌博场上去。对赌博其实他也还算在行，运气好的时候也赚过几万元。只是他不愿意收手。黑皮从小父亲就对他没有什么正确教育，父亲自己也是半文盲，会写的字不超过五十个，让他去教育下一代也实在难为他。可这些生活习性还是可以扶正的，只要用心去教育了，孩子长大自然会听话。

　　黑皮与张季瓶同床共枕多年，名义上和实际上都是夫妻，却没有得到法律的认可，他就算是再娶也不会受到法律的干涉。孩子没生就取好了号，整个锯板桥的人都知道他又有了新老婆。这一传言被他当成了荣耀。张季瓶的诉求最后变为了现实，只是这不是她想要的结果。黑皮再也没有死缠烂打了，只是不让她接近两个孩子。可她还是躲避众人的眼睛，偷偷地给孩子送衣服和钱。每次回来都会小住一阵子，送完衣服和钱她就走了。这一阵子她把所有的时间都交给了孩子，之后就踏上了外出的征程。张少平说，这次张季瓶去的不是福建而是南昌。"去南昌能做什么？"黄孝杰问。不清楚。这是任何人都不能够猜测到一点眉目的事情。"都这么大年纪了，跳这跳那，还有什么跳头？"黄孝杰一直主张张季瓶与黑皮复合。张季瓶的确是在外面有人了，而且不止一个。这些男人算不上什么大富豪，包养她的一点小钱还是有的。她基本都是给人家做保姆，家务事一起都干了。趁着女主人不在家的时间，满足下男人的性趣。这一切都是短暂的，也是天衣无缝的。她与女主人也是相处得很要好，在女主人眼中她就是自己的女儿。没有办法，在外面想找一个与自己年龄不相上下的真的很难。一般都是找上一个辈分的，这样才不会有忧郁。张季瓶这么做也是被迫无奈，除此之外她根本找不到适合自己的工作。每次出行她都坐在大巴上发呆，窗外的青山绿水反衬着她内心的紧张。真的是走一步算一步，在她的心中没有未来。锯板桥好些人都把未来寄托在孩子的身上，望子成龙、望女成凤。但是往往孩子都没有达成上辈的意愿。张季瓶的两个孩子到了上学的年龄，还是与爷爷奶奶蜷缩在火炉边烤火。他们都不想上学，原因很简单，上学真的很苦。就拿锯板桥来说，全镇到20世纪90年代末期都没有一所像样的学校。一到冬季，村子里到处是厚厚的积雪。从年头一直到年尾，长时间不得融化。孩子们穿的鞋也都是再简单不过的，走在湿地里就会被融化的积雪渗透进来。手脚都会被冻青紫肿胀，火一烤就会奇痒无比。一到雪雨天降临，大人也不愿意让孩子上学。春暖花开时，孩子们一路采摘野花、驱赶麻雀。到学校时就到了中午，下午咿咿呀呀读了几句就得放学。一天在学校的正常时间不到五个小时，这五个小时不尽是念书的时间。黑皮没有进过学堂门，自然是不懂得读书的好处。

黄孝杰是村子里最有见识的人，他对孩子管教甚严。四个孩子当中，两个读完了初中，一个上了卫校，一个上了高中。黄秋上初中的时候，下面几个还没有小学毕业。黄秋只比黄春平大两岁，黄秋初中毕业黄春平才念初中。这四个孩子中，就黄春平的头脑最差。七岁才上学，一年级念了三年，二年级念了两年，三年级念了两年，四年级还是两年，小学五个年级，读了十年。黄孝杰一心想把黄平培养出来，这个儿子将来是家中的顶梁柱，要是没有出息，家族就无兴旺之日了。黄平小学毕业语文考了五十九分，数学五十七分。这个成绩黄孝杰还算满意，村子里除了山坳背夏国虎的女儿夏冬梅语文考了五十九分，数学考了七十分外，其他的孩子成绩都不到五十分，黄平总分排名第二，语文并列第一。

黄平很小的时候数学成绩一直很好，而且非常听话。黄孝杰一心想培养出一名大学生光宗耀祖，他把全部的精力都放在了黄平的身上。他觉得这孩子是块读书的料，将来一定会有所作为。实际上在十年之后，希望落空了。

十一

　　院子西面，几根长的竹竿架上，爬满了花藤，稠密的绿叶衬着紫红色的花朵，又娇嫩，又鲜艳，远远望去，好像一匹美丽的彩缎。那是一间低矮破旧的南房，屋里终年不见阳光，昏暗潮湿，墙皮早已脱落了，墙上凹凸不平。屋顶上的瓦片压得密如鱼鳞，天河决口也不会漏进一点儿去。绿树掩映之中，整齐的瓦房和陈旧的草屋交错杂陈，恰似一盘杀得正酣的象棋子儿。村里的农舍几乎全被积雪覆盖，只留下几个黑洞洞的窗户，像一双双睁着的大眼睛，诧异地打量着这个被白雪覆盖的世界。门口长着一排泡桐，它们都已栽下五六年，如今最大的已有碗口粗，最小的也有茶杯口粗了。门口还栽了几棵黄芽树和一棵万年青，即便是肃杀的寒冬，你还可以见到那吐露着一片生机、迎接万物春天的"绿"。小院很清雅，墙上挂满丝瓜，篱笆上挂满豆荚，绿油油的叶子沐浴在温煦的阳光下，给人一种幽美、恬静的感觉。站在半山腰上向村子望去，一座座低矮的小茅屋，像雨后钻出地面的一朵朵小蘑菇，散落在山坳里。

　　上面描述的是锯板桥镇的另外一个村庄和村里的一户人家。这是外公第四个孩子的归宿。她唯一让外公欣慰的是：自由恋爱，自由结婚。他在世时常说，张季秋嫁给米林他最放心。外婆不是这么想的，她是觉得张季秋是往火坑里跳。米林他们一家人在当地恶毒是有名的，她担心张季秋在他们家会受尽苦头。当时外公欣赏的只是米林，他也没想到之后会发生怎样的变故。要早知道是这样的，他说啥也不同意张季秋嫁过去。痛苦最后只有外婆自己一个人来承担，她在那条看不见尽头的夜空里向外公哭诉。她的眼睛已经干成了壳，早就流不出一点眼泪来。

　　张季秋嫁去罗家窝村周米林家的时候，周米林家有什么？什么都没有。锯板桥人说周家,那是真光,光得成天闹饥荒。连别人家丢掉的薯渣,他们都挑回来,倒在木桶里,加上水,荡啊荡。等水浑浊时,这才停住手脚。薯渣捞起来之后,桶底就是雪白的一片。倒干水,用铁铲铲起来晒干,晚上用来煮着当晚餐。周家大媳妇黄氏脾气性子不好,干起活来是像牛一样的。深山沟里,无论多深她都会不顾生死潜下去。把山沟里的野芹菜一箩筐一箩筐割回来,放在烧得滚烫的锅里过水后捞起来。晒干之后,与干辣椒混合在一起煮着吃。

张季秋嫁进门的第二天周米林的母亲孙氏就提出了分家,父亲周雨贵说再等等吧,孩子们现在独立生活怕是很难。孙氏瞪大眼睛盯着他,一股强烈的剑气像是要穿透他的心脏。"我进你家门时,不是第一天就分了家吗?"雨贵哪还有说话的份,他再多说半句恐怕又要吵架。分家能分到什么?一间土坯毛房,一口铁锅,两竹筒米,一箩筐红薯。这就是他们的全部家当。米林在墙角处的地方挖个坑,用作烧柴的火炉。在火炉的正上方挂个竹钩,铁锅挂在竹钩上,在铁锅的下面烧柴。搬家的时间是请人看好的,日子精确到了时辰。黎明时分,张季秋夹着一床单薄的被子,提着两只碗筷,去了分得的一间房子里。米林已把房子用木板夹分成了两半,里面三分之二是卧室,外面三分之一是厨房和饭厅。张季秋用火柴沙的一声擦出了火花,米林帮着张季秋把点燃的茅草放到锅底,添加了一些木柴之后,火炉里的火光把整个房子照得通明。本来这样的生活会让很多人愁眉苦脸,可在米林和张季秋的脸上却是幸福的表情。天明之后左邻右舍的人都会来庆贺,张季秋把外婆送来当嫁妆的麻子豆子拿出来,烧水泡茶热情招待客人。送走客人后,张季秋闻到了一股烧焦的味道。火炉里一只老鼠已经烧得血肉模糊,看着这样的场景张季秋差点恶心得呕吐了出来。米林见着这样的情形,心里起了疙瘩。第一天搬家就见着了尸体,这绝对是个不祥的信号。张季秋本来是要站在门口大骂这个缺德的人的,米林拉住了他,说大好的日子不要再火上浇油了。张季秋听了米林的话。村子里的光棍还有那么多,他们两口子这么幸福,还是让很多人嫉妒的。

那阵子外公是三天两头往张季秋家跑,送米送油送腊猪头肉。在外公的不断救济下,拮据的日子变得轻松了起来。这之后,米林与张季秋干得更起劲了。成天在地里爬上爬下,从早忙到晚。一年下来,还存有少许剩粮。结婚第二年,张季秋的肚子大了，十月怀胎之后，顺产生了一个女孩。那时村子里还流传着生男传宗接代的传统，外公也建议她再生一胎。米林也希望再生个儿子，那样的话既有女儿也有儿子。趁热打铁，第三年张季秋果真又怀上了。正值秋天树叶枯黄的时候，张季秋挺着的大肚子有了动静，黄昏时分小孩呱呱落地了，果真是个男孩。孙氏头一回杀了只母鸡，端了碗鸡汤来喂她吃。脸上满是笑容，说感谢她帮周家添了儿孙。雨贵傻傻地站在神像前作揖，说是菩萨显灵了，周家多了男孩，将来定能光宗耀祖。

村子里的女人都往外跑的时候，米林也让张季秋去了。那些女人出去之后，回来提着苹果和糖每家每户分。这种场景着实让有些男人妒忌，要是自己的老婆出去回来也能如此风光该有多好。张季秋出去之后，给家里添置了不少家当。孙氏见张季秋有点出息了，三天两头跑到土坯毛房里叽里呱啦。说他们现在老了，腿脚不好使了，日子是过不下去了。碰上这样的婆婆，张季秋也拿她没办法。要不是她与米林真心相爱，她早就离开这个家了。张季秋把她当成了自己的娘，听孙氏这么一说，钱米都不断地接济他们。可事实上他们那家子不是什么东西，怎么心肠那么坏还生了一个好儿子？这个好儿子就是米林。米林的性格与周家的任何一个人都不同，有时候张季秋甚至怀疑米林就是他们捡回来的儿子。要不然也不至于坑小儿子的钱米给大儿子，而且米林他哥哥米中的家庭条件不比他差啊。

米林十分疼爱张季秋，他总是把张季秋捧在手心上。张季秋出去几年后，身体明显不如从前。米林知道张季秋做这一切都是为了家庭，为了他和两个孩子。他不再同意张季秋出去了，他说他是个男人，要去也该是他去。一天晚上，张季秋与米林吵得很凶。邻居没有人愿意去劝，他们心里都明白他们也就是走过场。这样的打打闹闹不过一刻就会平息下来，他们彼此都不会伤害对方。但那天晚上米林是动了真格，他硬是把张季秋压在地上让她动弹不得。还破口大骂她是猪，骂得狗血喷头。骂完之后就提着事先准备好的行李消失在了黑夜中。张季秋气得牙齿咯咯作响，说他死在外面才好。

米林去的是福建，也是去福建挖煤。这次出门张季秋没有送他，挖煤那么辛苦可他还是要去。去了大约半年，张季秋就收到了他寄回来的工钱。她从邮递员手里接过汇款单一看，我的妈，足足有一万元。他是省吃俭用省出来的，把这点血汗钱全部寄回了家。还在附言里写了一句话：在外面一切都好，你在家安心。

米林不会写字，他是在汇款时让营业员写上的。张季秋念过几年书，这几个字她还是认识的。她知道丈夫是疼爱自己的，他骂在她身上却痛在自己心里。她只有在心底默默地祝福他在外面平安。

这天张季秋没有出门，早上起床时发现外面出太阳了。阳光从窗台外照射进来异常地刺眼。这些天来江南多雨，成天细雨绵绵的。今天被子衣服都要洗刷了，借着阳光可以尽快烤干。真是庆幸，气温上升了好多。忙完这一切她发现自己已是大汗淋漓了，脱去了一件外套才不觉得胸闷。晚上九点半钟，村长程水平找上门来了。这么晚她早已带小孩睡着了。"水平叔，这么晚有什么事吗？""你快开门，我有件急事情要告诉你。"张季秋迅速穿好衣服。"妈，什么事呢？"一个孩子突然醒了过来。"哦，乖，没有事，你睡吧。"张季秋打开房门，一股呛鼻的烟味从门外冲了进来。水平手上的杉皮火（农村里用杉树皮来照路）快熄灭了，冒着浓烟。"张季秋，你要有思想准备啊。"张季秋听了水平的话，身上明显颤抖了一下。"米林他出事了。"张季秋愣在那里。她不敢相信这是真的，米林寄来的汇款单她还压在枕头下。"水平叔，他出了多大的事？"张季秋的眼睛瞪得很大，借着水平手里的那把杉皮上的星火看见了亮光。"他已经走了。"张季秋动了动嘴唇，没有说出话来。扑通一声倒在了地上。"妈妈，妈妈。"孩子们早就醒过来了。

张季秋一个女人面对这样的事情，她乱了方寸。这可怎么是好？水平叔说："你赶紧去找米中，这事情得米中来处理。"米中是米林的亲哥哥，弟弟死了哥哥不管谁管？水平说的话在理。张季秋想都没想连夜带着孩子就往宁州城赶去。前面是一片漆黑，张季秋拖着沉重的步子，没有感觉到夜晚的半点寒冷。除了身上还有一股子往前的劲外，身体的其他部位都麻木得失去了知觉。真是可怜了张季秋，手上抱一个，背上驮一个熟睡的孩子，一直到第二天早上才赶到县城。张季秋把米林出事的信息告诉了米中，米中听了脸色变得十分可怕。听到亲人离世时，那种强大的压力是谁都无法承受的。

张季秋安顿好两个孩子后，来不及喝一口水就跟米中去了福建。这是某镇的殡仪馆，外面冷冷清清的，连门上的白花都没有挂一个。门半掩着，在厅堂的中间放着一副玻璃棺木。米林安静地躺在里面，像是熟睡着。脸上和手上到处都是黑色煤炭，衣服又破又脏。张季秋连喊了两声米林，就扑上去抱着棺木哭得死去活来。不知道过了多久，她感觉胸部被一块石头紧压得呼吸困难，眼前是漆黑的一片。她是多么期盼这块石头是砸在自己的身上，她真愿意替米林去死。嘴里不停地喊着米林的名字，沙哑的声音却喊不出一个字来。一次次醒来，又一次次昏厥过去。要不是那张汇款单，要不是两个孩子需要自己担当重任，她真想陪着米林一起化成灰烬。在那个漆黑的地狱里，米林用力地把她推了出来。她知道要是自己不振作起来，孩子将来不晓得会有多可怜。

　　世上只有妈妈好，没妈的孩子像根草。在她的潜意识里，听到了孩子们唱着这首歌。不能沉睡了，无论肩负着多大的痛苦都得挺过来。她在心底一次次痛苦地挣扎着，在漆黑的空壳里寻找一条出路，哪怕是把自己弄得遍体鳞伤，哪怕是让自己变得骨瘦如柴，哪怕以后的路注定看不见天日，她都警告自己一定要醒来。受到这么大的打击，人们都以为她会承受不住的。甚至会改嫁他人，不再独守茅庐。米林死后得到了二十八万元的赔偿金。这是一笔不小的数字，本来有了这笔钱，张季秋再也不用过那种苦日子。可接下来的事情发生了转折，米林的母亲孙氏说，要是把钱给了张季秋她会带着钱远走高飞，她不仅没了儿子，连孙子都无法养大。孙氏说得没错，张季秋如果真的这么做，那以后苦的就是周家。钱怎么用张季秋没有说半句话，最后米林的哥哥米中主张帮张季秋把钱存起来。说存好后把折子放在他身上，等以后孩子需要钱读书的时候再告诉她密码把钱取出来。张季秋怎么也没想到，米林的亲兄弟居然做出了让她意想不到的事。自从米林去世后，她就去了上海打工。她想把米林用生命换来的钱先留着，留给孩子长大后买房结婚。

　　米中的心肠真坏。要不是他不近人情，没有半点良心，张季秋接下来也不会死。从福建回来后，他一直在盘算如何把弟弟用命换来的钱放进自己的口袋。主意是他老婆黄氏出的，这个女人原先在村里的时候挺厚道的，不知道后来是怎么了。她是患子宫癌进城的，当时说是日子不多了，米中就带她进城小住，主要是让她散心。到县城后两人开起了旅社，只要是锯板桥来的人都会住在他那儿。你别说，生意还真不错。三年半载过去后，不仅赚了点钱，还在县城买了一套二手房。不仅如此，黄氏的癌症就这么烟消云散了。本来大难不死的黄氏应该感谢苍天的恩赐，多做善事。可她却偏偏不这么做，反而出主意把米林那点卖命钱都坑进了自家的腰包。她是想，这旅社的门店都是租的，每年租金也不少，何不想办法把它买下来？想法是对的，要是光明正大跟张季秋借，恐怕她也会借给他们。米中听信了黄氏的主意，做起了这种背弃良心的事。

水平叔是个好人，他劝过张季秋去银行证实下，存折上到底有没有钱。他担心这是个空城计，办好的折子是个空壳。张季秋不打算去查，万一如水平叔说的那样，那以后还真不知道如何是好。她都同意这么做了，等他们以后主动把钱送来。就算他们以后要赖账，两个孩子长大了也不会放过他们。可她万万没想到，自己的命会那么短。

那个下午的天气闷得慌，张季秋感觉额头隐隐作痛。紧接着感觉心里慌乱得厉害，一股寒流从背部一直流到四肢。她镇定了一下，倒了杯开水喝了下去。她以为是这些天太劳累了，休息下就会好的。连续过了一周，这种症状都没有缓解，必须去医院才能弄清楚，但她完全没有当回事。找了个空隙的时间去了诊所，医生说她是感冒了，给她用了点感冒的药。回去之后，她感觉病情没有得到缓解，又去了诊所，医生加大了用药的剂量，还用了点较好的消炎药。病情大约控制了一周，一周之后张季秋感觉头痛比先前更厉害了。诊所的医生看着她苍白的脸，摊开双手说："你这病得去大医院做个检查，可能不是感冒那么简单。"张季秋已经意识到了，好像大脑内有什么东西一直压着自己。这次去的是上海浦东医院。医生开了几个单子给她。CT、血常规、尿常规，等等。张季秋不懂哪项是该做的，哪项是不该做的，她认为医生开给她的单子都很重要。这些单子让她更加头疼，检查费就花去了五百多元。交钱的手都是颤抖的，她想这些钱留给孩子们不晓得能花多久。检查结果医生让她第二天去取，带着忐忑不安的心情张季秋回到住处。夜深人静的时候，她一个人倚靠在黄浦江畔的护栏上，看着满街的灯火思念之情油然而生。为了孩子们的生计她已经在外奔波了几年，她是不想让家人说她是个背信弃义的人。只想用自己的实际行动来证明，付出的这一切都是为了这个家。谁都不会替她着想，只会把她的行为看作是愚蠢。这种女人是最好欺负的，欺负之后还会不作声。不其实是张季秋愚蠢，是她太善良了。

医院的检查出来后，张季秋知道自己活不久了。家里也没有了依靠，母亲是个瞎子，父亲已经不在了，大哥也去了奉新。她想把自己的处境告诉家人，最终还是放弃了。她知道只有母亲才会关心她，她是母亲身上掉下来的肉。这事情外婆左右得了吗？张季秋得的是脑癌，需要动手术。手术费用不多不少，正好是米林赔偿金那么多。这钱米中会看在她是米林的妻子的份上拿出来吗？张季秋没有回家，她只是把诊断书寄给了米中。米中收到诊断书后就一把火烧了，连信都没有回。他在心里想，只要张季秋死了，这笔钱就是他的了。张季秋在上海病情加重的消息一次次传到了米中的耳朵里，钱早已买了店铺，现在要他拿这么多去救命，他怎么也凑不出来。

那天晚上，住在米林上屋的东山来到了米中家。"你们这样做是会遭天打雷劈的，那几十万块钱是米林用性命换来的，现在张季秋躺在病床上等这钱救命，你们却无动于衷，你们这是人吗？"话刚出口，啪的一巴掌打在东山的嘴巴上，顿时鲜血直流。"关你个鸟事，这是我们家的事，好管闲事！"打人的是米中的儿子毛子，毛子这几年在宁州县混，算是社会上的烂仔，还有着一帮弟兄。东山不敢还手，即使还手也不是毛子的对手。他往地上吐了一口血，用愤怒的眼睛瞪着毛子。"瞪什么？再瞪我现在打死你。"毛子说着又扑了上来。幸亏被米中拦住了。"东山你赶紧走，这家伙是疯了。"

东山回到家不仅没有得到同情，还被他父亲家基痛斥了一顿。"你这是买来的打，别人家的事关你鸟事。他们亲兄弟相互残杀，死活跟我们无关。"家基的老婆四英皱着眉头在擦灶台。她在想什么呢？四英跟外婆是扯得上亲戚的。她很小的时候外公对她相当好，把她当成自己的侄女。她喊外公大伯。从小到大都是这么叫，也没有人问这么叫的缘由。两家甚至年节之间还会走动，当成是真的亲戚一样。她只是让东山去探下口信，没料到惹出这么大的事来。东山被打去哪儿喊冤都没有用，这世道还是强者为先。主要是他们不敢去冒险，怕惹火上身脱不了身。

夜半里，在米中那个新买的店铺里，米中和黄氏一直打骂到深夜。"你是猪？"这是米中的声音。"你娘的，你敢骂我？"紧接着听见了黄氏的声音。米中这个是出口腔，他父亲骂他母亲也是这样的。黄氏的父母都是属猪的，只要米中骂她猪她就特别生气。开始只是吵，后来还打了起来。听得菜刀噼里啪啦响，米中喊饶命。门紧锁着，就算是有人胆大去劝解，也没法进去。打骂声一直从晚上八点延续到十一点，之后声音渐渐缓和了下来。人们猜测这个夜晚店铺内一定发生了惊天动地的事情。第二天铺门拉开之后，人们没有看到半点异常。米中和黄氏有说有笑地从里面走出来了。俗话说，床头打架床尾和。也许在痛打一通之后，两人又发生了点什么。之前的矛盾都被欲火烧成了灰烬。他们肯定是为那笔钱的事情争吵，最终的结果只有他们自己知道。

第二天太阳出来的时候，他们没有半点的歉意和紧张。照常过着往常的生活，熟悉他们的人都知道一些底细。也就很少去他们那儿住了，店铺内渐渐变得冷清了起来。米中想不出其他的生意门路，就把旅社改为了麻将馆。来这里打麻将的人都是毛子带来的，是他在道上一起混的兄弟。这些人个个都是剐皮柳，打了牌也拿不到几个桌资。店里每天倒是热闹非凡，从早上开门到晚上关门都是热热闹闹的。有人捧场比冷了板凳总要好得多，这点黄氏倒是能理解。

话又说回来，锯板桥的男人除了外公外，没有几个是有主见的。听了这些女人出的馊主意，到头来是连退路都没有了。出了事还得男人来扛，要不然就会死路一条。周雨贵是个老实人，做了一辈子的剃头匠。要说让他去把小儿子用命换来的钱给大儿子去发财，他怎么都不会想出这么个龌龊的主意来。婆媳之间总是为了一些小事闹得很僵，黄氏和孙氏关系并不好。孙氏非常难相处，张季秋能忍，孙氏对她比对黄氏好。米林死后赔得了这么一大笔款谁见了都眼红，黄氏知道自己与这笔钱怎么也扯不上关联。只有煽动孙氏才能将巨款揽到自己的门下。张季秋年纪轻轻再婚的可能性不是没有，要是真如孙氏所说的那样，她带孩子走了，那以后周家真会落个人财两空。这等愚蠢的勾当孙氏当然不愿意接受，她是个泼辣得失去心机的女人。她按照黄氏的主意说出来之后，雨贵是连屁都没有放一个。

要是张季秋不同意，两婆媳就打算分半的。谁知道她居然同意了，而且还说存到儿子长大。张季秋就是吃了自己过于善良的亏，要是她死活不肯也许就不会让自己陷入泥潭。

张季秋的病情逐渐恶化，瘦得就像是干枯的柴火。同行的姐妹可怜她，大伙都凑钱给她，在医院里轮流看护，就像是照顾自己的亲人一般。患难时刻显真情，可这份情感不是家人给她的。她只想让周家寄点钱来救命，米林的钱在周家。出了这么大的事情，她不想把消息张扬出去。她知道要是外婆知道了，肯定会操心。这么大的事情不可能瞒得住，很快消息就传到了外婆耳朵里。听到这个消息时，外婆正在盛米汤。滚烫的米汤从手背上跌到了地上，她居然没有了任何知觉。这是第几次失态，外婆没有数过。在她的心里，痛苦真不知道用什么样的词儿来形容。所有的一切只有承受，一个人在漆黑的夜里期盼黎明。夜半里，外婆在床上翻来覆去。这是造的什么孽啊，该死的。一整晚她的眼皮都没有合一下，她仿佛看到了张季秋在病床上来回翻滚。她清楚地记得，外公临死时抓着她的手一直没有松开。那种生离死别，让她已经是痛不欲生了。要是这孩子又去了，她真的是一天都过不下去了。

自从舅舅走了之后，有什么事都是喊国强。国强跟他们家非亲非故，可外公在的时候对他很好的。现在外公不在了，这孩子也知道报恩。只要外婆有什么事情，他会拔腿就跑。"国强，你去帮我打个电话给张季秋，叫她一定要挺住啊。""冬莲叔婆，张季秋姑姑怕是没得救了，这病比丙德叔公的病还要厉害。现在关键的问题是周家巴不得她死，周米中根本就不愿意把那笔钱拿出来。东山去了又回来了，还挨了打。"外婆听了脸色变得青紫了起来。天老爷，那钱可是米林用命换来的啊，要是天有眼睛也该收了他们。这些人迟早都会得到报应的，他们都会落个不得好死的下场。外婆在心里恶骂周家人。说实话，周米中真是该骂。像他这种丧尽天良的人，真是连猪狗都不如。她的骂声没有人听得到，她的嘴唇就像是蜜蜂的翅膀发出嗡嗡的声音。

命是如此，外婆只是跪求外公，等孩子下来之后一定要好好照顾她。这个晚上外婆合上眼睛就睡着了，她看见了外公与张季秋在一起，两父女有说有笑的。

醒来的时候她已吓得满头大汗，眼前是漆黑一片。她连咳了几声。这是外公在世时教她的驱邪法子，说是可以镇住孤魂野鬼。果真有效，这一咳，邻家的狗汪汪地叫了起来。这不是一般的狗，它叼得起一头百余斤重的野猪。鸡还没有叫，离天明还有些时间。外婆怎么也睡不着了，她的心收缩得很紧，仿佛一松弛下来脑海中就会出现那恐怖的画面。

一连数日，外婆都是在寝食不安中度过的。只要一闭上眼睛她就看见一个熟悉的影子躺在病床上。张季秋生下来的时候，外婆的眼睛已经瞎了。孩子是什么样子的，她完全不知道。根据孩子的声音，她在脑海里假设了模样。一个像外公，一个像她，再就是两个都有点像。女儿像父亲的概率比较高。

张季秋最终还是死了。死之前周米中去了上海，医院里已下了病危通知，去时张季秋的脸色与死人差不多了，她见到周米中还是勉强坐了起来，微笑着说："哥，两个孩子以后就靠你了。"张季秋没有把下句话说出来——那笔钱是留给孩子的。她知道周家人再毒也不会毒孩子，他们只是不想把钱花费在她这么个外人身上。孩子毕竟是周家的血脉，他们不会苛刻到孩子身上来。想到这张季秋也就松了口气，死对于她来说也就不那么可怕了。

米中见着张季秋时满脸懊悔，他知道自己做了一件永远都无法挽回的事。他问过医生，医生说这病就只有死了。听了医生的话，他全身都起了鸡皮疙瘩。晚上给张季秋买来了食物，想喂她吃点。可他怎么扳都扳不开她的嘴巴，张季秋精神松弛下来后就完全成了一具尸体。

六月的一个清晨，沉寂的村子热闹了起来。只听见孙氏一声崽一声儿地鬼哭狼嚎，哭声一浪比一浪高。人们都说孙氏是在演戏，她是在做表面文章。要不是如此，为什么明知张季秋患病不主张米中拿钱救命？有些人说，孙氏几滴眼泪是真的。活生生的一个人变成了一罐灰，谁见了都会心寒。简单请和尚唱了两天后，就把罐埋在了米林的那罐灰旁边。坟墓看上去不比棺材埋得小，两棺合葬在一起很庞大。

张季秋死后不久，村子里流传着一个可怕的故事。说张季秋昏迷了几天几夜，还没有断气就被拉去殡仪馆火化了。这事说得煞有其事，令听者心惊胆战。话传到黄氏耳朵里，她是吓得直打哆嗦。总之，这以后她把张季秋的两个孩子看得比自己的都重，看上去她就像是孩子的亲生母亲一样。孩子大的才六岁，小的仅四岁。他们根本就不懂事，只知道接下来的日子就跟大伯一起过。

两个孩子自从张季秋死去之后，他们哪儿也没有去过。连外婆那儿都没有去过，张季秋这边的亲戚渐渐疏远了起来。张少兰说，孩子还小，他们什么都听大人的。他们不知道自己的母亲是怎么死的，就算是知道了孩子们也奈何不了。张少兰把几姐妹邀在一起，商量着要去周家打闹。几个姐夫没有一个不张罗的，只有黄孝杰坐在那里紧锁着眉头没有说话。大伙把他请来就是想听听他的意见，看这主意行不行得通。当大伙把目光投向他时，他却满不以为然地摇头。他反对不是没有道理，冲动是魔鬼。这么闹下去怎么得了，就算是出了口气，又能解决什么问题？人死不能复生，再怎么闹张季秋都不可能复活。关键的是还有一个问题，这个问题必须得认真去思考。现在孩子已是没有父母的孤儿了，周家有义务把孩子抚养成人。要是孩子知道了内幕，以后在那个家庭肯定是过不下去了。孩子知道后，对他们的成长也是很不利的，他们不会快乐，会在痛苦中长大，那样肯定会扭曲他们的灵魂。黄孝杰说得对，这事就这么算了，命是注定的，注定是这样谁也改变不了。张季秋去世之后，外婆大病了一场，高烧不退，总共烧了七天七夜。人们都以为她再也不会醒来了，但那天晚上她爬了起来，如往日一样照常做家务，橱柜都擦得干干净净的。舅舅从奉新赶回来，请人帮她做了一具棺材。几个女儿也帮她买好了寿衣、火纸。村里人说，这是外婆死前的征兆。人死之前总会做出一些正常人的举动，这也叫回光返照，之后就会迅速死去。外婆这等苦命还不如死了，要是真死了还好点。也不知道是真的还是假的，有人说外婆在煮饭的时候，老鼠掉进锅里，结果就这样煮着吃了。这样的生活连人家的一条狗都不如，死去了再也不用受这个罪。

张少菊对外婆最好，外婆去她家小住了些日子就回来。外婆不想给孩子们添加负担，最后还是回到了那个临时的家中。她很想跟外公在一起，那日子无论多苦她都喜欢。只可惜这只是奢望，再也回不去了。

冬夜漫长得有点可怕。大伙都守在病床边，就等她掉最后一口气。外婆本来是不会醒来的，可外公不同意。外公跟她说："老婆，我走了之后，就苦了你了。""张季秋是下来跟我和米林做伴来了，你就放心吧，我会好好照顾她的。"在地狱里，她没有见到牛头马面。那是一个宽阔的地域，有花有草有树木。在那个世界她的眼睛什么东西都看得很清楚。外公除了两鬓多了些许白发，其他没有任何改变。外公活着的时候外婆什么都听他的，现在外公已经去了另一个世界，她会更加听他的。外婆并不傻，她知道这一切都是无法挽回的。外婆的心都开始变成了炭，之后又明朗了起来。这种明朗与往常不一样，使外婆不仅看见了世界，而且内心更加地温暖。

外婆没有死。她就这么好了，她又恢复了往常的生活。

十二

自从张季秋去世之后，张少平与黄孝杰商量把外婆接到他们家里去。老人精神受到重大挫伤，一个人万一有个什么闪失，还真不知如何是好。外婆心里清楚，去哪个女儿家都不合适。她习惯一个人摸上摸下，换个新环境还得重新再来。最关键的是连上个厕所都很麻烦，东西南北都分不清还得给孩子增添麻烦。可张少平不是这么想的，她总觉得做女儿的没有尽到半点孝心。老母亲日渐变老，总有一天会离开这块土地。农村里流传着一句话："千根烛万炷香，不如在世一碗汤。"张少平如此尽孝，外婆也不好言辞。那天是事先选好的良辰吉日。鸡啼时分，张少平就把黄孝杰从睡梦中吵醒。黄孝杰起床后在门前的竹林中砍了两根楠竹，把事先准备好的座椅捆绑在上面。带着头两天请好的两个脚夫，把外婆从东浒寨临时居所接到高庙村李家。话又说回来，幸亏李和平和黄中园那个时候都去了宁州城租住——也是为了照顾小儿子李珍贵的三个孩子。黄中园对小儿子是特别疼爱的，加之小儿子只生了三个女儿，所以对他的好超过了对黄孝杰几十倍。黄中园在家的时候，就连外公也去得少。她那副嘴脸谁见了都恶心，所以尽量大家对她避而远之。要是黄中园在家，外婆去了准会受到冷遇。

外婆去了张少平家成天挂着张笑脸，她知道自己那张脸是不好看了，要是阴沉下来黄孝杰会想七想八。黄孝杰的性格有点怪，他高兴的时候什么事都顺着张少平。要是遇到什么影响心情的事，一天到晚脸黑得像个关公。张少平与他同床共枕这么些年，可以说对他是了如指掌。她知道这个男人的性格，可对自己总算是真心的，所以她尽量忍受。把酸水往胃底部掩埋，不好受时就一个人承受。

开始那段日子，黄孝杰是把外婆当成亲娘一样。可久而久之，黄孝杰还是摆出了一副阴沉的脸。他感觉成天要面对一尊一动不动的佛像，有一种莫名其妙的压抑。外婆是看不见表情，可她能从声音判断得出黄孝杰的脸色。看着别人的脸色过日子，这是最痛苦的事情。说到底黄孝杰心肠并不坏，主要是家庭的重负让他有了另外一种看待生活的方式。的确是这样的，心情受到影响的时候任何与生活挂钩的元素都成了出气筒。四个孩子有三个要上初中，学费总数恰巧是工资的五分之四。其他五分之一还得支付生活费，日子是变得紧迫了起来。黄孝杰跟张少平说，自家的家庭情况不如往日，不如把丈母娘送回去。当初来的时候是商量过了的，会照顾老人到死的，现在又要把她送回去，张少平自然不能接受。这样的日子过了几天，外婆感觉到像是坐在地窖里一般。夜半里时常会从隔壁的房间里传来碰撞的声音，好像是什么东西撞击在墙壁上。声音停顿后听见开门的声音，紧接着张少平咳嗽。这次张少平算是占了上风。黄孝杰没有再提让外婆离开的事情，两口子倒是处得相安无事。

三月过后，整个村子里都变得暖洋洋的。张少平出门了，说是去宁州城做一单生意。那天早上鸡还未叫，张少平就蹑手蹑脚地起床了，孩子们都还沉浸在甜蜜的睡梦中。"春平这孩子呼噜声怎么这么响亮？"张少平自言自语地说。"孩子你这么早起来去哪儿啊？"外婆睡眠不好，到了三更时分就醒了过来。"娘，你怎么这么早就醒了？""我听到响动就醒了。"外婆答非所问地说。"我得去趟宁州城。""你跟孝杰商量过了吗？"外婆问。"娘，你就放心吧，我们已经说好了的。"张少平出门的时候，月亮还挂在树梢上。

她的心情特别地愉快，盼这一天已经好多年了。

从上午一直走到中午才到锯板桥。去县城的那一趟班车还是没有赶上，她来迟了十五分钟。这可咋办？张少平来过几次锯板桥了。她去福建的时候，黄孝杰就经常去集镇给她打电话。雪华老汉有个下象棋的喜好，他在集镇做了十几年的生意，来来往往的人他都切磋过，可以说是没有遇上对手。黄孝杰从小就喜欢下象棋，算是高庙村的一流高手。两人趣味相投，自然也就成了知己。黄孝杰头天晚上就交代了张少平，要是赶不上去宁州县城的车，就去雪华叔那，在他那里借宿一宿，第二天再去也不迟。想到这，张少平朝雪华那家老牌杂货店走去。雪华不在家，他媳妇钟莲在店内守着柜台。"钟莲婶。"张少平轻轻地叫了一声。钟莲抬起头，见是张少平，特别热情。"闺女，是什么风把你吹来了啊。需要买什么东西吗？"一边给她让座，一边笑眯眯地问。"钟莲婶，我是去宁州县城，来晚了。""哦，哦。"钟莲笑眯眯的脸收了起来。"我打算明天去……""你问问县物价局的人能不能带你去，那个副局长是水碧源人。"张少平听钟莲这么说，满脸通红，心脏扑通扑通地跳了起来。"他们人呢？"张少平问。"就是那辆车，人去了街的那边。这些人，说是卖个苹果都要定个价钱，真是搞不懂。"钟莲嘀咕着。

那伙人很快就回来了。张少平远远就看见那个熟悉又陌生的身影。那人也仿佛看见了她，朝她这边快步走来。她的心快跳到嗓子眼了，紧张的气氛差点让她窒息。"你还得补办一个许可证，没有烟草证是不能卖烟的。""你们管得还真宽，我们办不办关你们什么事？"钟莲没好气地说。"你们要是不办，下次来就得拿走你的烟了。""拿就拿。"钟莲顶撞着。张少平傻傻地站在那里，就像是一个木偶看着眼前的这个男人。他的眼睛始终没有落到张少平的身上，从头至尾都无视她的存在。钟莲弓着腰在地上找着什么，她是故意回避那人。当她伸起腰时，才发现那人已经走了。"丫头，你不是说要去县城吗？"车子已经发动了，车尾冒着浓烟。不晓得什么原因车子还没有走。钟莲放下手头的活，往车的那边跑去。"等等，等等。"车轮挪动了一下，又停了下来。"同志，能不能帮个忙？""还同志呢？刚才是什么态度？""对不起，同志，刚才是我不对，能不能帮我带个人去县城？""你看车子都坐满了，怎么坐啊？除非坐在后面的车斗上。""谢谢啊。"说着使劲挥着手，示意张少平上车。

从锯板桥到宁州县城是一条砂石路，总共有六十多公里。弯弯曲曲的，汽车从上面跑过后面尘土飞扬。张少平坐在上面一会儿被抛到这边，一会被抛到那边，遇到一个急转弯差点被抛下车来。屁股坐在车板上整得特别地疼痛，车抖一下整个人抖得老高。车行了十多公里，来了个急刹车，张少平差点被从车上抛了下来。车门打开了，从车上跳下来几个莽汉。站在路边掏出家伙来拉尿，臊味弥漫在干燥的空气中有点呛鼻。"你们这些臭男人，也不找个偏僻的地方。"坐在车窗内的人，被她这么一点拨着慌了起来。大伙都忘记了车斗上还载着个女人。"何局长，你看，这个女人真的来了。"这个何局长就是很小的时候跟张少平在泥巴潭里一起玩着长大的何建国。"怎么是你？"张少平以为他是故意装作不认识她的，所以在心里盘算着去了县城去不去找他。想起那段往事，张少平就害羞得脸上火辣辣的。何建国曾经信誓旦旦地向张少平发誓，以后一定会娶她做自己的老婆。说这话的时候何建国只有十七岁，张少平却把这句话记在心底，把自己当成了他的女人。何建国从部队转业之后，没有再回锯板桥，他被安排在宁州县物价局当上了干部。这当兵的魅力真大，回来摇身就成了干部。张少平开始心灰意冷，何建国三番五次请人托信让她来城里玩，她就是不愿意来。之后没多久张少平有了第一次婚姻。何建国对张少平所做出的愚昧举动很是气愤，他断定张少平这辈子会处在水深火热中。之后的婚姻变故他也有所耳闻，这次何建国庆幸她总算是找了个安稳的下家。在那个时期，能够有份工作那是非常幸运的了。这是分别十多年后的第一次见面，何建国怎么也没想到会是在这样的场合，以这样的方式见面。在他的心里张少平依然是漂亮的，只是样子变得模糊了，要不是看见她那双眼睛，他还不会意识到她就站在眼前。

那双眼睛特别奇怪，不是在哪个时候都能够产生那种神奇的效果。他想把自己的位子让给张少平，可他心里没有这个勇气。她那种倔强的性格只有在他面前才是无拘束的，就算是他迁就她，她也不会在这个时候接受。从小到大，何建国对她的言行举止是非常了解。

车子启动后，何建国一直忐忑不安。同事在车上取笑他说，是不是对这个有几分姿色的女人动了心，要是那样的话到县城找个机会请她吃饭，然后帮她安排个住处。虽然只是几句玩笑话，却让何建国惊惶失措。他满脑子里都是小时候张少平的样子。张少平站在车斗上没有半点怨火，她只想打消去找他的念头。本来想借这次进城的机会去会会他，看他变得有多能干了。她以为他见到自己肯定会高兴地把她抱了起来，还会像小时候那样跟她亲热。但何建国的行为彻底地打消了她的念头，她在心里盘算着晚上的住处。

车过了宁州大桥之后，就可以看见满城的灯火了。车在金城大厦的门口停了下来。车一停张少平就跳下了车，如一阵风迅速地消失在了阴暗的街道。"刚才那个女人呢？"何建国知道张少平已经走了。他的心里产生了一种难言的感觉，这种感觉在他的大脑里愈来愈明显。从未有过的失落，使他呼吸困难。这么些年来，他以为他完全忘记了她，忘记了那段往事。当她出现在自己的眼前时，他却发现自己错了。其实何建国不是那种脚踏两条船的人，那种感觉他实在说不清楚。这么些年他都没有回高庙村，也许是这个原因。他想朝着某个方向追去，可最后还是放弃了。现在都是有家室的人，年轻时的太多美好只能是记忆，而且还只能装在盒子里。

何建国回到家里，心里很是沉重。"今天是怎么啦？"妻子张仙兰关切地问。"没事。"何建国叹了口气说。张仙兰来到何建国身边，用手在他的脖子上揉捏。何建国这么个副局长在单位也完全是听人差使，每次遇到头疼的事情张仙兰就会帮他揉捏脖子。以往这种办法有点作用，会缓解何建国的情绪。这回张仙兰隐隐约约地感觉到要发生什么，她没有问。何建国不说，问什么都不会有答案。

张少平逃脱了何建国的视野，她漫无目的地走了好久，最后在山谷饭店旁边的鹦鹉旅社前停留了下来。这是这条街上唯一的一家旅社，看上去好像是刚刚装修过。出门的时候黄孝杰一再叮嘱她，不要住太破烂的旅社。她用手摸了摸裤腰上的钱包，往旅社里走了进去。旅社的服务台边坐着一个男人和女人，两人有说有笑地在聊着什么，聊得特别地投入，根本不知道台前站着一个人。男人看上去已有四十岁年龄，女的二十来岁的模样。张少平见状不好插嘴打断他们的话，只是用力咳了一下。男人下意识地站了起来，朝另外一个方向走去。女的问张少平是不是住宿的。看得出，旅社的生意很不好，男人是来陪女人打发时间的。"5块钱。"女人说。张少平从口袋里摸了5块破烂的钱给她。她在灯光下照了一下，看有没有缺角，然后才把钱放进抽屉里，撕了一张小票给她，叫她到二楼的最里间去。这间房子特别小，最多就十个平方米，放着一张小床，旁边留着不到一尺的过道。夜半里，张少平听见隔壁有开门的声音。她撑开眼睛一看，外面还是漆黑一片。她感觉到这堵墙特别地薄，估计就是一块纸板。紧接着骚动了起来，有人不停地撞击墙壁。一个小时之后一切都恢复了平静。

　　第二天张少平起床时，意外地发现隔壁的门敞开着。里面只剩下一张床，洁白的被单上还残留着血迹。刚走到楼梯口，两名警察拦住了去路。"你叫什么名字？""怎么啦？"张少平想弄清楚原因。"我们要搜你的身。"警察严肃地说。"我是在这里住宿的。"张少平解释说。"所有住宿的人都要询问做笔录，检查身体后才可以离开。"张少平知道不配合是不会让她走的。她按照警察的指示，将双臂趴在墙上任由他们上下搜了遍。张少平带着青紫的脸色走出了旅社的大门，她想怎么会碰上这么倒霉的事情。刚出大门她就与一个女人撞了个满怀。"张仙兰。"张少平非常地惊喜。张仙兰却没有那么高兴。"你怎么到这里来了？"张仙兰问。"昨天晚上住在这呢。"张仙兰勉强地笑了笑："哦，哦。"张少平和张仙兰都是在高庙村长大的，小时候她们还是非常要好的朋友。张少平早就知道张仙兰已经跟何建国结婚了，这也不能完全怪张仙兰，何建国也有一定的责任。何建国当兵回到县城后，张仙兰就去找她。高庙来的故人何建国当然不敢怠慢，那天晚上两人都喝得烂醉。醒来后何建国十分懊恼，表示愿意补偿她钱。张仙兰收了钱回到了高庙村，两个月之后她又来到了县城，这次来了之后就没有再回去。她已经怀上了何建国的孩子，威胁何建国要是不与她结婚，她会去县政府告发他。在张仙兰的威胁下，何建国与张仙兰办了简单的婚礼。这是张仙兰办的旅社，她清楚何建国与张少平之间的感情。她在想他们会不会感情复燃，或者已经发生了一些事情。不过她现在已经顾不得这些了，处理旅社的事情要紧。"这是我办的旅社，昨天晚上有人死在这里了。"张少平听了，脸色变得青紫起来。她怎么也没想到，昨天晚上隔壁上演了一出惨剧。女人是义宁县二中的一名在校学生，醉酒后被人带到旅社。是早上服务员发现的，当时身上还有点体温，在送往医院的途中死亡的。张少平失魂落魄地离开了旅社，去哪？她有些愣住了。脚不听使唤，在街上瞎逛，她都忘记了自己是来县城干吗的。经过国营商店的时候，她才记起是来批发凉鞋的。她与黄孝杰商量好，把家里仅存的七十元拿来批发凉鞋。幸好中午赶上了回去的班车，下午到锯板桥时黄孝杰早早地等在雪华的铺上。这趟本来是计划得美滋滋的，结果不仅没有赚到钱还赔了本。凉鞋全部是便宜货，七十块钱买了一担回去。然后走村串户去卖，凉鞋穿在脚上要么会划破脚跟，要么就会磨起几个水泡。

这么硬的凉鞋谁愿意买？结果不仅没有赚到钱，一大半都没有卖出去。

张少平回去之后，没有把见到何建国的事情讲给黄孝杰听。只是说了发生在旅社里的惊险一幕，讲得十分逼真。听着那惊险离奇的故事，黄孝杰的身上起了疙瘩。他真不放心再让张少平一个人外出了。

半年之后，黄孝杰听到了有关何建国的事情。张仙兰患上了白血病，头发已经掉光了。张少平有点想不通，这是不是老天对张仙兰的惩罚？她有点怀疑。何建国为了救张仙兰的命，可以说是倾家荡产。张仙兰经过几次化疗之后，病情算是得到了控制。只是她再也不能料理旅社了，不久之后旅社重新挂了一块牌：凤凰酒店。

这个夏季特别热，夜半里外婆听见隔壁房间里发出声响。突然听到张少平大叫了起来，从未听她发过这么大的声响。"天啊！救命啊。"那声音着实让人害怕，村子周围都亮起了灯火。紧接着听见了撕心裂肺的哭声，那声音拉得很长很长。黄孝杰的手像是被电击中了一样，在漆黑中松开了揪着张少平头发的手。冥冥中他意识到自己是在犯错，张少平为自己生了几个小孩，每个小孩的出生她都差点丢了命，现在这样对待她是不是过了点。想到这他又紧紧地将张少平抱在怀里，只差没有哭出声来。"孩子啊，有什么事情可以商量啊，打坏了也是你的人啊。"外婆隔着墙说。她的眼睛虽然看不见，可她的心里明白着。家里负担这么重，张少平把家里仅有的一点积蓄都亏掉了。外婆其实还有一点没有猜明白，那就是张少平这些天有点异常。她都不让黄孝杰碰她的身体，黄孝杰意识到她的行为有问题。同床共枕那么多年，张少平的反常黄孝杰不可能看不出来的。房内渐渐平静了下来，外婆站在门外好一会儿。她听到了两个人急促的呼吸声，她又回到了床上。这个晚上她再也没有睡着，她不想再在这里住下去了。某个礼拜天的早晨，她把自己的想法趁黄孝杰在家说了出来。"我还是想回去。"外婆说。"娘，你这是？"张少平问。"我是想你爹了，这些日子里我经常梦到他。"外婆那深凹的眼睛，干枯得像是要燃烧起来。张少平的心里一阵酸楚，她知道母亲是怎么想的。她心里明白，黄孝杰也明白。外婆说完就开始准备东西，她不想再增加孩子的负担了。少头牲口都能够节省好多粮，何况是人呢。黄孝杰缓缓地将手伸进裤兜里，从那个挤压得变了形的烟盒里抽出一支烟来。这是一包不带烟滤的庐山香烟，张少平去县城的时候特意给他带回来的。黄孝杰是个烟民，吸得挺厉害的。不过他吸的烟都是自己种的烟叶，把烟叶摘回来晒干，然后切成粉丝。烟枪也是挖的竹篼自己做的，在竹篼上打个小孔，把烟叶捏在小孔里点燃，就这样吸烟枪里传来的那股浓烟味道。这种没有焦油和尼古丁的烟，吸起来的味道完全不同，吸久了一样会上瘾。黄孝杰猛吸了一口，叹了口气说："好吧。"他知道外婆这回走了，之后肯定不会再来。

外婆回去之后就被张季华接走了。张季华是外婆几个孩子中最老实的一个，她十八岁就嫁给了藤家的藤元章。藤元章是藤长贵的儿子，藤长贵与外婆是同父异母的兄弟。按照现在的法律是不允许的，近亲结婚会对后代不好。当时藤长贵向外公提出想法时，外公沉思了片刻就点了头。他知道这两个孩子从小就感情不错，只要他们愿意就会亲上加亲。其实，藤长贵向外公提出这种想法不是他愿意的。只是他知道藤元章完全疯了，藤元章对张季华的情感深如海。外公回家把藤长贵的想法一五一十地讲给外婆听了，外婆开始紧锁着眉头，之后又露出了笑容。"这倒是好事，亲上加亲。"外婆说。"元章这孩子你我看着他长大，跟长贵舅一样是个忠厚的人。"外公说。说着外公又叹了口气说："只是这血亲……"外公说这话不无道理，以前村子里就有近亲的先例，生下来的孩子都有缺陷。就拿藤长贵的表兄来说吧，他儿子藤向光就是近亲结婚的，后来生的一个孩子就少了一只手。"唉，我是担心下一代受到影响啊。"外公的担心不是多余的，这年头一旦生个拐脚眼瞎的娃那就造孽了。孩子一生受苦不说，对于大人来说也是累赘。外婆自然是没有外公想得那么远，她是只要眼前行就行了。晚上，外公借吃饭的时间在饭桌上问张季华。"我不是反对你们结婚，这种近亲结婚对孩子不利。"外公说。"爸，你不要再说了。命是注定的，除了元章哥，我谁都不嫁。"张季华的性格外公是知道的，从小到大她都很倔，像是头驴子。加之又比较内向，没有人与她能够接近。外公最终还是答应了，这是他头一回相信命。他知道他的反对张季华不仅不会接受，相反还会给孩子带来身心上的极大创伤，要是那样的话，恐怕毁掉的会是整个黎明。外公把张季华的这段婚恋彻底地交给了上苍，他认为只有在上苍那里才会有希望。外公的态度令张季华狂喜，她就像是关在笼子里的鸟飞进了茂密的森林。无论前面有多大的风雨，她都无所畏惧地去寻找自己的鸟巢。

婚事办得很简单，挑了个良辰吉日，请了几个脚夫，抬上两个木箱和一个衣橱陪嫁，就这样算是结婚。张季华从藤元章那期望的眼神里看到火焰，那是期待已久的等待。依他来说，那是他毕生中唯一的幸福时辰。

事实上，许多年之后外公认定了这个决定是对的。上苍真的是会恩赐一些人，她的恩赐会让人避去许多的磨难。

藤家这个地方在高山头的深处，田地少得可怜。连山腰岩石的缝隙里也种上了玉米。那时这里还是一片深山老林，门前的树上时刻有黄鼠狼跳动。野猪会在夜晚出来偷地里种的粮，豺狼虎豹会嚣张地上家门。为了捕捉野鸡、野兔、野猪等，藤元章在密林中四处设陷阱。只要野兽踩中他设的套，就会被牢牢拴住。听到野兽的惨叫声就去取，等赶到时野兽基本上半死了，再补上一枪它们就会毙命。山中时常也会发生一些奇怪的事情，听到野兽叫待到赶到时却是一场空。要么只留下一根绳索，要么就只残留一条腿。这些小小的陷阱根本无法将豺狼虎豹这些凶猛的动物置于死地。它们挣扎几下，会将绳索扯断然后大摇大摆地离开。相反这陷阱给它们创造了捕杀猎物的机会，令它们不费吹灰之力就吃上美美一餐。再者就是一些懒惰之人，趁人不注意干些偷鸡摸狗之事。这些人藤元章自然知道，村子里人的性格他也摸得很透。田杰文这个寡皮柳就被他抓过数次，第一次被抓是在一个月朗星稀的夜晚。这个晚上，藤元章听到三声叫就赶去了，等他赶到的时候一个黑影朝另外一个方向跑去。他抬起了手中的猎枪，朝着黑影砰的一枪。子弹就像是天女散花，只听见林间梭梭地响。随之那个黑影扑在了地上，仅过两三分钟爬起来就跑。藤元章抬起枪，打算再补一枪。抬起枪的那一刻，他看清楚了影子。这不是猎物，而是一个人。他朝着黑影子远去的方向赶去，一只半死的兔子差点把他绊倒。

"饶命！"那不是畜生的声音。"我的天。"藤元章吓出了一身冷汗。那一枪下去还不要了人命？可还没等到他回过神来，那影子已经消失得没有了踪迹。

藤元章悬着的心松了下来。

很快藤元章就知晓了其中眉目。上屋田杰文的哀叫声一浪高过一浪,藤元章吓得四肢发软。他担心要是田杰文就这么一命呜呼了,他可是在劫难逃。村子里如果发生了人命那是要填命的,他那支生锈的猎枪肯定救不了他的命。按照村里遗留下的规矩,不管是有意还是无意,只要打死了人,就得填命。这可是有先例的,田家祖辈的藤丙先与小姨子吵架,一凳子砸过去将小姨子砸死。藤丙先的小姨子可是个泼妇,那张臭嘴骂起人来连魂魄都会骂散。有几个人能够容忍别人骂娘?藤丙先指着她的鼻梁让她停,她就是不停。藤丙先火冒三丈,将椅子砸了过去。谁知椅子正好砸在她后脑勺上,回去半小时就口吐白沫死了。

藤丙先知道小姨子死后,他就朝后山跑去。全村几百人搜山都没有找到他的窝藏之处,几日后他居然下山自首。其实即使他躲藏在山上,也只能是死路一条。除非长有翅膀才可能远走高飞,否则根本没有办法逃出村子。村子里除了一条通向山外的石板路外,想逃都别无他法。藤丙先最终还是乖乖地从山上下来了,下来的时候衣着破烂,身上散发出异常难闻的臭味。他的样子变成了鬼尸,不下山不会饿死也会被野兽吃掉。在山上的日子,他躲藏在破窑洞里过夜,进洞后用石头堵住洞口,防止夜晚有野兽来袭。夜半的时候,隐隐约约听见猛虎的喘息声。只有等到白天,钻出洞外寻找些野果充饥。山上每天都会有举枪的猎人进山,他那鬼鬼祟祟的举动一不小心就会招来猎枪的误打。他不想死,不想被猎枪打死,也不想因饥饿而死。他出现在村人面前的时候,人们都不敢相信他会主动自首。显然藤丙先不是有心取小姨子性命,可害人性命岂能轻易饶过。按惯例是先毒打,然后让其美美吃上一顿自取性命。藤丙先算是别例,村人不忍再对他施加酷刑。再说事过心头凉,没有了当时的怒火。藤七公是村里的长老,按辈分排他也是大。他说,规矩不能改。藤丙先回去之后,他老婆给他做了饭,让他洗干净、吃饱之后帮他准备好了一碗豆茶,他端起茶一口喝下去了一大半。不到两分钟藤丙先就口吐白沫死去了,死的时候脸上没有什么痛苦,眼睛却睁得很大。藤丙先死后,他后代对这个祖规心存不服,多次要求破除祖规,可藤姓为了确保全族性命安全无人允许。之后,藤丙先后代只好改姓不受祖规约束,将藤改为田。田杰文就是藤丙先的后人。

　　田杰文在村人的眼中可不是什么好东西。平日里游手好闲，尽做些偷鸡摸狗的勾当。每到黄昏他的脑海里就会产生一种欲念，随即他会以一种罕见的勇敢做一些龌龊的事情。他是村中有名的贼，从没有失过手，可见他是多么高明。这下可不是闹着玩的，要是田杰文就此死去那必定是要以命抵命。田杰文中枪后落荒而逃，他是怕败露自己的不轨行径。当时忘了疼痛跑回了家，到家之后才发现全身疼痛不堪。藤元章的猎枪是自制的，里面装火药和细小的子弹。扳机后打出来的杀伤力不算强，散布的范围就像是一张网。一般野鸡野兔中枪那是必死无疑，对豺狼虎豹只起到震慑作用，不足以取其性命。人相对动物要脆弱得多，子弹穿进肉体不死也会丢掉半条命。那哀叫从上半夜到下半夜，全村的人都听得见。田杰文为人不好，全村的人巴不得他早死，无论他怎么呻吟都无人过问。藤元章是在担惊受怕中度过那一夜的，几次被那幽怨的声音从睡梦中惊醒。奇怪的是，第二天田杰文就像是个没事的人，在村子里荡来荡去。

　　半年之后田杰文去了宁州县城谋生。人们都以为他出去之后不会有什么好结果，偏偏相反，他进城之后完全变了个模样。先是在一所私立中学当门卫，接着又承包了学校的食堂，还把学校的环境卫生承包了下来。听说一年下来，收入有好几万。他的儿子田晓华小时候头上被火烫了一个大疤，半边没有头发，光秃秃的。去县城的时候已经二十八岁了还是个光杆子，三十岁那年却意外结婚了。娶的媳妇还是城关镇一个村长的女儿——一个有着很大魅力的女人。村里人知道这个消息后，个个目瞪口呆，都说这家子是走上了桃花运。结婚那日，本来与藤姓无关，大可不必去。可大家都冲着那个女人都去了，花了脚力不说还送了礼。那女人真的是让大伙流口水，脸蛋是脸蛋，腰是腰，屁股是屁股。在那大半年的时间里，村民嘴角上常挂的都是那女人。只是谁都没有明说是田杰文的儿媳妇，毕竟田杰文在村民的心中埋下了病根，大家总是口是心非不愿意去承认。好像承认了这个女人的美丽，就改变了田杰文留在脑海里的印象。藤元章庆幸这次逃过一劫，田杰文要是真死了，事情总会有败露的一天，按照藤家那死规定他只有死路一条。"名声败坏不可能与姓氏连在一起的。"藤元章多次在村民的面前想让大伙忘记过去。不可否定田杰文不是个可耻的人，他只是被生活逼迫无奈。"我们应该废弃那些不符合规矩的规定，重新制定一些人性化的规定。"藤元章的建议显然是得不到认可的。

藤元章幸免了一劫，他认为这样的结果真是天意。之后的日子他把外婆当成了自己的亲娘，细心地照料着老人的饮食起居。外婆住到这里来之后，就像是回到了家里一样。

十三

锯板桥的秋天是美丽的，恰似一幅迷人的图画。然而，人们的生活也如那图画里的颜色一样火红。一个时期女人疯狂往外跑之后，紧接着男人都像蜜蜂一样往外涌。这年头大家逐渐变得蠢蠢欲动了起来，连来村子里讨饭的人也明显逐年减少。人们再也没有固执地守着那一亩三分地，而是朝着一个方向去寻找梦幻般的生活。

黄孝杰对孩子期望很大，这跟他教书匠的身份有着直接关联。农村两脚沾黄泥，出门湿裤腿，抬头坐井观天的生活已经让很多人嫌弃了。他知道以后的日子，知识是改变命运的唯一途径。于是强迫孩子读死书成了他的奢望，成天黑着一张脸逼迫着孩子默写生字。他的这种原始的教育方式，显然是落后得让孩子愤怒不已。年幼的孩子只想着玩个痛快，眼睛看着书本心却飞上了蓝天。黄秋上初三的时候，黄孝杰还特意把她从石凹背中学转到了锯板桥中学。他这样做的目的，就是希望黄秋能够接受更好的教育。农村的孩子一下子开了眼界，之后没有了念书的想法。黄孝杰哪里知道黄秋的学业会是以逃学告终，他知道这些的时候已经于事无补了。不能不说黄孝杰的思想有问题，也不能不说这是少学知识的原因。他那种好高骛远、急于求成的心态始终没有得到满足。

"我今天去了镇中学见到了秋的班主任，她说这孩子的成绩还不错。"黄孝杰临近中考的时候才去找班主任，给他捎去了二斤茶油。"这孩子就全靠你了。"临别的时候他紧握着班主任的手不放。班主任苦笑了一下，眉头紧锁。张少平半信半疑问："真的有希望吗？"黄孝杰火一下就喷出来了。"你晓得什么？老师说可以就可以。""我是担心。"张少平小声地嘀咕着。"那你又叫我去。"也

151

不知道咋的就这么吵闹了起来。黄孝杰也意识到了班主任是在说反话，不好直接说他的孩子没有希望。他是觉得面子无处可搁，只得把气往张少平身上撒。张少平只能承受，骂她猪也好，牛也罢，她都不会再顶撞。黄孝杰骂了一阵子就不骂了，坐在那里吸闷烟。过了一会儿又主动跟张少平搭话，嬉皮笑脸地讨得张少平的欢心。

　　黄秋中考的那天，黄孝杰没去学校。本来在这样关键的时刻，家长应该焦急地等候在校园的门口的。之后不久，黄秋就跟着一个远房亲戚国宝叔去了东莞，国宝叔在东莞做木板。黄孝杰跟他们家多年前就停止了来往，这次为了托付他带上黄秋还特意去找亲戚讨好。最终黄秋跟着国宝叔去了东莞，一去就是好几年。黄秋去东莞之后不久，黄孝杰意外地收到了一个录取通知书。是省职业中专寄来的，黄孝杰对"职业"两个字非常敏感，也就认为这是不怎么正规的学校。之后他有了一个计划，重点供后面的三个孩子。他想有了黄秋帮他一把，准能培养出一两个状元来。可他从来就没去想孩子在外面会遇到怎样的困难，有可能不仅赚不到钱，还会出事。一个女孩跟着一个沾到一点亲戚边的国宝叔，她不可能得到很大的照顾。到工厂后做了两个月的搬运工，每月的工钱是六百五十元。头个月的工钱厂里是不发的，说是用来作为进厂的押金。这种厂改革开放初期在南方有很多，工人不小心就会被剥削劳动。而内地的一些工人，为了混饭吃只得委曲求全。对于厂方提出的这些条件，没有任何人站出来反对。认为进了厂就是极大的荣誉，起码能够不担心没有饭吃。黄秋跟着国宝叔到东莞之后，开始就在木板厂里当搬运工。待遇也是前一个月只管饭，后一个月才可以领工资。工资是按照等级分发的，车间里分五个等级。车间主任算是整个车间的总领事，工资也是最高的。再就是老师头，也就是在里面当师傅的，工资排在第二。第三是车间主任的亲朋好友，他们的工资相对也要高些。第四是普通工人中的男人，男人比女人的工资高。工作时间男女没有区分，一个礼拜至少有两个晚上是通宵达旦的。夜间打瞌睡实在难熬，只好借上厕所的机会眯一会儿。在厕所里一蹲就睡上，等后面上厕所的来了猛力敲门才出来。这种偷懒的伎俩，后来还是被车间主任发现了，上厕所的时间限定最长不超过三十分钟。黄秋知道离开了这个地方，就再也没有其他地方可去。她只得委屈地在这里熬了下来，第二个月领到了六百五十元。领工资的那天黄秋心里特别高兴，她首先想到的是父母，家里急需她寄钱回去救济。她知道父母为了钱的事情，成天愁得没有一丝快乐的表情。回到宿舍后，她给父母写出了一封信。告诉父母她在外一切都好，不用挂心，然后再填了张两百元的汇款单一起寄了出去。信和汇款单一个半月才到锯板桥邮政所，是村支部书记在镇里开会时捎回来的。"孝杰，你女儿来信了，还寄了二百块钱。"那时的村支部书记还是阮田芳，他见是黄孝杰的就马不停蹄地送来了。阮田芳的弟弟阮兰芳与黄孝杰在一起教书多年，黄孝杰对阮兰芳十分敬重。阮田芳当村支书期间也是受老百姓爱戴的，最主要是因为她把老百姓当回事。黄孝杰那些年都在村子里的小学教书，早去晚归可以照料到家里的大小事情。身份是老师，其实就是个农民。田地不比农民种得少，收成好的年岁红薯和麦子都吃不完。红薯是粗粮，吃多了人会吃不消。麦子虽说是好粮食，可多吃比红薯还难咽。唯一的就是缺少大米，再好的收成也不够吃两个月。每年学校里都会发粮票，二十斤，三十斤，最多的时候发五十斤。煮饭的时候，张少平总是先把米饭煮熟，溢出来米汤当茶喝。她说米汤很有营养，舍不得浪费掉。煮好米饭后，再把薯丝或者红薯蒸熟。小孩子吃的都是米饭，大人基本都是吃粗粮过日子。

那天正是星期六的下午，黄孝杰正在屋当头的地上翻土。他想趁着天气好，把几块菜地重新翻一遍。黄孝杰小心翼翼地撕开信封，用锄头当座椅慢慢地读了起来。

爸妈：

你们好！

到东莞已有数月了，由于第一个月没有发工资，钱等到这个月才寄回来，请原谅！我在这里一切都好，你们不要挂心。

…………

这是黄秋写的第一封家书，这也是黄孝杰第一次收到书信。虽然信里只字未提她在外面的生活情况，黄孝杰还是能够想象得出工人的生活。读着那封信，黄孝杰心里满是愧意。泪水打湿了他的眼眶，在黄秋离开的日子里，他无时无刻不牵挂。在农村没见过世面的孩子，要一个人去闯荡父母自然是担心。就像一只刚试飞的鸟儿，有着随时被其他动物抓住的危险。

在黄孝杰的眼里，黄秋跟他一样没有叛逆期。他小时候很有想法，什么事情一学就会。打架斗殴、蹲在厕所抽烟、与同学看电影……可他做任何事情都不会太出格。只是某些时候，他感到自己仿佛在毫无感觉地拖着一个重得可怕的躯体，而有的时候，他又觉得躯体是空的，一些他说不清楚的、莫名其妙的东西却很沉重。当他感到疑惑时，他就会找些事情做，例如，约朋友到街上随便走走。黄秋的性格跟他一样。记得那年暑期，一个亲戚到她家来，张少平把她的床让给了那个亲戚睡，却让她睡在临时的地铺上。她有些生气，但她还是等到了客人离开之后才把气愤表露出来。

黄秋去东莞后的第五年，带回来了一个男人。那个晚上村子的上空刮着旋风，冬季天气寒冷。黄孝杰回来得晚，晚饭到八点之后才开锅。刚刚把菜炒熟，把饭盛到碗里时。门"呃"的一声推开了，先进来的是一个包。这样的季节，家里就只有三个人，吃饭都不用上桌，菜也就留在锅里不铲起来，坐在火炉前吃。锯板桥的习俗都是这样，千百年来就是这么流传下来的。"妈妈，是姐回来了。"黄水叫了起来。房间里连蜡烛都没有点一支，火炉里的火却烧得很旺。圈在黄孝杰脚下的猫听见开门声，站起来懒洋洋地抖了下身上的灰土。"喵。"叫了一声跳上了旁边的窗台。"崽，你回来了。"张少平扑了上去。黄孝杰放下了刚刚端在手上的饭碗，迎上去帮忙接下行李。随后跟进来一人，在昏暗的灯光下看不清面目。张少平后退了两步热情地把他让进屋内，微笑着向他打招呼。黄秋进屋后一直没有停歇下来，一边从包里掏东西出来，一边不停地介绍一路回家的情况。"坐的火车还是汽车？"张少平问。"从东莞到南昌都是火车，从南昌到锯板桥是汽车。没有灯火，进村走了一个多小时。"黄秋回答说。这些年都没有回家，回家的道路却是那么地难走。黄秋知道自己没有给父母省心，内心的愧疚就像是一张网。内心闷得没有了透气的空隙，这次回来身上总共只有七百元。"崽，先歇歇吧。"

张少平一边说着，一边取下挂在火炉上方的锅，把菜铲在了碗里。洗干净锅，倒了半锅水就上楼去了。"妈，这是买给你的。爸，这条烟是给你的。"黄孝杰站起来接过烟，就往橱柜那边走去。这一条白沙的香烟，要五块多钱。黄孝杰心里美滋滋的，他从来都没有收过这样的礼物。张少平从楼上下来了，手里拿着一块切肉板，上面摆放着几块熏得漆黑的腊肉。这样的年头也就过年时才杀一头猪，这些猪肉也都是年尾留到年头。"崽喂，家里连个鸡蛋都没有，你回来也不早点说。你看这么晚了，上屋的二婶都睡着了。""妈，你都在说什么呢？"黄秋把一个盒子送到了张少平的手里。这是一个不大的盒子，张少平把沾满油的手在腰间的围裙上擦了擦，把盒子接了过来。然后笑眯眯地扳开盒盖，是一块翡翠玉，不大却很精致。"崽，回来了就好，还买这些东西干什么？"黄孝杰的烟瘾很大，他本不想当着客人的面抽烟，但还是按捺不住起身往橱柜那边走去。"哎，还是抽支带把的烟试试。"黄孝杰取出一包，撕开烟壳后在烟盒上弹了两下，两支带过滤的烟头凸了出来。他小心翼翼地取了一支出来，把另外一支用拇指按了回去。取出一支烟后他没有迅速去点燃，先把烟盒放进内衣的口袋后，才埋着头去火炉里点燃。烟头粘到火炭就燃烧了起来，烟雾缭绕在寒气中慢慢消散。黄孝杰借着火炉光，用眼睛瞅了几眼黄秋带回来的男人。从外表看还算是老实本分，不过看上去年龄不小。黄孝杰吸了口烟，感觉味道还不错。相比起自己栽种的烟叶，这种过滤的烟吸起来要有味道得多。

　　这个晚上过得很平静，他们一家边吃边聊到大半夜。黄孝杰的话题里总是带着丰富的美好想象，大家笑得前俯后仰。上床睡觉后，黄孝杰和张少平又叽咕了好长一段时间才睡着。黄秋和那个男人一个睡在楼上，一个睡在楼下。两人怎么也睡不着，等隔壁的叽咕声停止后，楼下的男人蹑手蹑脚地上了楼。楼上的床是用简易的木板搁起来的，两个人只要在上面做一点小动作就能听见响声。他们却格外地小心，好像一切都没有发生过。张少平感觉得到，在黄秋的身上肯定发生了一些事情。她在床上翻来覆去，直到天明才眯了一会儿眼。

　　这次回来黄秋说不能在家过年。张少平问为什么，说只差几天就是除夕了。黄秋耍着性子说："我要跟他一起回去过年。""要去也得明天去，把手续办了才能去。"男人家在湖北。虽说锯板桥与湖北交界，来回也要一天半日。黄秋知道家里是不同意她嫁这么远的，暗地里与男人生米煮成了熟饭。已经生育了一个女儿，孩子就放在男人湖北的老家。这次回来算是见个面，说是要家里把户口给她。这件事黄孝杰从头至尾都没有出面，张少平气得牙齿咯咯作响。她一直在寻找一个发脾气的机会，可怎么也发泄不出来。第二天黄昏时分，张少平与黄秋吵得凶。张少平说："我没有你这个女儿，要早知道是这样就不让你出去打工。"张少平并不知道黄秋已经有了孩子，她想通过这种方式挽留女儿的心。过完年后，黄孝杰托在温州做皮鞋的亲戚把她带去了温州。三个月之后，温州的那个亲戚给她寄回家书，说是黄秋在那里适应不了环境去了东莞。这次离开，黄秋过了三年才回来。还是那个男人跟着一道回来的，回来的时候还是在一个冬天的晚上。男人用不算标准的普通话跟着黄秋喊着："爸爸，妈妈。"张少平照样是兴奋不已，忙上忙下的。这次除了几块腊肉外，还多了几个鸡蛋。黄秋走的那年买回的鸡崽，现在已经是老母鸡了。老母鸡下的蛋，他们一个也舍不得吃，全部掩埋在楼上的谷仓里。

晚饭后，男人跟黄孝杰进行了坦白："爸，这事是纸里包不住火了，我干脆跟您说了吧。我跟黄秋已经有了一个六岁的孩子，不管你们同不同意，今年过完年我们一定得结婚。"黄孝杰听了有些措手不及，只是哼了两声表示默许。黄秋不敢直接坦白，张少平知道真相后难抑心头怒火。"都到了这一步才回家来说亲，你们有把我们这做父母的放在眼里吗？"张少平开始是细声细气地问。黄秋不知道说了一句什么，激怒了张少平，她提起一把椅子朝黄秋的头上砸去。架势很大，砸得却很小心。男人在旁边看着，样子有些呆滞。几分钟后他收拾好了行李，把一个柳条状的包扛在肩上往屋后的山路去了。黄秋鬼哭狼嚎的，声音很悲很烈。她没有去追赶男人，第二年正月男人又来了。这回张少平再也没有冒火了，她知道生米煮成了熟饭。黄孝杰说："今年无论如何都要把婚事办了。"男人点了点头，说等到年底回来就办。办个婚事不是那么容易的事情，或多或少都要点钱。彩礼就人头计算一个人二十块，七大姑八大姨的就要好几百。男人都比黄秋长出好几岁，在外打工也有十来年。男人的脑瓜子比较滑，去深圳时凭借一张街头贩子卖的文凭在一家科技公司混了三年。他工资待遇不低，混到了中层干部。来这里的女人脑瓜子灵活，都看不上他那张脸。黄秋一出现他就眼前一亮，这个单纯朴实的姑娘毕竟没什么心思。最关键的是她现在需要感受温暖，一个人在外的生活就像是飘絮。只要微风稍微一吹，飘絮就会散到空中。黄秋到厂里的第一天就被他盯上了，他感觉到这个女孩容易上钩。从进门的那一刻开始他就没有放弃过任何一个机会，首先是树立自己在她面前高大的形象。黄秋根本没有注意到，他对自己的关怀是有目的。她发现车间里的人都特别尊重他，他的一个脸色都能够起到作用。黄秋知道在这里不依靠他，日子肯定不好过。但是她怎么也没想到，男人对她是有目的的。一开始她并没有想过自己将来会嫁给这样一个男人，接下来发生的事情让她认命了。那个黄昏格外地特别，黄秋在宿舍里洗完澡刚换好衣服。门就咚咚地被敲响了，她以为是室友回来了，毫无顾忌地上前去把门栓打开。"是你？"黄秋有些紧张。"厂里明天放假，晚上跟我去看电影吧。""我已经约好了室友，我们打算晚上去逛街。"黄秋说。"我都买好了电影票，你看。"电影票只有两张，看来想带上第三者是不可能的。电影院不算大，里面除了那块银幕，四周漆黑得看不见周围的一切。他们坐在最后，这一排只有他们两个人。第一场是恐怖片，那过程吓得黄秋冒冷汗。这是她第一次看电影，虽然锯板桥也有电影放映队，可她一次都没有看成。每次放的时候人都很多，根本挤不进去。一次学校里给他们发了电影票，放的电影是《世上只有妈妈好》。放映电影的地方定在粮站，粮站的门坐在半山上，门口是十个斜坡石梯。一群人死命往上挤，上面的人往下一推，一群人就像是泥巴一样泄了下来。入个场都这么难，这些胆小的学生谁还敢去？男人买的电影票不算便宜，一个晚上连播三场电影要十块钱，这些看电影的人也基本上是精神绷得很紧，完全被电影里的情节所吸引。最后一场电影播放的时间是十一点半钟，这场电影出场的是一个女人。这是一个唐朝女人，她脱掉了身上所有的衣服，躺在那里等着什么。这样的场景让黄秋感到窒息，她是第一次看到了这样的场面，而且是与一男人坐在一起。她感觉到脸上热得发烫，好在四周黑得根本看不清楚她的脸。这是一个颇让少女无处可藏的三级片，这种赤裸裸的画面让她有些晕头转向。她一直用力抓着椅靠，忐忑中希望有只手伸过来。灯光瞬间照亮那个只有呼吸声的空间时，她感觉那股强光非常刺眼。回去的路上，男人没有碰她的手，让她有些失落，这一切似乎才刚刚开始。回到宿舍的那一晚，黄秋失眠了。她想让自己平静下来，结果却怎么也平静不了。

　　黄秋与男人发生第一次是在出租屋内。她没有做任何的准备，就被男人压在了身下。那一次她没有太深的印象，她只记得自己哭得很伤心。那个夜晚比往常要漆黑得多，有同事来告诉她说那个男人在屋顶上。手里拿着一瓶二锅头，已经喝下去了一大半。黄秋听了手脚变麻木了起来，她没见过这样的情形。中午男人给她写了一张纸条，内容是：我可以喜欢你，你也可以拒绝。黄秋一直在思考着这个问题，谁知道还没等她缓过神来就出了这等事。男人躺在地上喘着粗气，脸红得像关公。男人见到黄秋将她紧紧抱住，城市的灯火根本照不到顶楼。黄秋感觉自己心跳得厉害，有种马上要窒息的感觉。她没有迅速推开他，她知道此时他需要这样。这个夜晚，黄秋答应了他的爱。她知道不答应都不行，要是出了人命她吃不消。就这样她不太情愿地承诺，最后再也没办法纠正过来。其实那时她根本没想过，自己会嫁个这样的大龄男人。她也不知道这一切都是男人安排好的计策，来诱惑她上钩。要是早知道其中暗含的动机，那她不会把自己搭进去。当男人微笑着讲述那个过程，她感觉有一种眩晕的感觉。之后的每次，黄秋都没有再像第一次那样。再也没有流过泪，相反尽力配合着男人。每次都没有使用任何防范措施，半年之后，黄秋的肚子就大了。她害怕家中父母知道，不敢往家里写信。男人倒是显得很温顺，就像是只小羊羔成天围着她转。千方百计劝她把孩子生下来，说有了孩子他们的爱情就有了结晶。黄秋的心完全被男人控制了，男人说什么她都听。

　　黄孝杰知道，这是来逼婚的。孩子都六岁了，不是来逼婚的是来干什么？他们现在是属于非法同居，没有办理合法手续就生了孩子。这事情要是传出去，那是要罚款的。黄孝杰说，生孩子的事情得保密，要不然家里要大祸临头。黄孝杰生黄平的时候就吃了不少亏，村里有个叫黄文图的人去告状，结果他差点连饭碗都丢了。黄水的出生本身就是个偶然，可还是罚了五百块钱，降了两级工资。能保住工作最主要的是他有个"靠山"，这个"靠山"就是黄副县长。黄副县长从江西师范大学毕业后曾经下放到锯板桥半年，那半年就住在黄孝杰家。黄副县长在村里做会计，每天都要抄写黑板报。黄副县长虽然是大学本科毕业，写的字却是东倒西歪。黄孝杰虽然没有他的文化高，但是字却写得很好。所以抄写黑板报的事情，基本上就落在了黄孝杰的身上。不过黄副县长是寸步不离，一直站在旁边指指点点。黄副县长那时并不风光，连村里的支部书记都不如。穿的衣裳也是非常的邋遢，黄孝杰有一条好裤子，这条裤子是一个当兵人卖给他的。黄副县长来到村子里之后，这条裤子就给他穿上了。后来黄副县长回到了县政府，对黄孝杰这份感情是念念不忘。黄孝杰生黄水本来是要被开除的，县教育局把通知发到了锯板桥。黄孝杰知道工作丢不得，他连夜就往县城赶去。一直到第二天上午九点才到县政府，恰巧在县政府门前看到了黄副县长上楼的背影。黄孝杰习惯喊他的名字，连叫了三声，黄副县长头也没回就上楼了。他紧跟其后追赶了上去，刚到门口就被人拦住了。"县长的名字是你叫的吗？"黄孝杰咕咚了一下，说："我跟黄副县长是兄弟。"拦他的人见他这么一说，让他上楼了。幸好看见了他进哪间办公室，要不然七八间办公室门外都挂着副县长的牌子，真不知道去敲哪间办公室的门。"你怎么来了？"黄副县长自从回到县政府之后，黄孝杰一次都没有来过。黄副县长知道黄孝杰的脾气，他是无事不登三宝殿。那年离开村子的时候，黄孝杰送黄副县长到村口。黄副县长说："以后有什么事去县城找我吧。"黄孝杰摇了摇头："我安心在农村教书，不想当官，没有什么可以找你的。""不一定吧，也许有用得着我的地方。"黄副县长离开村子一年后，给黄孝杰来过一封信。一来是感谢下放时对他的帮助，二来是希望他去城里玩。黄孝杰看着这封迟到的信，心里很不是滋味，他认为人当了官就变了味。在本子上撕了一页纸，随便回了几句话草率了事。信邮寄回去后，就再也没有与黄副县长联系。两人再次见面，黄孝杰说："我还以为你变了，不记得我了呢。""你认为我是那样的人吗？"黄副县长说。"说心里话我认为不是，要是那样的话我也不会来找你。""你算是说了句人话。说吧，你来找我什么事？"黄孝杰把自己超生子女的事情一五一十都说了。黄副县长锁起了眉头："这可是个棘手的问题。"说着，他拿起桌上的信笺纸写了几个字，让黄孝杰去找县计划生育委员会主任。事情最终得到了解决，降二级工资。这对于黄孝杰来说是再好不过的事情，两个月之前他去县政府酬谢黄副县长时办公室里换了人。黄孝杰打听过他的情况，都说他在县政府太霸道了，不换掉他都不行。这点黄孝杰怎么都不相信，他知道黄副县长是个好人。而且还是县政府官员里的唯一大学生，他不理解这样的人才最后居然没有得到重用。

自从黄副县长走后，黄孝杰一直是提心吊胆。他把当年的处罚票据和一些证明都留着，因为中途有几次有人告他。按照县里的政策，像他这种情况，基本上得开除回家。如果黄秋未婚先育，要是被人知道那还不受罚？想到这，他跟张少平说："孩子都生了，再阻拦也没有用，随他去吧。"张少平还想说点什么。"你不记得了我们当年，要是把黄副县长……"黄孝杰叹了口气说。这几十年来，他经常念起黄副县长。在他看来，要不是黄副县长帮忙，他不可能会有今天。那段日子成了他们一生中最刻骨铭心的记忆。那种无奈、焦虑和不安，至今都触痛着他的神经。这些梦见就害怕的事情，他们不想再重复了。"到湖北打个接收证明来吧，"张少平说，"先把户口迁走吧。"户口不迁走，一旦被人知道他们未婚先育，那肯定是要给家里带来麻烦的。

那个男人回去了，第二年正月又回来。这次把户口接收证明也拿来了。进门见到黄孝杰就叫爸。黄孝杰没有回答，只是笑了一下，也算是默许了吧。张少平完全是看黄孝杰脸色行事，黄孝杰说咋办她就咋办。一家人对女婿还是挺看重的，家里只要有的东西都会拿出来款待。让黄孝杰怎么也没想到的是，男人家实在太贫穷，只给了黄孝杰两千块钱，两千块钱能办什么事？七大姑八大姨的都要给几十块钱，徐姓都要房头礼。两千块钱不够分不说，出嫁还要娘家垫付嫁妆。黄孝杰的脾气开始暴躁起来，他是觉得这个孩子太不听话了。一家子现在负担很重，本来是希望她能够帮忙的。现在不仅得不到半点好处，还要家里垫钱，心里特闷得慌。

黄秋出嫁是在一个冬天的下半夜。月亮挂在半天上，把大地照得雪白。百鸟都躲藏在鸟巢里，空气里流动着一种刺骨的寒冷。"车怎么还没来啊？"黄孝杰的堂兄问。司机说没有营运许可证，只有等到下半夜才可以跑。要是被抓到了，那是要罚款的。"现在都两点了，还不来就天亮了。"正说着，从村外传来了喇叭声。车停在山外的马路上，还要走几里山路。这是黄孝杰花五百元租来的一辆货车，前面可以坐六个人，车斗是用布包裹着的。家里什么送的东西都没有，黄秋倒也没想要家里任何东西。刚出门的时候，张少平放声哭了起来。孩子真的要离开了，想着从小一把屎一把尿地将她拉扯长大，她还真的是心酸了。村子里的风俗是，嫁女娘是不能去的。黄孝杰跟着去了，他想知道女儿嫁到了什么地方。晚上特别冷，前面驾驶室里挤得特别紧。黄孝杰和几个堂兄弟坐在后面，路都是沙石的，几个人在车斗上像荡秋千一样。半路上堂兄实在受不了颠簸的疲劳，让车在一块堆着稻草人的田边停了下来。把谷草垫在车斗上，几个人就躺在谷草上，任其起伏。第二天天明到了湖北。男人已经早在几年前就把婚事给办了，这次对村子里的人说是把娘家人接来看下。重新在门口贴上了对联，办了几桌子饭。来吃饭的也都是亲戚朋友，只吃饭不再送礼。

这个地方比锯板桥的任何一个村庄都要好，门前有一条十米宽的水泥路。这是一条省级公路，看着这条大道黄孝杰心里开朗多了。在他看来有路的地方，再穷都要比没路的地方好。男人家在当地是最穷的，只有三间砖瓦房。不过比高庙村的任何一户人家都显得阔气，家里有电视机，还有电话。高庙村全村只有两台黑白电视机，电话全村都没有一部。"还不错。"黄秋的大伯黄冠英说。黄孝杰脸上也露出了笑容。嫁去的第二年，黄秋又生了一个孩子。这次生的男孩，手少了一节。去了武汉的医院，医生说是吃药的原因，连手术都做不了。张少平特意去了湖北，把孩子接了过来。一岁之前都是她带的，她想趁自己还年轻帮女儿带下小孩。孩子过来之后，身体一直不好。咳嗽，发烧，成天哭闹不停。幸好黄春平在卫校毕业了，在县城进了点感冒发烧的药在家。孩子高烧的时候打一支青霉素，说来真怪，通常都是药到病除。黄秋和那个男人不再去东莞了，后来去了浙江。在台州一个叫楚门镇的地方，一待就是十多年。男人在厂里当老师头，黄秋做工人。两个人的收入加起来，最多的时候有七八千。到2000年回家重新盖了一栋房子，三层都是水泥结构。他们两夫妻倒是挺恩爱的，很少吵架。男人对黄秋也是很好，从来不欺负她。黄秋在家庭稍微好点的时候，爱上了赌博。赌的还不少，听说最多的一次输掉了三万。这个数字对于一般的家庭来说，可不是个小数目。男人给黄孝杰打过电话来告状，黄孝杰在电话里臭骂一通，骂得无头无脑的。男人也就无奈把电话挂了。黄孝杰摸过底，他知道男人也不是什么好东西。赌博的时候是两个人去的，输了钱就全怪黄秋一个人。

十四

接着讲下黄春平吧。他在黄孝杰眼中本来也是个没故事的人，因为他傻头傻脑的。黄孝杰对他有偏见，认为他长大不会有什么作为。20世纪80年代末，锯板桥的每个村都配了一所学校。高庙村的学校建在一个叫下源的地方，学校里只有一名老师，还是村里请的临时工。老师叫夏秋仲，是一名女性。黄春平在黄孝杰眼中是个智力低下的孩子，就把他放在下源小学混日子。其他几个孩子他就带到自己任教的学校去了。不愿意带黄春平去是有原因的，他任教的学校有三名老师，孩子也都带到了学校里来。他是怕黄春平丢了自己的脸面，怕别人说他生的孩子不会读书。他的这种思维给孩子造成了极大的心理阴影，在下源小学上学时，夏秋仲的儿子刘星星也在学校里读书，调皮得不得了，成天拿着一根铁钉在女同学的屁股上钉，有时候也会趁黄春平不注意去钉他的屁股。黄春平可不是那么好欺负的，只要钉了他就会揪着刘星星打，打得最严重的一次，刘星星鼻血就像泉水般泻了出来。夏秋仲气得咬牙切齿，用指头在黄春平的头上敲了几下。之前请人托信给黄孝杰，说："这个孩子我教不了，你把他接回家。"黄孝杰看完信，二话没说就在黄春平的脸上扇了两个耳光。打得黄春平两眼冒金花，站在门口委屈地哭了起来。每次都是张少平来打圆场，她知道不完全是孩子的错。黄春平也是从那个时候开始，对黄孝杰有了另外一种看法，他甚至怀疑自己不是他生的。

黄春平从小到大可以说内心都是自卑的，他头上的三处疤痕一直裸露到十岁。十岁之前他没有自由，连理发都受黄孝杰左右。每次黄孝杰都要求理发师傅理光头，他根本就没想过孩子也是有自尊心的。不要说学校里的学生，就连左邻右舍的人也都以"疤崽"这个骂名称呼他。黄春平开始恨父亲，把自己生得这么丑陋。

黄孝杰并没有意识到这些，他认为孩子成绩差厌学是天生的，甚至还会莫名其妙地打骂黄春平，弄得孩子看见他的脊梁就害怕。父子之间没有半点亲情不说，相反还冷漠得无法靠近。在黄春平上初二的那年，家里的负担过重。黄孝杰决定在几个孩子中留一个在家里种地。那个下午，黄孝杰与张少平嘀咕了好久，黄春平躲在门缝后听。最后黄孝杰说："黄春平的几门功课没有一门是及格的，就让他回家来帮忙吧。"黄春平听完黄孝杰的话，就拿着毛笔和纸写了一首打油诗贴在卧室的墙壁上，然后跑到山上躲藏了起来。夜晚时分，他听见张少平四处寻找的声音。他就是不愿意出来，眼泪流了许多。他是想读书的，只是被环境逼迫得没有了信心。这次他爷爷李和平算是帮了个大忙，要不是李和平借一千块钱给他，也许他现在还是个种田的农民。

夜半里，他回到家。黄孝杰说："你自己想办法吧。"李和平离黄孝杰家有几里山路，早几年他就在山上盖了房子。黄春平见到爷爷奶奶就哭了起来，把辍学的事情如实跟李和平说了。李和平也是教书人，他自知孩子这么小回家做不了什么。从床头的油纸袋里找了一千块钱出来。"回到学校要好好学习。"李和平说。"等我长大了一定会加倍还给你的。"这次黄春平格外珍惜这次学习机会，黄孝杰已经给他敲了警钟。班主任换成蔡米胡——这也是第一个鼓励他的老师。蔡米胡发现他的作文写得好，就让他每天写日记。还别说，他就此爱上了写作。语文成绩提高得很快，半年后考了第二名。数学、英语、地理等科目成绩依然是三十分、四十分的样子。这些几十分的成绩也都是考试的时候抄来的。几门成绩加起来在班上能够排在二十名以前，这对黄春平来说的确算是进步了不少。在期末考试的时候，蔡米胡还给黄春平评了个"劳动积极分子"。这个"劳动积极分子"都是大多数同学不愿意去得的，只有在劳动方面突出的同学才可以评到。黄春平虽然积极参与了学校里的所有劳动，挥洒了不少汗水，他还是不敢去接那张写着"劳动积极分子"的奖状，他害怕回家会被黄孝杰骂得狗血喷头。在回家的路上，他把奖状折叠了起来，放在了书包底下。只把奖品———一个小洋瓷碗拿在手上。一路上他一直在想着回家打圆场的法子，他知道要是不想个合理的借口肯定是要挨打的。看着黄春平手里拿着印着红奖字的小洋瓷碗，张少平的眼里载满了泪水。

晚饭的时候特意切了两块腊肥肉，想为孩子补补。黄孝杰却不相信黄春平有拿奖的本领，问他是不是又干了什么不干净的事，意思是说黄春平从别处偷来的。黄春平哽咽着，泪水滴在饭碗里。母亲为他准备的那两块腊肉，他一块也没有吃下。那几年，黄孝杰已经当上了村负责人，经常会去锯板桥开会，去的时候他也不再去过问黄春平学习的事情，他平常对人说这孩子是块泻泥巴，扶不上墙壁的。这次他是偶然看到蔡米胡的，蔡米胡并不认识黄孝杰。中午坐在一张桌子上吃饭，无意中聊起学生的事情。蔡米胡说，教育学生是要讲究方式方法的，我们班上的黄春平就是个怪才，语文成绩非常好，作文写得比我还好，要是因材施教他将来必定会大器晚成。黄孝杰听了他的话直打哆嗦，他连饭都吃不下了。"其他的成绩怎么样？"黄孝杰问。"其他的成绩也不错啊！只是不知道为什么家长一次都没有来过，孩子连报名都是自己来的。"黄孝杰没有再说话。"这些家长怎么能够培育出好学生？从来都没有关心过孩子。我本来是打算发个'学习积极分子'给他的，我考虑到劳动能够创造美，所以给他评了个'劳动积极分子'。"黄孝杰听得有点糊涂，他还是第一次听到有人这样夸奖自己的孩子。也就是蔡米胡的这一番话彻底地改变了黄春平的命运，黄孝杰决定花多少钱都送他读书。

初中毕业的时候，黄春平给北戴河新闻学校寄去了一封信。信里写着自己想成为一名新闻记者，希望学校能够给他一个读书的机会。黄孝杰让黄春平报考了师范。他这么做完全是痴人说梦，师范得是学校里成绩最好的学生才能报的。历年来锯板桥中学考上师范的不超过五个人，而黄春平的成绩根本连边都没有沾到。这完全是赶鸭子上架，黄春平是彻夜难眠。成绩很快就公布了，黄春平榜上无名。这个结果并没有让黄孝杰大发雷霆，这年全镇没有一人考上师范的。北戴河新闻学校寄来了通知，黄春平也没有如愿以偿去学新闻。黄孝杰没有看得那么远，只看到眼前短暂的风景。开学前两天，他从外面跑回来。说让黄春平跟下原金古一起去江南医药学校，现在做医生赚钱。黄春平没有反对，他知道去哪儿读只要能读就行。开学时是张少平送去的，在报到的地方碰到锯板桥的另外两个女孩。那两个女孩见到黄春平特别热情，帮这帮那的。张少平想，黄春平要是能娶个这么漂亮的姑娘做媳妇那再好不过了。老实本分的黄春平来到学校之后，内心的落寞无处可藏。他一直在寻找机会，想在学校里掀起波澜。学校里的广播征过文稿，他写了两篇文字，全部被采用并且播发了出来。听着自己的文字被播音员那甜美的声音念出，他是激动得彻夜难眠。从这之后，他把一些文字寄到了外地。大多数是石沉大海，只有少数刊物给他回了信。有一天，黄春平看到一本叫《同学》的杂志上有一则启事，只要交三十块钱就可以登一条交友信息，他看到上面登的信息也都是一些学生。回到宿舍，写了两句话就给杂志社汇去了三十块钱。这三十块钱基本上是毁灭了他的整个青春。某天他收到了一个叫梦的女孩的来信。信里还夹着一张电话充值卡，卡上写着一个红色的"嫁"字。每个月的生活费只有二百块钱，每天晚上都要给梦打个电话。他知道如此下去，生活肯定会很困难。梦也会给他寄钱，最多的一次寄了七十块，还是夹在信封里。要是就这样下去，也不会有太大的波澜。可是接下来发生的事情，彻底地让他失学了。某天他收到了湖北高护学校一个女孩的来信，女孩叫燕子。黄春平有些神魂颠倒，他的心完全被震撼了。这就是人们所说的情窦初开，连空气里流动的气息都是美好。他们的来往选择是两种：一是书信，信纸上弥漫着芳香；二是电话，在电话里听对方的心跳。燕子在信中说，相识就是缘分，上天给了我们相识的机会，希望彼此能够好好珍惜这份来之不易的情缘。黄春平读着燕子信中的一字一句，激动得心里像是个音乐场，混杂着各种不同声响的音符，一股强大的力量漫遍了全身。

他再也无心听老师讲课，成天痴痴地看着那张照片。黄春平在信中倾诉思念的痛苦，希望能够找个见面的机会。每天黄春平都会给燕子打个电话，聊些什么内容已经忘记了。反正每天都会蹲在电话亭旁边，仿佛这样才是幸福。燕子不是很漂亮的女孩，从照片上完全可以看得出来。她圆圆的脸蛋，留着一头乌黑的短发。吸引黄春平的是那条浅灰色的牛仔裤，看上去有着诱惑的性感。接下来发生的事情，黄春平一辈子都无法忘记。这项发明他不是创始人，最终他却不是幸运者。学校里流行拿着刀片在磁卡电话亭上拨，只这么一拨电话就可免费打出去。黄春平被公安抓住的时候，手里还拿着刀片。一开始他想挺住，不想把这事情说出来。可是公安把他关在一个尿臊味极浓的小囚室内，让他连腰也伸不起来。没有人管他吃，连水都不给喝。第二天同学送来两个馒头，他接过馒头哭得很伤心。他没想到自己会落个这样的下场，这一切又能怪谁呢？公安询问他家里电话的时候，他说没有，他不想让父亲知道，要是知道了肯定不会放过他。他以为自己还是一名学生，学校可以把他保出来的。事实上学校并没有出面，也没有半个人去关心他。那是第二天下午，关在里面尿憋得慌，他朝外面喊："警官能不能让上个厕所。"他记得那个人的名字叫青春，这是一个变态的人。在厕所里，居然猛烈地亲吻他，还把手伸进他的下身。他几乎是吓呆了，他想，肯定是遇上了同性恋。在他猛烈的挣扎下，那人才把他放了出来。出来的时候，那人说我会尽力帮助你的。黄春平告诉了另外一名警官家里的电话，是张少平去的。黄春平见到张少平，哭得很伤心，张少平说："孩子，无论如何我会把你保出来。"母亲的话让黄春平感到了温暖，他巴不得立刻逃离这个龌龊的地方。派出所提出交四千元就不用拘留，这个数字对于张少平来说实在接受不了。她仅带了一千块钱，而且这一千块钱是留给黄春平毕业后的实习费用。她的脸色苍白得十分难看，她知道在短暂的时间内借几千块钱肯定是不可能的，可是她不忍心看着孩子关在里面不管，要是那样的话她也活不下去。张少平给黄孝杰打去了电话，黄孝杰接到电话破口大骂。"这该死的东西，让他去坐牢吧，死活我都不管了。"张少平的心里就像是在流血，她知道丈夫也是束手无策。派出所也给张少平下了最后通牒，要是在明天九点之前不把钱交齐，只有把人转移走了。第二天早上张少平东挪西借借到了三千块钱，她在派出所所长面前乞求。"孩子只是一名学生，只借到两千八百元。"两百元她是想省下来作为回去的车费。派出所所长终于点头了，并警告黄春平出去后要好好做人。

在学校里的几年，黄春平几乎把所有的时间都耗费在那几个女人身上。毕业之后他回到了锯板桥医院实习，去那里实习的人也都是家庭无背景的。到医院后，他租住在住院部前面的那栋二层的破旧砖瓦屋内。他进去没多久就来了三个女孩，一个叫余含英，另外两个一个叫余玲玲，还有一个叫熊小红。三个女孩住在楼上，她们挤在一间房子里。黄春平一个人住在楼下。本来楼上还有两间空房的，独男三女，黄春平有点害怕。余含英与余玲玲、熊小红都是来自同一所学校的。余含英个头较高，有一米六五，留着一头四六分的短发，看外形像是个男孩子。余玲玲与熊小红都长得小巧玲珑的，而且都留着个小马尾辫，看上去都比余含英好看。黄春平比较喜欢那种小巧玲珑，扎着小马尾辫的女孩。他见到余玲玲的时候，被她脸上那两个小酒窝迷住了。那两个小酒窝根本不能装酒，只是两个装饰品，给别人看的。这栋楼是医院前任院长的，他调进了城里，这房子就闲置在那儿。闲置十多年了，房子也无人问津。他们去的时候，房子四周已是杂草丛生，房间内也到处是蜘蛛网。楼梯与楼板都是木板做的，黄春平住在余含英她们楼下那间。只要楼上走动就有灰尘从楼板的缝隙里沙沙地落下来，落得满床都是。开始一月余，被子都不敢铺开。早上起床后就叠好，然后在被子上盖上报纸。这间房紧靠着山，下雨的时候湿气很重。墙壁上都流水，地上也是湿漉漉的。他本来不会住在这间的，最主要是晚上害怕。遇到老鼠啊蟑螂什么的，就蜷缩在被子里打战。医院是个死人很多的地方，明知道这世上鬼是无稽之谈，但黄春平想起那死人的惨状就害怕得直冒汗。楼上住人，而且仅隔一层楼板，楼上的一声咳嗽都听得见，胆子就大了好多。所以黄春平宁可委屈自己，选择这间潮湿的房间将就。医院里没有食堂，吃饭都是自己做。黄春平懒得做饭炒菜，每天中午煮面条，晚上泡方便面。那天中午，余含英主动让他去与她们搭伙。大约是搭了一个多月，黄春平就没有再搭了。这时候，有四男三女陆续搬了进来，他们都是从其他卫校分来医院实习的。四男是瑞昌卫校的，四女是九江卫校的。都说异性相互吸引，同性相互排斥，果真是这样。四男搬进来之后住到了楼上，三女住在楼下。

就在黄春平跟余玲玲有个好的开始的时候，有人笑他跟余含英是一对。黄春平满腔怒火，这些人真是居心叵测，明明知道黄春平喜欢的人是余玲玲，却偏偏要把余含英安在他身上。说什么男才女貌、天生一对、牛郎织女，等等。黄春平是浑身上下气得直打战，有口难辩。余含英不知道是怎么想的，倒是平静得就像是湖里的水，没有一点波澜。为了不让她产生错觉，也不想让其他人再拿这事开玩笑，黄春平干脆不与她们搭餐了。大概余含英也猜测到了黄春平的想法，从那之后有意无意地远避着他。那天下午是个例外，黄春平感冒高烧没有去上班，在床上呻吟着。她买来了感冒药和水。

余玲玲是那楼内最漂亮的，黄春平知道喜欢她是痴人说梦。她那眼光根本就看不上他，要不是因为余含英她早就不让黄春平搭餐了。说白点，黄春平也是不想再看她的白眼才散伙的。不过，从那之后黄春平算是对余玲玲死了心。黄春平发现那个年龄的人真是稀里糊涂的。那栋楼住过的那些人，到离开医院的时候都谈过了恋爱。有一个女孩还脚踏两只船，同时在楼内谈了两个。而且这两个都是瑞昌卫校来的，他们都住在一间屋子内。真不知道那女孩用了什么招数把他们迷惑住的，这事情直到离开医院时才真相大白。包括余玲玲在内，后来真正结婚的没有一对。真正做医生的也只有余含英一个人。其中最关键的是她没有谈恋爱，把精力和时间都放在学习上。

　　黄春平那时与任何一个女孩谈不拢，还有个关键原因就是曾与他书信、电话往来的女孩燕子。他在期盼着与她见面的场景。在一个夜晚，他给燕子写了一封长信。这个时候燕子还在为他的遭遇内疚，一直想找个机会来看他。燕子收到黄春平的信后，被他那华丽的辞藻彻底击垮了。她想立马就飞到黄春平的身边，可她心里却纠结着。与一个尚未见过面的人见面会是个什么样子？一向理智的她，没有坚守住内心的防线。她跟黄春平约好了见面的地点，各自走一半路程。在江西与湖北的边界九江市见面，并且写上了不见不散的时间和地点。收到信后黄春平的心里滚起了浪花，他决定花费一个月的生活费去赴约。一个月的生活费只有两百块钱，而从锯板桥到九江有六十多里路，车费来回是一百五十元。去见面之前，他特意回了一趟家。悄悄地把见女朋友的消息告诉了张少平，他知道张少平是一定会支持的。村里的人多数是光杆，几十岁都没有老婆。听黄春平要与女孩见面，张少平是乐坏了。再三叮嘱黄春平见到姑娘之后，一定要将她带回来，让她也看一下。这些事情张少平并没有告诉黄孝杰，她知道黄孝杰不会支持也不反对。约好见面的时间是晚上八点三十分，火车站的出口处。黄春平下午就到了九江，晚上五点钟就到了车站。他一直徘徊在火车站外的广场，激动和焦急混杂，让他没有了胃口吃饭。他在想着见面的情形，又在想着会不会有意外。凭着他的直觉，燕子不可能会失约。出口处的人变得稀疏了，还是没有见到梦中情人的影子。就在他心灰意冷时，两个长得十分好看的姑娘，手挽手从巷道的深处走来。他定了定眼神，高兴之余内心多了几分落寞。她带了个护身符来，两人相处的机会就会化整为零。两个女孩微笑着向他这边走，一直走到他面前才停住脚步。他在猜测哪个才是燕子呢，两个女孩都很漂亮。"老板这个多少钱？"他张开嘴打算搭话时，女孩先说话了。原来她们是冲着旁边的店铺而来的，目标并不是自己。看来是自己眼拙，两人中没有一人是燕子。"我在这里呢。"感觉身后被人击了一掌。黄春平迅速地转过了身，眼前是一个个头矮小、大大咧咧的姑娘。样子与相片十分相似，黄春平的心里顿时凉了半截。"你是燕子吗？""怎么，认不出来了？"声音没有电话里那么好听了。为了证实这一切都是真实的，燕子跑到对面的电话亭给他打了个电话。听着那耳熟的声音，他的心里开始颤抖。眼前这个姑娘没有一处地方是吸引他的，没有脸蛋，没有腰，连胸部都是个"飞机场"。人都来了，说什么都得相伴过这个夜晚。两人漫无目的地在街道上行走着，一直走到不能动弹的时候才停歇下来。夜半里空气中弥漫着雾水，像是下着不大的雨，一不小心衣服就会湿透。

这是一架桥，是长江大桥还是立交桥搞不清。他们已经走到了灯火照不到的城市边缘，在太阳没出来之前这里只有他们。黄春平感觉实在太累了，在桥下的石头上坐了下来。燕子意识到石头上有脏东西，拿出卫生纸来垫。她示意黄春平站起来，帮他也垫上。"我都坐下来了。"黄春平没有要站起来的意思。燕子还是给自己垫上了，她穿着的是白色的裤子。要是就这么坐下去，坐到明天屁股上一定有许多青苔或者尘土。黄春平如此表现必定是事出有因，要么是心情受到影响，要么是见到女人心里起了波澜。燕子对眼前的这个男人不怎么满意，在她心目中需要找的男人更老实一些。不过之前长久的电话，已经让她没有了后悔的余地。她不得不安慰自己，不能背叛这份恋情。她甚至都告诉过家中的父母，她的一辈子会交给一个外地男人。这让父母有些惊诧，他们并不想女儿远离故土。可燕子还是执意告诉母亲，这个男人会陪着她走完一生。

城市安静了下来，两人什么时候背靠着背的，谁都记不得了。黄春平稍微缓过神来的时候，发现燕子已经睡着了。自己睡了多久，最后聊的什么他也想不起来了。天气很热，夜半却很凉。他回过头，将燕子搂抱在了怀里。燕子很快就醒来了，她处在朦胧的意识中。仰卧在黄春平的怀里，她几乎失去了方向。也不知道黄春平从哪儿来的力量，猛烈地亲吻了下来。亲吻了多久，他们也都不知道。后来就发现天边有了光亮，这才意识到在外露宿了一宿。第二天天亮，黄春平发现自己离不开燕子了。他从燕子的吻里闻到了一股前所未有的气味，那种味道足够让他神魂颠倒。他对燕子的感觉也是一个男人缺少一个女人时的冲动，这种冲动只是在短暂的时间里填补感情的空白。燕子跟黄春平去了锯板桥医院，去的那天晚上黄春平碍于面子让她与余含英睡在一起。第二天张少平与张少菊风尘仆仆地赶来了，来的时候燕子正在门前的自来水龙头上帮黄春平洗衣服。张少平上前去左瞧右瞧，她感到特别的满意。"这孩子这么勤快，将来肯定是个好媳妇。"黄春平那时根本没有想过会与她有未来，只是认为生活必须有个女人才出彩。张少平是真把燕子当成儿媳妇了，她嫁到黄家没有得到黄中园的喜爱。自己的亲身体会使她改变了看法，今后一定要对儿媳妇好。听说燕子要来，她是几个晚上没有睡好。家里拿不出钱就打电话给张少菊，张少菊最近还有点钱，让她陪着去先垫付点钱。张少平带着燕子跑遍了锯板桥的每个店铺，想在这里帮燕子买身像样的衣服。其实，在锯板桥无论何时这里卖的衣服都没有好货。整条街道看上去是琳琅满目，其实全是些鱼目混珠的次品。张少平对她好，燕子自然是高兴不已。她最担心的就是婆婆，怕婆婆对自己不好。她知道黄春平家里困难，不愿意让张少平买任何东西。进了店铺也不愿意去试，跑了一个下午才买了一件三十元的衬衫。红色的，有柳条花，看上去倒是挺漂亮的。燕子答应黄春平只能在锯板桥住一个晚上，来了之后却发现自己身不由己。连续住了两个晚上还没有打算离开，但她知道再不能住第三个晚上了。一定得回去，要不然会耽误课程。第二天晚上她一晚上都没有睡着，凌晨四点钟她悄悄地从楼上下来了。黄春平听到敲门声就爬了起来，他大概猜测到了是燕子。黄春平上前去打开房门，用手揉搓了下眼睛，从口袋里掏出那块塑料壳手表看了看说："怎么这么早起床了？还不到五点呢。""我睡不着，想着你昨天晚上换的衣服还没洗。""也不用起得这么早啊。"黄春平说。"我打算今天回去，所以早点起床帮你洗好。"燕子是认真的，她的确是要走了。黄春平上前去猛地将燕子搂抱在怀里，然后不停地用嘴唇去寻找她的舌尖。

回去的时候，黄春平送了燕子一程。在路上，黄春平对燕子说。以后不要再来了，我不是你要找的男人。分别本来就有着许多忧愁，黄春平的话让燕子泪流满面。通过这几天的接触，她真的是把自己的身心都交给他了。让她始料未及的是，黄春平会说出如此让她心疼的话来。而此时张少平却把事情的全盘告诉了黄孝杰，黄孝杰对这件事情表示全力支持。燕子回去之后，三天两头不间断给黄春平来信表达相思之苦。而此时，黄春平却把全部心思放在了如何面对社会上。过不了多久就要毕业了，原先答应他去上班的医院现在不要他了。他得重新去找工作，有的工作甚至有可能与自己的专业不对口。

这年冬天，黄春平完成了全部学业回到了高庙村。他回去的时候，村里已经有了三家私人诊所。不过这些诊所都是赤脚医生开的，没有一个医生经过正规的学习。他们的生意都很不错，上门的病人成天不断。无地可去，他想暂时在家开诊所。这个主意黄孝杰不太赞同，男儿志在四方，读了书还是窝囊在这村子里，那不等于是没有读？让黄孝杰改变这一想法的是村子里接下来发生的一件事情，徐家基的老婆张四英发了急病，不省人事，四肢僵硬。村里人都以为她去见了阎王爷，连落地钱（人死后烧的火纸）都烧了。黄春平闻讯跑去捏住她的手腕，说人还没有死，赶紧进行抢救。他跑回去也不知道拿了几支什么药，在张四英的屁股上打了进去。没想到半天时间后，张四英真的缓了过来。也就是这次，村人都把他看作是活神仙，都说他有几下子。"既然没地方去，暂时就在家吧。"黄孝杰说。那个夜晚很恐怖，空气里弥漫着一股硝烟的味道，仿佛一不小心就会踩到地雷，还会粉身碎骨。

通过这件事使黄春平在黄孝杰心中重新树立了形象，黄孝杰愿意借钱给他去县城进药品。钱给得不算多，除了消炎感冒片之外，还进了一些抢救性的药物。每次进得不多，个把月就会用光。用完之后就没有钱再去进了，村民们看病都是赊账，一年半载都没有现金，这让黄春平头疼不已。这种"生意"明显不是生活的门路，相反的是村民们大病小病都往他那儿跑。其他两个诊所对他很是眼红，甚至还会在人前人后说他的坏话。说医生越老越好，他这条嫩毛驴没什么实践经验。九嫂一家子与黄孝杰结怨极深，基本上不相往来。九嫂结婚九年却不见肚子大起来，寻遍了郎中没有找到解决的妙药。一家子对她也是颇有怨言，弄得她在家里抬不起头来。她特别相信黄春平一定会有法子，他能够把死人救活，还不能让她有个孩子？有了这种想法，她就成天往黄春平家跑。还别说，黄孝杰和张少平并不讨厌她，只要是她来了都热情款待。想想那时为了两根山林边界的林木，两家子闹得是不可开交。那时九嫂还没有嫁到村子里来，她也不清楚上辈们的事情。只是家里不让她与黄家来往，她就不来往了。她一个上门媳妇，也不敢不听婆家人的话。在来之前一家子商量了好久，最终还是愿意把脸面搁下来。

九嫂这个人性格很直白，为人也是非常的好。要不是这样黄春平也不敢去蹲这个茅坑，没有拉屎惹了一屁股的蚊子，那会要人命。九嫂来的那天就问过黄春平，治好她这顽疾有几成把握。黄春平表示，一成把握都没有。黄春平学的不是妇产科，对女人身上的事情是一窍不通。当九嫂详详细细把经过描述给他听时，他就像是在听一个遥远的故事。

黄春平始终还是没有在村子里待下去。这年十一月的一个下半夜，上屋的国文叔公扯破嗓门在喊："外面有电话来了，是个女人，说是你的同学，让你明天去广州的医院上班。"他这么一吆喝，全村的人大半都被他吵醒了："不能明天接吗？真讨厌，这大半夜的。"黄春平回应道："我已经说了，都打了好几遍了。"黄春平拿了件外套披在肩膀上出门了。外面的风很大，像是有一场大雪马上就要来临了。黄春平回来的时候，黄孝杰和张少平都没有睡。"是哪里来的电话？"黄孝杰问。"我的一个同学，在广州一家医院混得还不错，她问我去不去广州，工资有好几千。"黄春平说。"那你去吧，待在家里也不是个道理。"黄孝杰说。"她说要去，明天就得去。去迟了医院就会招别人。"黄春平说。"那就明天去吧。你有车费没有？"黄孝杰问。"今天九嫂拿了三百块钱来了，她说剩下的三百等过年。""这个九嫂……"张少平叹了口气。"怎么是好呢？九嫂今天送钱来，我明天就走了。""没事的，明天我跟九嫂好好说说，她的病也不是你能够治好的。"

黄春平是第二天凌晨四点离开高庙村的，送他的是家里的一条狗。在家当医生的一年里，那头毛茸茸的小狗都长大了，长得特别地健壮。高庙村到锯板桥都是山路，他得赶上六点半进城的班车。狗一直陪着他在漆黑的山路上走着，有了狗做伴他的心里踏实了许多。

十五

黄春平是第三天下午四点到的广州。就在他忐忑不安地出现在站台上时，一个系着白色围巾的女孩在向他招手。他定了定眼神，看到一张既熟悉又陌生的脸。此时的杨少红就像是花丛里的牡丹，特别漂亮。这种从淤泥里脱俗出的美丽，还是让黄春平多了几分恐惧和害怕。总之是太不正常，难道真的是遇上了好运气？

在学校的时候，黄春平与杨少红感情还算好。要不是她进校没多久就与张喜峰谈恋爱，而且公开了那段爱情，他肯定会追她。可惜的是后来一直没有给她表白感情的机会。杨少红对他并不算差，还在寒冷的冬季帮他洗过衣服。

这次是毕业后的第一次见面，在广州火车站那密集的人流处。见到杨少红的那一刹那，黄春平的脑海里就像是有道光闪过。情感丰富的他甚至产生了想象，要不是有一种特殊的情感，杨少红怎么可能把他邀约到千里之外来。从她现在的穿着来看，绝对混得不是一般好。全身上下散发出浓浓的清香，有一种皇宫妃子的派头。黄春平仔细地打量着，内心深处有种暗流在不由自主地涌动。

"上车吧！"杨少红拉开了一辆停靠在站台边的出租车车门，示意黄春平坐在后头。随后杨少红也钻了进来，陪他坐在一起。这个细微的举动的确让黄春平很喜欢。

他们要去一个小镇，这个小镇在天河区最边远的地方。这里虽然挂靠在大城市的门庭下，却见不到半点城市的繁华。左拐右拐，左拐右拐，总共是拐了十几个弯，穿越了几十条狭窄的小巷终于到达了终点。一栋五层楼的破屋子，像是一个满是阴霾的灵魂宿地。杨少红说她暂时住在五楼。黄春平的心顿时绷得很紧，有一种不祥之感笼罩着他。他觉得这里面一定会大有文章。他不好直接把自己的想法说出来，只能见机行事再找脱身的机会。他最害怕的就是拉他做违法的事情，之前已经有过教训了。房间里传来了一群女孩的声音，笑得特别开心，这使他绷得很紧的心稍微松弛了点。

进门之后，黄春平意外地见到两张熟悉的脸——梁金燕和周竹花。这两人都是黄春平在学校时要好的朋友，他大概也猜测到了这次行程里一定有她们的功劳。见到黄春平的那一刹那，梁金燕笑了一下，脸色随即又阴沉了下来。周竹花好像正经历过一场打击，满脸是灰色的，动了动嘴唇，一句到了嘴边的话，又咽下了。

梁金燕介绍说，她叔叔在这个镇妇幼保健院当主任医生，现在医院里急需要招聘护士。工作有多轻松，工薪有多高，说得有鼻子有眼。黄春平倒是糊涂了，不解地问："我一个男生怎么做护士？"在锯板桥医院，护士都是女人。这里有很多男护士吗？黄春平半信半疑。他还是十分忧虑，他不太乐意干这个事情。没有半点技术不说，活还又脏又累。

这是一间出租屋，半间房都是地铺。看样子，这里住了很多人。进屋之后，黄春平感受到了前所未有的热情。杨少红帮他揉肩，梁金燕帮他捶腿。黄春平简直就像是掉进了温柔乡，他感觉杨少红有意无意拉着他的手触碰着她那对丰满的乳房，一种酥麻的感觉从指尖很快就传递到了内心，令他很快就像中邪般迷失了自我。从小到大没有碰过女人，现在女人这么近距离与他接触，肌肉很不听话地抖着。再想放肆一点的时候，他发现那双温柔的小手特别有力，将他的手拒绝在方寸之外。

第二天凌晨，外面还是一片漆黑，正是睡觉的好时光，黄春平睡得有些迷糊的时候被杨少红叫醒。说医院里早上有活动，邀他一起去参加。昨天晚上玩到十二点多，加之在长途火车上一宿未眠，黄春平已是疲惫不堪。杨少红喊了三遍，他还是无动于衷。"你看，他睡得正香呢，就让他在这睡吧！"杨少红说。"不行，今天这堂课是关键。"梁金燕使劲用脚在黄春平的屁股上踹，见黄春平还是无动于衷，打了一瓢冷水倒在了他的头上。"啊！"黄春平尖叫一声坐了起来，用愤怒的眼神看着梁金燕，真想给这个女人几个耳光。杨少红站在旁边颇感为难。"我都是为了你好，去不去随你。"说着，梁金燕撒手就走了。黄春平再看杨少红时，她就像是个犯了错的孩子，头快埋到了膝盖。"你是不是骗人的，根本就不是医院要护士，对不对？哪有这么早开会的？"黄春平趁着屋里无其他人时斥问杨少红。"我没有骗你，我是想你发财。"黄春平整个人都蒙了。他猜测这里面定会有文章，还是想去探个究竟。如果事情真的糟糕，还得想办法将杨少红救走。在他眼里，杨少红可是个善良的姑娘。

还是需要七拐八拐，在一栋五层楼的顶楼。杨少红拉着黄春平挤进了屋内，地上坐满了人，就连个脚板都没地方放。黄春平勉强地坐了下来。"请这位新来的朋友自我介绍下，大家鼓掌欢迎。"顿时屋里响起了热烈的掌声。黄春平想站起来，发现怎么也挪不动屁股。前面的人拉，后面的人推，这才勉强站了起来。"我是来自赣北锯板桥的黄春平。""请他为大家带来一首歌，算是见面礼。"黄春平犯难了，他不是不会唱歌，在这样的场合下，真没心情唱。掌声一遍又一遍地响着。最后是杨少红站起来帮他解围，替黄春平唱了一首《世上只有妈妈好》。

黄春平扫了下地板上蹲着的人头，百分之六十以上都是美女。看上去都很精明伶俐，不像是坏人，更不像是混蛋。活动很快就结束了，回到出租屋时天还没有完全亮。黄春平倒在床上接着睡觉，一直睡到中午才醒来，醒来时杨少红正在厨房里切菜。他靠在厨房的门上，想试探问杨少红他们到底是在干什么。杨少红说："你慢慢就会知道了。我不强求你，你要是觉得不好，你随时可以打包回家。"几天下来，基本上没有什么变数。大约是第五天早上，比往常还要早，杨少红说，今天高层要来了。大家都兴奋地坐在地板上等着，希望能够见到未来的希望。黄春平不算天真，他喜欢在梦想变为现实时鼓掌。

大家都在迫切地等待着，希望那个高层快点来，似乎他的到来能够给大家带来财富。黄春平不安地拿着纸张和笔写写画画，将写下来的部分递给了前面那个不认识的女孩。女孩不漂亮，皮肤黑得发亮。不过她不是最黑的，之后来的一个黑得像个非洲人。女孩展开纸条看完后就朝后面传了过来，里面没有写什么下三滥的东西，是黄春平即兴发挥写的白话诗文，表达的意思是对女孩十分眷恋。他是在故意惹女孩子，并非真心地表达。女孩的反应已让他无可奈何，不是每个人都能够读懂诗，或者说不是每个女孩的脸皮都那么厚。这样的举动算是拒绝，也算是抵抗和愤怒。可以说，没有任何一个女孩会面对一个陌生男孩的诗点头，这种方式含蓄得让人有点腻味。接下来，黄春平没有放弃他的主动。女孩的脚跟朝后，袜子破了个洞。他顽皮地拿着笔尖朝那个裸露的地方狠狠地画。女孩回头瞪了他一眼，意思是叫他识趣点。就在黄春平不甘罢休的时候，紧闭着的门开了。一个高挑阳光的男孩快步跨了进来，腋下夹着一个微型的提包。那气质的确是超帅，屋内的人就像是见到了大明星，顿时掌声响起。黄春平的眼睛瞪得又圆又大，连那些傲气的男士都甘拜下风。黄春平知道自己远不如他，可还是表现得很傲慢。那德行谁看了都会恶心，坐在那里不停地摇晃着。那男人说些什么他一句也听不进去，装作是耳背。男子几次点他的名，他就是不去搭理。

黄春平大概猜测到这是在干不务正业的事情，可他后来还是彻底地陷了进去。第二次来的那个白领居然是锯板桥人，一个剪着柳条形头发的女人。这个女人眼睛很大很大，水灵灵的。一看就是大美女，而且不是一般的美。黄春平猜测整个锯板桥就数她最漂亮。她找黄春平谈过两次，每次都谈得很投入。说的也是肺腑之言，句句深入人心。黄春平是彻底被她那双眼睛征服了，他把这个女人当作了自己追求的目标。每次谈话的目标都很明确，要他交 3800 元进入组织。组织是金字塔形的，他参与之后就可以发展下线，下线又会发展下线，到时候只要坐享其成拿提成。这个算法真的很妙，黄春平感觉离发财的日子很近了。家里的确是太困难了，交这笔钱对于黄家来说不可能。当女人最后一次让他打电话向家里要3800 元钱时，他还是编造了个谎言给家里打去了电话。很不情愿，他知道家里没这笔钱寄来。只要自己按照她的意思做了，她必定会信任自己，那样又拉近了一层距离。

这钱是黄孝杰头脑发热，从信用社贷款来的。去借钱的时候，正巧碰到李建国。李建国正与一群人在信用社门口打扑克牌。李建国半边脸都是疤痕，小时候扑倒在火炉里烫伤过。见黄孝杰来了，用半只眼睛瞟了一下。"李主任。""哼。"李建国用一副高高在上的腔调回应着。李建国跟黄孝杰是老熟人了，在没来信用社之前李建国也是乡村教师。他的一个郎舅在外面当上了副市长，县里就把他借调到了信用社。不到两年就解决了调动问题，还给了他个主任的官职。有权完全不同了，那德行真的是让人恶心。黄孝杰知道他的品行，在此之前来借过两次：一次是孩子还小的时候，李建国很快就借了，因为知道他有经济来源。第二次是孩子上学的时候，李建国没有借，因为知道一年半载还不了。这次来与前两次都不同，李建国知道他的孩子都没上学。"李主任，有没有款放？"黄孝杰试探他的口风。"你要多少？"李建国阴阳怪气地问。"我想贷五千。"本来就是一把烂牌，李建国借这机会撒在了桌子上。"你是狮子大开口啊。你有还钱的能力吗？"李建国像是一眼就看穿黄孝杰是个穷光蛋，一个老师不吃不喝也没能力还这么多钱。"我儿子进了广州一家医院上班，需要交点押金。"黄孝杰说。李建国一听阴沉的脸色有了变化，他没有去过广州，从广州回来的人都把广州说得很神奇。李建国没有立即答应下来，牌友倒是感兴趣，问长问短的。"要是真进了医院，月工资起码有几千元吧。""不清楚，还算好吧。"黄孝杰不敢夸大其词。"李主任，能不能帮个忙，我儿子说下个月就可以还给你。"李建国用指头在嘴角边搓了几下。"我们这借款至少要一年，不借一个月的。"李建国是想捞笔利息。"好，好，那就借一年吧。"黄孝杰说。趁李建国办手续的时候，黄孝杰赶到上街头把十斤寄存的茶油提给了他。他是见机行事的，这钱贷不到，他不会白送这个礼。说到底，他比李建国还精明，还抠门。十斤茶油不算少，李建国一家大半年都不需要去买菜油了。彼此都有收获，事情办得还算顺心。黄孝杰拿到钱就去了邮局，一分没留全部寄去了广州。他是满心希望黄春平真能够发达，这样一家人就会好起来。钱寄出的那一瞬间，他的心里一空。他知道这是一笔不小的投资，这些钱足够他们一家生活五年。第一次寄这么多钱还是贷款，自己也从来没有过这么多现成的积蓄。黄孝杰的心，微微地颤抖了一下，随即就平静了下来。此时，他不得不去这么做，除了孩子，自己已经没能力改变这个家庭了。

一切的改变都源于这张汇款单，要不是汇款单的突然飞来，黄春平根本不会真陷进去。汇款单来了，女人对他兴趣浓了很多。用她那特有的女性魅力去勾引他，让他顿时神魂颠倒。这时，他的思绪完全失去了方向。一切都变了。去邮政局的那天，女人一直黏着他，把他当成了情人。他错误地以为，只要自己听她的话，她还会进一步与自己持续下去。事实不是这样的，黄春平主动将钱交到她手上时，她给黄春平开了个单子，上面写着：一床特制棉被。看起来还比较正规，共有三联，像是发票一样，第二联用来报销。最后一联撕给黄春平后，黄春平忐忑地问一句："棉被什么时候可以来？"女人装作没听到，黄春平连问了三次，第四次女人才不耐烦地说："你是杨少红的下属，这个不要再问我了。"黄春平的心顿时凉了半截，他知道这回是彻底完蛋了。他想把钱退回来，但看情形是完全不可能的了。几个牛高马大的男人走了出来，站在她身边，这一切是早安排好的。"你以为我真喜欢你啊，让你白占便宜。"黄春平像个傻瓜一样站在那里，过了好一会儿才说了一话："除非你不回锯板桥了。"女人哈哈地笑了起来。后来黄春平才知道，这完全是个圈套。杨少红强行把他拉走了。"钱都交了，还说这些干什么？"他用眼睛狠狠地瞪了杨少红一下，那一刻这个女人在他看来是那么恶心。要不是信任她，也不至于这么倒霉。杨少红被他逼得像只猎人枪口下的兔子，只要他提出任何的条件她都会愿意。可惜黄春平已经对她没有任何兴趣了，就算是她脱光衣服，他都没有半点欲望。

他有时能为了他人的利益而牺牲自己，但不是出于怜悯，也不是义务，只因为头脑中突发的一阵情绪，让他的胸中涌起了神秘的傲气，去做那很少或无人会做的事情。而同样的冲动在受到引诱之时，会误导他灵魂犯下罪行。

要是没有星期四的那个插曲，也许那群人还会沉浸在白日梦中没那么快醒来。这天的天气与往常不一样，像是在风和日丽的春天里。黄春平平常有看报的习惯，那天他特意约了那个他传过诗的女孩出去玩。女孩叫苏小七，也是锯板桥人，一个月下来他们都是十分熟悉的朋友了。苏小七今年刚刚高中毕业。开始她以为黄春平比她大很多，猜测他至少也在三十岁吧。知道他仅比自己大两岁时，有点吃惊。在苏小七眼中，黄春平成熟，说的话有一定道理。于是渐渐没有了隔阂。下楼后，先去楼下的小店里买了一瓶矿泉水，饮料左侧挂着几份报纸，黄春平买了份《广州日报》浏览了一遍，上面一条新闻顿时让他惊慌失措。这是一条传销的新闻，写的是工商所端掉传销窝点的报道。他把报道给苏小七看，两人分析目前他们做的就是传销。看完报道之后，两人火冒三丈地去找各自的"主"理论。矛盾很快就升级了，不到半天时间就风云四起。大家都准备第二天一早就撤。

　　那天晚上，十几个人睡在地铺上。男人挤在一间房，女的挤另在一间房。黄春平担心苏小七的安全，悄悄爬起床把她喊了出来。苏小七出来的时候，房里的其他女生都没有睡觉，大家用诧异的眼神看着他们。在漆黑中，黄春平带着苏小七来到了一条小河边，在丛林中的草地上坐了下来。密密麻麻的树林中，谁也没察觉到他们的存在，只有溪水能够听见他们的窃窃私语声。苏小七已经对黄春平相当信任。"我可以抱下你吗？"苏小七真的是需要一个拥抱。她不知道如何向家人交代，家里可是穷得叮当响。苏小七依靠在黄春平的怀里，她感觉黄春平的心脏跳得特别快……

　　第二天早上，所有的人都在准备回家。黄春平给家里打了个电话说马上就回家后突然想到，还没有留下苏小七的联系方式。要是就这么走了，兴许就会错过一辈子。在站台上等车的时候，他意外地看见了苏小七。苏小七用笔在他手掌上写下了家里的电话号码。他们都没有手机，只能留家里的座机号码。她说自己暂时是不会回去了，打算去朝阳打工。黄春平回到锯板桥的时候，外面正飘着大雪。黄春平打算连夜赶回家，一直走到晚上十点钟经过一户人家门口，女人出来倒水看见他，就问是哪家的孩子。他说是黄孝杰家的。"孩子，你总算是回来了，这几天你爸爸妈妈天天去锯板桥打听你的消息。这么晚了，今天晚上就在这里住吧。"那女人说。离家里真的还有很远，黄春平也实在饿得走不动了，就在这里住了下来。

　　第二天一早，就听见张少平的声音。"看见我家孩子没有啊？""回来了，回来了，在我家呢。""这孩子。"回到家黄春平编造了个非常恐怖的故事讲给黄孝杰和张少平听：医院发生了医疗事故，一群人拿着枪朝医院里扫射，他只得跑回家来。说得眉飞色舞的。"只要人平安就好。"黄孝杰和张少平惊恐之余几乎异口同声地说道。

　　回来后，黄孝杰想了想还是让他去黄秋那儿。黄秋的男人在浙江台州一家叫昌飞的阀门厂做老师头，老师头就是当师傅，还是车间主任。每月工资都有四千多元，黄秋也跟去了，每月都能做三千多。两个人加起来有七千多元，黄孝杰的工作只有七百多元。他给黄秋打去了电话，希望能把黄春平带进去。黄秋一直不答应，说这是个技术活，里面满了人，等别人走了再去。"反正离过年只剩下一个月了，干脆就等到明年去吧！"张少平说。

　　黄春平在家闲着，时常会想起苏小七。于是隔三岔五朝苏小七家打电话。每次都重复问一句话：苏小七回来没有？电话是一个老人接的，（后来黄春平知道这个人是她爷爷陈锡金），每次都是说没有。到了腊月二十七，黄春平抱着试一试的想法再拨了一次电话吧，这回接电话的是苏小七。黄春平有点兴奋，苏小七的心情则十分低落，一家子人都朝她开炮。"来我这里玩吧！"开始苏小七并不同意。黄春平一再相邀，苏小七还是从家里跑了出来。开始说好只待两天的，结果却留下来过了年。第二年春天，张少平想方设法让苏小七和黄春平一起去。苏小七开始并不同意，可她毕竟与这个男人发生了关系，苏小七是一个传统的女人，于是最终答应了。

　　事实上，黄秋的男人什么权力也没有，黄春平想要进那个厂比进衙门还难。最后黄春平找了家小厂干零活，一个月下来仅六百元。苏小七属于闲置劳动力，在租住的地方待业。这样的生活显然很糟糕，穿的不说，就连吃都成问题。几个月下来，黄春平瘦得像干柴。苏小七也黑得不成人样，她没少劳神，成天骑个破自行车在外找事做。往往是早晨出去，到黄昏回来还是苦着一张脸。台州那个地方大多是重型工业，几乎没什么轻工业。所以一个女人想找份合适的工作，比登天还难。满腹的怨气没地方撒，回到家两口子就拌嘴。苏小七十分失落。苏小七有吃零食的习惯。一次，黄春平带着苏小七上街，苏小七在街边买了一根五毛钱的甘蔗，结果却被黄春平骂得丢进了草丛。还有一次，苏小七硬是要买一块烧饼。老板问要多少，苏小七指着说就切一小块，老板称后却告知要四十块钱。明显是老板敲诈外地人。苏小七被当场骂得狗血喷头。老板见状，收了黄春平二十元，这事儿才罢休。在苏小七的记忆里，那段日子是痛苦的，没有诉苦的地方，她时常是一个人流泪到半夜。

　　在台州的第七个月，黄春平被招聘进了一家摩托车制造厂，一个月按计件有三千多元。这个待遇让他高兴了一阵子。苏小七也进了黄秋男人那个厂，不过不是干技术活，而是在仓库数零件，一个月只有六百元。两人相比以前要和谐得多。大概是生活得到了改善的缘故。但好景不长，在台州总共干了不到十个月，黄春平就带着苏小七回到了锯板桥。黄春平在摩托车制造厂干的工作对身体很不利，水沾在皮肤上会腐烂，他的手腕又红又痒。他是医生，知道继续干下去的后果。这次回来带了两千八百元，相对而言是个不小的数目。黄春平用这两千八百元，在县城的医药公司买回了药品。用几块木板，自制了一个柜台。在家开起了临时诊所。

之后他在村子里的生意火了。

十六

黄春平在村子里仅待了一年。山外的风就像魔咒吹进了村子里。黄春平的很多同学在宁州县发了财，据说收入多的都过了几万元。村子里万元户为零，谁不想发财？黄春平把诊所搬到了宁州县城郊的移民村，这不是他的主意。黄孝杰眼红医生，村子里的赤脚医生都能度日。于是把自己想做的事情强压给了孩子。这里住着的几十户人家都是锯板桥搬迁出去的。黄春平租住的这户人家是黄孝杰的学生李高友，房子也是黄孝杰提前联络好的。来了之后，黄春平就知道完蛋了，没有门店，一间房还要七弯八拐，走很远一段路才能找到。这都不说，这个屁大点的地方已经有好几个医生了——文学、巴头、樊敏。文学是老医生，锯板桥十里八村都知道他的名字，都说他药到病除；巴头的样子很难看，不仅是头，就连嘴也是歪的；樊敏是个白面书生，上过几年中专。黄春平心里没了底，凭手艺他绝对不是最好的。日子混得相当艰难，苏小七再也不愿意在这待了。几个月后，苏小七去了汕头，在那边的一家食品厂上班，但过了一段时间，又回到了移民村。

这年春天，黄春平有了新的计划，打算搬到宁州县城去。再不能待在移民村了，这里的人越来越少，糊口都难。苏小七也很有信心，打算留下来和他一起过日子。可是很多事情，没有想象的那么简单。黄春平只有乡村医生资格证，根本没法在县城开设医疗机构。黄春平硬着头皮，在一所学校的附近租了个小店面，把店面分割成内外两半，中间挂着个帘子，外面仅一张桌子，帘子后面是个药橱，还有一张普通的床。药橱上摆放着几个空盒子，还有几瓶酒精和一些碘伏。诊所没有挂牌，一块临时的"卫生所"牌子白天放在门口，晚上又拿进来。一些在县城开黑诊所的医生，建立了一个联谊群，只要听到半点风吹草动立即会在群里通知。

卫生局经常会组织执法队检查，只要没有抓到现场看病，就没有证据进行取缔。

刚刚开业时，生意还不错。尤其是学校里的一些学生，头痛发烧的，都会来诊所里治疗。黄春平很有信心，梦想着哪天在宁州县城买个房子。就在他信心满满的时候，那天下午，苏小七的母亲找上门来，说苏小七得和她一起去汕头打工。黄春平看着苏小七，苏小七低着头。看样子，苏小七早已铁了心要走。黄春平记得，那是春天的一个下午，阳光照在店铺门口。苏小七跟她母亲，没有征得他的同意就走了。苏小七的这次离开，给了黄春平很重的一击。他感觉爱情并不美好，太现实了，苏小七离开后，给他来信说，这种日子是养不活两个人的。接下来的日子非常吃紧，很多时候温饱也无法保障。最伤脑筋的还是房租，在这里总共待了七个月，其中三个月因房租问题，几次被房东驱赶。房东是位老师，媳妇很泼辣，房租是按月交的，每月的月底一天都拖不得，拖过一天就上门三回，每回都闹得不像话。"没钱还出门租店铺，穷鬼别在我这赖着。"那女人不给面子，每次吵闹时，声音特别大，满条街的人都听得见。在其中，对面一家开黄金店铺的叫水生的男人，黄春平上门为他治过几次淋病，见那女人上门吵闹，主动上门送过几次租钱。这对于黄春平来说，可谓是雪中送炭。"兄弟，你是个有出息的人，暂时受点委屈不算啥！"水生每次送完钱，还得加上几句话。水生成了黄春平那段日子唯一可以交心的人。水生也很困难，生意清淡得很。有黄春平做伴，勉强还能过日子。

那天晚上，一名女学生来喊黄春平。"医生，医生，你快点起来。"黄春平打开店门，一个瘦小的身影站在门口。"我在路上看见一个人，好像是发病了。""什么？"黄春平二话没说，拿起听诊器，跟着小姑娘就跑。远远地见着一个中年男人躺在街边，黄春平拿着听诊器在胸部按了按，还有气，"得赶紧送医院啊，"黄春平说，"先拨打120吧，救人要紧。"黄春平一直跟着送到医院，直到家属来到医院才离开。黄春平的好心，给那名女学生留下了好印象。这之后，来诊所看病的学生越来越多。

还是一个满地阳光的下午，黄春平正在和水生下棋。一个邮递员从身旁经过，一叠报纸从邮车上散落下来。黄春平放下棋子，帮忙捡起地上的报纸。在捡报纸时，无意中看见一张报纸的下端，印着一个招聘广告。"师傅，这张报纸卖给我吧。"黄春平朝着裤兜里搜钱。"不用给钱，送给你了。"师傅丢下报纸，一溜烟不见了。

这是宁州县广播电视台的招聘启事。黄春平平时就喜欢写作，发表了一定数量的作品。看完招聘启事，他就没底气了。报名条件最关键的一项——学历——就不符合条件。但是，最后一句又给他点燃了希望——有过写作经验的可以放宽。黄春平去报名时，一个胖大姐给他做登记，说这是临时性的，工资很低。黄春平想，再低吃饭总该没问题吧。

黄春平上班后，每天晚上还有学生来诊所看病，很多时候会在门口等很久。大约坚持了半个月，他准备把诊所关掉，计划在县城租个房子。一个人需要多大的房子呢？找了好几个地方，最后在一户人家租到一间三十平方米的小屋子。二楼，没有厨房卫生间，每月三十元的租金。这个地方离上班的地方有五六里路，中间横跨一座大桥。黄春平买了辆自行车，每天骑车上班，晚上骑车回来。宁州县城以丘陵为主，很少有人骑车上下班。黄春平的自行车，带动了很多人。从他的自行车在大街小巷出现后，县城里的自行车越来越多。

时间过得很快，转眼就是秋天。与黄春平一同招聘的另一个男孩，公开和镇政府的一个姑娘谈恋爱了。黄春平知道他是有女朋友的，在深圳打工。"怎么换了人呢？"黄春平问。"家人建议我找个有单位的。"那男孩说。"你同意？"黄春平问。"有什么不同意呢？结婚不像爱情，爱情会很浪漫，结婚可完全就是建立个家庭。"黄春平还不太明白。不过，给他介绍对象的不少。一个社区书记，主动把自己的女儿推荐给他。黄春平心里放不下苏小七，他感觉苏小七像个烙印，一直烙在他的心里。秋风刚过，苏小七就风尘仆仆地回来了。约好在汽车站见面，那大概是他们谈恋爱后，分开最长的一次，两个人没有拥抱，黄春平上前去接过她手中的箱子，里面空空的，只有几件衣服，在外待了一年多，总共收入也就两千多块钱，中途寄给了黄春平，他需要买个手机，大约花了四百块钱，还去夜大读了个文凭，花了两千多块钱。苏小七没有提起钱的事情，打开箱子时，把里面的一沓信拿了出来，拿出来时满眼是泪水，说在最想念黄春平的时候，就拿出这些信来读。洁白的信纸，像是被揉搓过。

黄春平和苏小七后来结婚了。生了一个男孩。

赶上计划生育放开二孩的时候，苏小七忽然病倒了。肝病，医生说不及时治疗会转化成肝癌。黄春平得此消息，连夜将苏小七送到了省城医院。那段日子，黄春平着急得冒汗，他生怕苏小七的病恶化。治疗一年半后，苏小七的病情有了明显的变化。不过遗憾的是药一直没能停，再也不能怀二胎，怀二胎不是说不能，是必须得停药两年。中途停过几个月，指标直线上升。黄春平担心停药，苏小七的病情复发，所以没有再提生二胎的事情。可在他的心里，还是盼望有个女儿。黄春平和苏小七有没有离婚，往后的日子就不知道了。

接着说说黄平。黄孝杰生完黄春平本没有计划再生的，但因为没有避孕的措施，还是出了意外。两年后的秋天，张少平的肚子渐渐地变成了圆形。孩子到底生还是不生？两个人在被窝里讨论了几个月。讨论到九月的时候，肚子老大了。"不能生。"黄孝杰提出不能生的时候，张少平也同意了。

那天早晨，他们早早地起床。做了一些准备，打算走路去镇里引产。出门的时候，天气还好好的。没走几里路，天气大变，雷电交加。往镇里的路上要经过一条河，走到河边的时候涨起了大水。那时，外公还在。不知道谁把风声传到了外公的耳朵里，他追赶着跑来。那时，张少平已经走到了河中间。"快点回来，快点回来。"外公拼命地喊着。河水湍急，过去有点难，在外公的召唤下，这个孩子没有引产。其实，那时黄平在张少平的肚子里有八个月了。那个年代，计划生育抓得严，八个月引产有生命危险，可还是有人把孩子引下来。

黄平从小很听话，黄孝杰很喜欢这个儿子，对他有很大的期望，暗地里花了不少心思培养，希望他能够考上大学光耀门楣。

有些事情是顺理成章的，但很多事情都会随着时间改变方向。黄平是水碧源村唯一一名考上高中的学生。黄孝杰着实高兴了好一阵子，逢人就夸，说黄平的学习成绩好。这让很多村民嫉妒愤恨，也有意无意间，激励了一些孩子。

黄平上高一、高二的时候学习成绩都很好。高三的时候突然发生了变化。一个下午，黄孝杰收到从县城带来的口信，说黄平在学校里出了大事。黄平的班主任邹满岩与黄平发生了很大的矛盾。邹满岩的妻子在学校门口开餐馆，想孩子们都去她那儿吃饭，让邹满岩出面拉人头。餐馆饭菜没有食堂的好不说，价格也高出很多。黄平是副班长，不仅没有帮班主任的忙，相反还劝阻学生去他家的店铺吃饭。邹满岩气急败坏，撤掉了他的副班长，把他的座位也调到了最后一排。黄平与邹满岩争吵时，不小心打掉了邹满岩的眼镜，学校决定开除黄平。

黄孝杰赶到黄平的学校时，人已不知去向。班上的同学说，已有好几日不见黄平的踪影。黄孝杰找了几条街，在一家网吧找到了黄平。网吧内漆黑一片，黄平戴着耳机和一个网络上的女孩正谈笑风生。黄孝杰见状，二话不说，冲上去朝着黄平就是狠狠地一记耳光。

邹满岩的意思很明了，只要黄平肯认错，学校便考虑不予开除。"我做错了什么？"黄平一肚子的委屈，还在不依不饶地顶撞着。"你给我滚出去。"黄孝杰怒吼着。"怎么生了个你这么不争气的东西。"黄平的眼泪滚落下来。他回到宿舍收拾东西，说是不读了。黄孝杰自然是不同意，他还指望着他考个理想的大学呢。在黄孝杰的逼迫下，黄平继续留在了学校里。可是接下来发生的事情，几乎把黄孝杰气晕。黄平彻底地放弃了学习，和学校里几名不愿意读书的同学混在一块儿，在街头拦路打劫。

一个黑得不见光的夜晚，几个孩子在大桥头打劫出租车，不仅没有打劫成功，反而被出租车司机毒打一顿，扭送进派出所。由于年龄不够，只是进行了批评教育，就放了出来。但这次学校开除的理由充分，他就这样消失了近半年。

黄平的消失，给了黄孝杰沉重的打击。"这讨债鬼，怎么这么不争气呢？"回到家，黄孝杰二话不说，提起椅子朝地上砸，指责张少平没有生个好儿子，总是惹他生气。"对不起。"张少平只能道歉。她知道，没有教育好孩子，她也有一定的责任。

黄平跟着几个同学去了外地打工，谁找他也不回。在外面待了半年后，他意外地出现在了村子里。那时，黄孝杰已经没了怒火，他已经接受了现实，最担心的是孩子的安全问题。现在孩子回来了，他什么话都没有再说了。

在外半年时间，黄平不仅没有赚到钱，相反还欠了不少债。回来后，游手好闲了好一阵子。黄孝杰四处帮他联络，村子里很多人在外面打工，有些人赚到了钱，他想帮黄平找个可去的地方。

在外的半年时间里，黄平大概对生活有了重新的认识。他想回到学校复读，可始终没敢说出来。如果当时说出来，黄孝杰必然会重新考虑。

黄平最终还是选择了外出打工，最后去了浙江的一个小县城做车床。可是叛逆期加上青春期，使他开始产生了幻想。他整个人都变得很不稳定，干啥事都力不从心。他和工厂里的几个男孩结伴干了坏事。

回到出租屋他的身体变得僵硬，他知道这是一个不可思议的问题。他鼻孔像是在冒火，眼前是一闪一闪的星星。不过，他还没有觉察到自己犯罪了。下半夜，警笛声咆哮着。很快他被押上了警车。他醒来时，被关在一个尿臊味浓的楼梯下，手上戴着手铐。他拼命地狡辩："我没有做，只是把风。"

他明白过来时，是法院审判的时候。他被判处有期徒刑三年零六个月。他哭了。想到接下来漫长的时光，整个人都坍塌了下来。他不愿意提供家里的联系方式，甚至留的一个通信地址也是假的。他什么也不愿意留下，就像高三那年突然失踪一样，依然采取这种失去联系的方式。可是三年多时间，对于脾气暴躁的黄孝杰来说，他不会选择等待。

黄平失去消息三个月后，他果断地向当地派出所报案了。受理案件的民警没有及时处理，让他先回家等消息。黄孝杰回到家就病倒了，胃病，半夜呕吐三四次，上午半天都爬不起来。"这孩子的事，我是没办法了。"黄孝杰意识到黄平出了大事，他害怕孩子就这样没了。成天咕咕哝哝地说着梦话，望着肮脏的墙壁，望着黄平小时候睡过的木床，感觉一种东西在朝着他的身体内深入。

"药吃了吧！"张少平紧锁着眉头，把赤脚医生开的药送到床前，紧接着满屋子是激烈的嚷嚷声："滚，滚开。死了比活着好。"张少平还想说几句安慰的话，紧接着是咣当的关门声。

夜越来越深了。村子里的呼噜声此起彼伏。张少平怎么也睡不着，爬起来坐在床沿上。黄孝杰每晚都是这个时间吐得厉害，她得先爬起来，把垃圾桶放到床边上。已经半年多了，她想天明去趟锯板桥，去派出所问问，看能不能打听黄平的消息。

走了十几里路，翻了几座山。走到锯板桥已接近中午，派出所里只剩一名管理户籍的民警。倒是挺热情的，让她下午上班的时间再来。张少平在街上走了几圈，肚子有些饿了，决定去餐馆吃碗面。她用钱很少，不乱花一分，面比饭省钱。

　　"吃多少钱一碗的？"老板系着围裙，一只手抓面，一只手拿着勺子在锅里打捞。

　　"两毛钱的。"张少平的声音有点小。两毛钱都不够半碗的。老板朝她看了一眼，抓了一把面朝碗里扔去，又伸手抓了几根。"老板，我是两毛钱的。"张少平又重复说了一句。老板点了点头。在捞起面的时候，加了半个荷包蛋在面上。张少平不敢接面。老板笑呵呵地说："这是你两毛钱的面。"张少平不敢吃。老板笑呵呵地说："吃吧，我今天办喜事，算是请你的。"张少平朝里朝外张望，没见着几个人，也不见门上贴有红对联，就把半个荷包蛋夹了回去。老板见状，又夹了回来。"你吃了这半个荷包蛋，我也还赚了五分钱。"

　　这一天，张少平再到派出所的时候，几个民警早早地等在那里。"黄平是你的孩子？"民警一再向张少平确认。张少平被民警的问话吓得魂不守舍。

　　"你先坐下来，我们再核实。"张少平不敢坐，只站着，也不敢说话。她的心里七上八下地在敲锣打鼓。民警连喊了她三声，她感觉耳朵有点失聪。"你进来下。"一个小会议室，里面坐着四个人。"你要有思想准备。"张少平的耳朵嗡嗡地响着，她感觉腿脚有些不听使唤，好像有点站不稳。她听见一个清晰的声音，"你儿子被判刑了。"听到这几个字，她的腿一软，差点就栽在地上。她没有问具体的缘由，一个人朝着回家的路走去。平常一个小时能走到，这一天却一直走到半夜。刚进家门，黄孝杰不问青红皂白，臭骂一通。她感觉屋里黑黑的，一屁股坐在凳子上，翻了个底朝天。好一会儿才从地上爬起来，点亮油灯。

　　"我是头辈子作多了孽。"紧接着一声长叹。

　　"是不是有黄平的消息了？"黄孝杰撑着床沿坐了起来。

　　张少平不说话，打了半壶水挂在火炉的梯筒钩上。生了个火，好一阵子才说话。

　　"判了。"

　　"唉。"听了张少平的话，黄孝杰又躺下了。"我这几天去趟镇里，找下卢医生，我这病只有他能治好。"黄孝杰在床上躺了大半个月。

连着几天的阴雨，让这个平日争吵的家庭，一下变得无比宁静。

黄孝杰明白，光责备张少平解决不了问题。张少平不是害怕责备，她是想着孩子在外面遭罪。村里一直流传着各种坐牢的说法，说是进入牢房的时候，得脱光衣服，理光头发，光着身子穿门的时候，门顶上会有大桶的水倒下来。进入牢房后，牢房里有牢霸。新来的，得给牢霸舔脚趾。张少平想到这就泪眼婆娑。她想，这孩子在牢里得遭多大的罪。黄孝杰倒是宽慰张少平："这都是他的命。"

黄孝杰去了锯板桥卫生院。正巧碰到了他说的卢大可，卢大可是医院的院长，也是医院里最好的医生。见着黄孝杰来了，老远就迎了上来。"在家吐了半个月，本没打算来医院的。""不来医院不就在家等死？"卢大可严肃地说。卢大可给他开了几服药，然后对他说："你先回去吃我开的这点药试试，如果吃不好再来。"黄孝杰提着卢大可开的药回到了水碧源村。这几天他特别着急，想尽快把病治好。

在水碧源村启动移民搬迁的头半年，黄平回来了。村里的人都不知道他去了哪儿，他人间蒸发了三年半。这个事情只有张少平和黄孝杰知道。不知道村里还有没有其他人知道，这个不好说。

黄平被关进监狱的半年后，黄孝杰收到了监狱寄来的通知。那是一个黄昏，村长从锯板桥回来，老远就喊："孝杰，你的信。"黄孝杰下地刚回来，打了半盆水正在洗脚，听到喊声，来不及擦干，穿着鞋就迎着村长的喊声跑去。

信封不大，上面的字迹模糊不清楚了，"水碧源村黄孝杰收"几个字是后来邮差加上去的。黄孝杰拿着信在灯下照，薄薄的，里面像是只装着一张纸。信封口像是被拆开过，又像是磨烂的，好像里面的东西没有拿出来。从磨烂的口子朝里看得很清楚，就一张纸，拆开信，看着纸上的内容黄孝杰的脸色变得灰白。

到底干了啥？张少平和黄孝杰都不知道。看了通知，两个人全身颤抖几下。这孩子到底是怎么啦？两人彼此责怪了一番，孩子落到这般田地，必定是父母的责任，怪谁都解决不了问题。可眼下一点办法都没有。家里没有钱，出个门连来回的路费都成问题。何况外面人生地不熟的，不知道该朝哪个方向走。

一个夜晚都在翻来覆去，谁也没有睡着。"一定要去看看。"这是两个人一致的决定。无论如何都要去看看，哪怕只看一眼。

黄孝杰一个人出门了几天，第一次坐火车，在这之前他没有去过省城，对于一次紧张而陌生的旅行，他的确从心底生出了几分害怕。在火车上他偶遇了一个企业老板，对方自称是老板，和他说一些话。他真诚地回应着，算是打发了彼此路途的孤独。

按照通知上的地址他找到了那个派出所，民警认真地和他说，这是几个月以前的事了。法院都已经判决了，黄平现在已经进入了服刑期。他听着，没有说话，也不知道该说什么，他最想知道的是到底发生了什么，想了解下具体事件，他是黄平的父亲，有义务知道，可那天下午办案的人休息。要想知道，必须得等上一晚。他朝着四周张望，想找个旅店住下来，可没有找着。民警说，服刑的地方离这较远，坐车得半天的时间。他有些着急了，看看时间，兴许在天黑前能赶到。此刻，他太想见黄平了，见到了就能知道真相了。他搭上了一辆车。摇摇晃晃地朝着一个荒野般的地方去。

他道明了来意，门卫不让他进去，说会见得预约，不是随时来可以见面的。他的心像是被石头击中，空空的，像是掉进了一口井里。

对面有一座小山，光秃秃的。夜色深了，他得找个地方过一夜。附近没有可以食宿的地方，他朝着附近的一座桥走去。蜷缩在桥洞里，风在耳畔呼呼的，可他没有害怕，也不觉得冷。他感觉，自己这晚是陪着黄平睡的。他想起了小时候乖巧听话的黄平，他最喜欢这个孩子了。想着想着，他的眼泪就出来了。他的内心其实挺脆弱的，可他表现出来的却是个硬汉形象。

第二天一早醒来时，太阳挂到了半天。这一晚他睡得不好，凌晨才睡去。身旁的行李已不知去向，这大概是小偷趁他睡着的时候偷走的。他摸了摸裤腰带，幸好差旅费还裹在里头。他现在要做的是爬上那座小山，可这没那么容易，他已经两餐没有吃饭了，爬起来真的够费力气。可他必须得爬上去，得使尽气力爬上去。

在山头上朝里望。他说，看到了黄平，他就在里头，还朝着他望了几眼。

黄平出狱后，黄孝杰重提过那天的细节，黄平并不知道黄孝杰去看过他，以为家里人根本就没有过问他的事情。

黄平不想再提那段旧事了，到底发生了什么，黄孝杰始终不知道。隐约知道一些不太清晰的细节，大概是几名一起打工的男人，合伙抢劫并强奸了一名女子。黄平在现场，或者说他参与了这件事情。他没有做这件事黄孝杰是不会相信的。

黄平回来时，连样子都变了。要找回原来的样子，恐怕得花费很大的气力。他已经失去了斗志，看上去骨瘦如柴。

张少平想要干的事情就是帮黄平找个结婚对象，他已经过了结婚的年纪。在农村，过了二十五岁的男人，就找不到媳妇了，他已经二十七岁了。张少平当然担心。

他到处托媒婆。女孩都是讲究门当户对的，水碧源只有几间土巴房，没有人愿意去。村里几十岁没有找着媳妇的光棍男人多着呢，没有好的条件，哪家的姑娘愿意嫁到山沟沟里去呢？

一家子愁上眉梢。没几日，村书记找到黄孝杰，说上面政策来了，问他愿不愿意移民，整体搬迁到城里去。听起来很诱惑，可谁也不敢妄想。这可不是件容易的事情，世代都在村子里过的，去外面人生地不熟的，生存没有路，还担心受人欺负。村子里的人去镇上，回来都会碰上一面的灰尘。

"等等吧。"张少平想。在村子里没有路，出去更没有路，出去能干啥呢？吃喝都得花钱买，在村子里吃的都是自己种的。

黄平的状态并不好，家里人还在责备他。这种责备暗藏着一种无奈，他现在什么都不会，甚至连电话都不会打。在里面的几年，只会做一件事——做衣服。

村子里没有厂，就连县里都没有。黄平在最无奈的时候，又回到了那个出事的地方。因为只有那个地方他是熟悉的，在那里他还做过一些事情。黄孝杰不愿意他回去，担心他会受到这件事情的影响，一辈子走不上正道。可待在家里，成天见不着阳光，也会让一家沉闷。

黄平的内心越来越自卑，想着往后的日子不知道该何去何从。他还是决定去原先的地方——浙江省一个偏僻的小镇。

黄平回到小镇的时候，和他一起干坏事的那个哥们儿杨尾也在小镇上游荡。他们还有共同的话题，不过对那段不堪的往事，谁也不愿意再提起。杨尾帮他找工作，黄平吃喝都在他妹妹临时的出租屋内。

那天下午，杨尾带着黄平朝着他妹妹的出租屋走。一个半大的姑娘跑出来喊舅舅，姑娘只有七八岁的样子，长得讨人喜欢。

一个女人在屋子里转来转去，丰乳肥臀，非常漂亮。杨尾介绍说，这就是他妹妹杨迅。四目相对的时候，他喜欢上了那双眼睛。席间相互关注着对方，黄平的心里荡起了丝丝涟漪。

没几日，杨尾便和黄平无意说起他妹妹现在一个人，与之前嫁的那个男人离婚了。黄平听后，既高兴，又犯难。他不知道杨迅会不会看上他，不知道张少平能不能接受他找了个二婚的女人。

在杨迅的屋子里待了大半个月，黄平决定还是找点活干。即使工资不高，至少可以解决生活问题。于是，便在附近找了个制衣厂。厂比较小，生意很红火。按件做点工，一个月下来不到一千五百元。大点的厂没法进去，只好在这里埋头苦干。一年后，厂里扩大了经营，老板聘请他为老师头，工资由原先的一千五百元飙升到八千元。这可不是个小数目，对于水碧源村来说，能拿这么高工资的可没有几个。

这年回家，不仅是黄孝杰对他大赞，就连村民也为他竖拇指。只要条件好，媳妇不难找。很快有人主动上门说媒，那姑娘是职高毕业的，去过一些地方。

黄平不敢反对，这些年已经让父母足够操心了。现在要为他说门亲事，他什么话都没有说，一切都听从大人安排。

女孩叫非，个头不算高，相貌挺好。黄平并不喜欢，至少不是他内心喜欢的。可他没有拒绝，觉得可以相处，过日子没有大问题。从见面到结婚，先后只用了两个月的时间，彼此都还没有熟透，还没有任何的磨合，两个陌生人就结合在了一起。非很快肚子就大了起来，张少平很高兴，过不了些日子就有孙子了。

接下来的问题倒不是出现在黄平身上，非不喜欢他的性格，他们彼此没有话题。他们觉得彼此都不是一条船上的人，继续下去也不会有好结果。

矛盾一旦爆发就很难收拾，没有足够的宽容心，是得不到彼此原谅的。孩子生下来的半年中，两人间一直发生着激烈的斗争。开始分床睡，会因一件小事吵闹。谁都没有原谅过对方。最关键的问题是，黄平没有自己的住房，和父母住在一块儿，非不高兴，觉得生活碍手碍脚的，很不方便。她没有提出买房的计划，可心里还是想有个自己的家。黄平根本就不愿意提起，每月八千块钱也不够花。

非不是那种花钱厉害的女人，可也过不了过于窘迫的生活。什么东西都要求买好的，用的钱总是不够。两个人的矛盾，开始无休无止。说到底还是感情的问题，一开始只是想着彼此组建一个家庭，生儿育女。没有想过其他的事情，有了孩子后才发现问题越来越大。吵架的次数也越来越多。

黄平开始出去的时候，带着非在那边待了半年。非过不了那种日子，很快就回来了。留着黄平一个人在外头，也不知道是寂寞，还是厌倦这段婚姻，杨迅成了他的倾诉对象。两个人从普通的朋友，渐渐地走进了彼此的内心。黄平夫妻两个人的感情，渐渐地走到了边缘。非不想和他离婚，可除了离婚再也别无选择。两个没有感情的人待在一起，度日如年。

那是一个夜晚，黄平一个人在街上走。这条街他不知道走过多少次，与往常没有什么区别，到处是一片狼藉，几个人漫无目的地游荡着。杨迅就是这么偶然遇上的，她问他："出了什么事呢？""没有什么。我在胡思乱想。"他感觉自己的力气耗尽了，没有一个能够懂自己的人，他就像是一只听不见命令的羊羔。

他们一起走了很久，尽管彼此隔着一些距离，可还是在空气中扬起了尘嚣。她知道他受过各种凌辱，如果一个女人不能走进他的内心，他就是落寞的。很多的时候，他想起那些肮脏的事情，空气里就会弥漫着一种令人作呕的味道。

离婚倒是简单，没有可分割的财产，只有孩子的生活费。非要了孩子，她想着，如果以后不能结婚，孩子就是她的依托。

黄平和非离婚后，很快就和杨迅在一起了。开始张少平并不同意，娶非的时候，家里花了不少的钱。黄平铁了心不愿意和非过了，再也没人能拦住。

黄平和杨迅生了一个孩子，不过，生完孩子又回了浙江。刚到浙江，张少平就打来电话，说村书记又找上门来，上面计划水碧源整体移民搬迁。黄平听懂了张少平话里的意思，村子里的人都移民，咱们一家得争气。上面有补贴，可还得自筹一部分资金，装修的钱总得赚回来。张少平的话里没有商量的余地。

这个决定看来是对的。整体移民搬迁进城后，生活水平的确有了改变。村民们以为无法生活的担忧也消除了，很多人都被安置了就业，最大的问题是改善了就医就学的问题。一开始，张少平还担心杨迅会不会也跟黄平过不下去。后来发现，这种担心的确是多余的。

杨迅知道黄平的底细，知道他犯过事。她说，黄平犯事是在不懂事的年纪，是懵懂造成的。她给他找的借口，虽然不合理，但至少可以看出，在她的心里给了黄平重新做人的机会。一个人如果可以容忍一个人的一切的时候，别的事情可能就只是一张无关紧要的白纸。也就是这种无关紧要的白纸，让他们的生活有了新的开始。

水碧源的人们也就是从这个时候发生变化的。他们重新被阳光照见，开始过另外一种生活。

十七

接着说一说黄水的故事吧。黄水这个名字像个男孩的名字，但黄水实际上是个女孩。

黄水是张少平结扎后赶来的。实际上生完黄平后，黄孝杰没有了计划。所以，黄平满月后，张少平就结扎了。帮张少平结扎的医生是刘晓兰，她已经是锯板桥的名医了。

刘晓兰在锯板桥工作期间做了不少好事。

张少平的肚子悄无声息地变大。可她还是不敢相信，做过结扎的，怎么还会怀孕呢？

日子像流水一样淌过，张少平背上驮一个，手上抱一个，肚子里的孩子不停地踢着肚皮。国家的政策可是只允许生二孩，现在生了三孩，虽说做了处理，可一家子还是高兴不起来，就连吃喝都成大问题。

刘晓兰被病人围得水泄不通，黄孝杰挂号排队问诊，刘晓兰听了黄孝杰的话责备他："你媳妇不带来，没检查我怎么知道啥病？"黄孝杰被刘晓兰泼了一头的冷水，一个人回来了。

回到家，黄孝杰侧着耳朵，在张少平的肚皮上听。他仿佛听到了肚子里的孩子在喊爸爸，那声音一阵一阵地侵入他的耳朵里。

"真的是个女孩。"黄孝杰高兴地说。

"当然是个女孩。"张少平心里知道，可他不想告诉黄孝杰，怕他一高兴到处宣扬，要是那样的话，孩子就不一定能平安生下来。

张少平算是村子里最会生孩子的女人，别的女人就算是没有结扎，生出来的孩子都很难带大，她是结扎后又生了一胎，果真是个女孩。这个女孩便是黄水。

在张少平生下黄水之前，村子里有一个高龄产妇，生下了一个九斤的儿子，全家上下欢欣雀跃，就像这一个孩子在未来会成为他们家的救世主一样。另一些令人担忧的消息也不断传来。有一个高龄产妇在生产中因为羊水栓塞导致胎儿死亡，产妇成为植物人，为了维持生命，需要高额的医疗费用，家庭的自给已经无法了，只好向社会求助。一时之间，这件事情成了锯板桥的大新闻。

罚款是逃不掉的。镇村两级干部来黄孝杰家几次，说如果张少平结扎是假的，不仅刘晓兰要丢掉工作，他家的房子恐怕也真的保不住了。张少平和计生办的医生去了县城，做了各种检查，结果没有出人意料。县里的检查结果不仅让镇村干部大吃一惊，也让黄孝杰大吃一惊。张少平是属于结扎后怀孕。

黄水就这样来到了人间，这次的处理，镇村都亮了绿灯。

那天夜里，黄孝杰一觉醒来，伸手朝着床下摸。此刻，不用看表，准是午夜子时。那几日他尿急，所以在床底下放了个盆。刚刚尿完，一股尿臊味在屋子里打转。外面一阵嘶鸣，呜呜地响。他刚刚睡着，耳畔就响起了一个声音："爸爸，爸爸。"黄水的出生，黄孝杰操心劳神，身体又出现了问题。现在他担心的是家里没有粮吃，生计问题成了煎熬。他突然没了睡意，爬起来坐在床头上想，哪天才能过上神仙日子？咳，咳。连咳了几声。从床头的衣架上，取出一包烟来，他得吸一口烟，烟瘾犯了，咳也得吸一口，吸口烟后半夜会睡得更舒服。

刚一入梦。门前的院门像是被人碰撞着了，发出异常的声响。"谁？"黄孝杰一下没了睡意。他支棱起脑袋，仔细一听，似乎有极轻的脚步声。他再仔细一听，好像是兔子胡乱蹬踏的声音，他心里断定，必定是上屋的那个贼又来偷东西了。他穿好衣服，随手从门背后摸起一把斧头，朝门外跑去。"好你个贼，我家四个孩子，自己吃的都没得，你还来我家偷，亏你下得去手。"黄孝杰一边吆喝着，一边朝着前面的黑影追去。前面的脚步声慌乱起来，"你给我站住。"那贼吓得浑身发抖，再也跑不动了。

张少平听见叫喊声爬了起来，跟在后头，"贼在哪呢？""看见了吗？就在那儿。"

张少平知道，那贼跑不动了。如果不阻拦黄孝杰，追上去不会有好事。立马夺下黄孝杰手中的斧头，大声地说："那是野猪吧！贼早跑了。"

黄孝杰大概明白了张少平的意思，一边往回走，一边嘴里不停地骂着，这狗日的贼，简直是土匪，要是被我抓着了，我定会斩了他。

那晚偷的是红薯，满满的一担，贼还是挑走了。黄孝杰躲在暗处，看见那贼挑走的。

"你干吗拦着我？"

"你那一斧下去，可不是丢这一担红薯的事。那是一条命。让他挑去吧。"张少平在这一点上比黄孝杰更理智，"我保证他以后不敢再来偷了。"

张少平拿着菜刀和切菜板，跪在对面的地上，朝着贼家住的方向咒骂，说谁要是再来偷她家的粮食，就不得好死。

果真从那以后，那贼再也不敢来偷粮食了。

也不知道是贼带来的霉运，还是怎么了，反正自从赶贼后，家里就出了大事。一天下午，黄孝杰和张少平在地里忙着播种，突然听见家里传来焦急的喊声。跑回家，黄水口吐白沫，身体僵硬。张少平抱着孩子瞬间哭成了泪人。"这孩子是怎么啦？"原来是黄中园喂孙女李彩华吃鸡蛋。黄水那年只有四岁，在门前玩，见奶奶喂李彩华吃蛋，嘴馋于是哭起来，哭到后来就发病了。黄孝杰背着孩子朝医院跑去，黄水在背上抖来抖去，又哇哇地哭了起来。黄孝杰大喜，本以为这孩子就这样去了的，没想到又活了过了。坐诊的医生听了黄孝杰的口述，心里明白了八九成，从抽屉里取出个听诊器，在黄水的胸前左听右听，"你这孩子是患癫痫了。""什么是癫痫？"黄孝杰不知道。"癫痫一发作，人就会不省人事。眼睛发白，口吐白沫，这病还会持续好些年。"黄孝杰听了，吓得脸色发白，心里就像被鞭抽过。医生说，暂时还没有好的治疗方案，也没有什么特效药。主要是要控制孩子的情绪，不能让她激动，情绪激动很容易引起复发。医生还说，这个病随着年龄的增长，也会自己突然变好。

那天黄昏，黄孝杰背着黄水回到水碧源，黄水的病有了转机，躲过了一劫。随着年龄的渐渐长大，癫痫还是会隔三岔五地复发。有时候，跑着跑着就啪的一声倒在地上。倒下去，好长一段时间不会醒来。黄孝杰后来又去找过几回医生，医生说，这个病没得治，好就会好，发多了，也就没得救了。医生没有办法，黄孝杰就到药铺去买补脑汁，他想，这病和头有关系，不停地补也许就好了。补脑汁开始并不见有多大的效果，黄水十多岁的时候，癫痫每天发几次。黄孝杰成天忧心忡忡，他担心这个孩子长不大。

黄水上初三那年，癫痫病自然好了。家庭情况却越来越糟糕，没有多余的钱送黄水上学了。"爸，我还想上高中呢。"黄水提出想上高中的意愿的时候，黄孝杰的心绪一下子就变了。在他的计划里，黄水上不完初中就会辍学回家。他躺在床上有些乏力，什么也不想吃，他觉得手足轻若纸片，没有一丝力气。

张少平拾掇完灶间的事在院子里扑打身上的尘灰，喊他。黄孝杰爬起来，姿势有点难看。张少平说，她准备回一趟娘家去，黄水想跟着去，"就跟你爸爸在家吧。"张少平此行有些想法，回来后，带了五十块钱。五十块钱还是解决不了问题，上高中少说也得五百吧。一提到学费，黄孝杰就头痛。那天晚上，他和张少平吵架的声音被黄水听见了。黄孝杰在想着法子筹学费时，黄水也在想着法子逃离。她和初中的同学朱淑兰有了逃跑计划，朱淑兰家是开商铺的，朱淑兰打算偷走商铺收取的钱作为盘缠，和黄水一道去深圳打工。那时，村子里的人只要是外出的，都说是去深圳。从外地回来的，也都说是从深圳回来。好似没有出路的时候，只要往深圳跑，就会找着生活的门路。在两个孩子的想象中，深圳就是个花花世界，就是她们梦想的家园。

偷窃成功了。朱淑兰总共盗到二百七十元，那时绿皮火车到深圳，每个人的火车票是六十五元。钱是头天晚上盗到的，第二天天还没亮，两人就挤上了前往县城的班车。司机看着两个稚嫩的孩子，看着脸蛋有些熟悉，具体又想不起来是谁家的。晚上，黄孝杰找到司机的时候，他才想起来，的确是有两个孩子搭车走了。"会去哪儿呢？"他想不出一个地方来。会不会是躲在县城的网吧内，把那点钱玩光了，也就乖乖回去了。一天，两天，三天……一个月还不见孩子回来，两家人着急了，就像是热锅上的蚂蚁。"到底去哪儿了呢？"黄孝杰怎么也想不出来。两个孩子都没有去过外地，会不会是本地人带走了？黄孝杰找过派出所，派出所进行了排查，几日后确定是去了深圳，去深圳哪儿了呢？再没有可靠的信息。锯板桥在深圳打工的人，基本上都联系过，没有人见过她们。

黄水和朱淑兰挤上一辆绿皮火车，一路上呼呼大睡。醒来的时候天已大亮，车上的人说快到站了。黄水趴在车窗上朝外望，到处是一片高楼大厦。"深圳站"三个字特别地耀眼。

两个水灵灵的姑娘下车后，在车站里转了好几圈，连个出口都找不着，一直到黄昏才走出来。那时，街上已是车水马龙。"去哪儿呢？"肚子饿得咕噜响。跑了几家店，所剩的钱不够吃一顿晚餐。只好买了两桶方便面，坐在路旁吃得很香。吃完后，把垃圾丢进旁边的垃圾箱，手挽着手，朝着繁华的闹市走去。

一群人围在路旁，黄水挤进人群看热闹，两个女人揪着彼此的头发，看上去都有一张漂亮的脸，厮打起来彼此互不相让。围观的群众都嘻嘻哈哈地笑着，旁边停放着两辆豪车，大概是因车辆剐蹭大打出手的。看热闹的人不劝架，她们越打越凶，好一阵警察赶到现场，谁都不愿意松手。

已经是下半夜了，街道上还有人在唱戏，那是西北的秦腔戏。黄水和朱淑兰坐在不远处的石凳上。

"咱们不会是露宿街头吧？"朱淑兰看着黄水，心里开始翻滚着愁云。

"旅店是住不成了。"黄水说。

深圳的天气很热，刚从家里出来的时候还穿两件衣服，现在只穿一件就觉得热得难受。

朝前面走走吧。

"你们是锯板桥人。"一个男人的声音从身后传来，用锯板桥方言问。"是的。"黄水说。

一个瘦弱的男人站在她们的面前，手里推着一辆自行车。

"我们是出来找活干的。"黄水又补充说。

"怎么这么晚还在街上走啊，这里晚上很不安全，你们两个小姑娘在外面很危险。"瘦男人说。

"我们没地方去呢？"

"没有熟人？"

朱淑兰无奈地摇着头。

"先跟我去吧，我的厂就在前面。"瘦男人说。

在这陌生的城市，遇上锯板桥人就像是遇上了救星。可是一到地点，黄水的心里就凉了半截。

一个木棚，里面装着一台机器，四周连围栏都没有。满地是厚厚的，黑色的灰。

"这就是我干活的厂。"瘦男人说，"我就住在那里，你们就在那儿挤一个晚上吧。"那是一个很小的木棚，从木板的缝隙里透出光来。

黄水怎么也没想到，传说的大深圳会有这样的厂。

瘦个子男人打开了门，里面一个个头很矮的女人，用眼睛瞪着他骂着："死到哪儿去了？叫你去买块肥皂，半天不见回来。"瘦男人想说点什么，不知道怎样开口。

"大哥，要么我们走了。"黄水和朱淑兰站在门的后面。

矮个子女人听到说话声，从屋子里走了出来，打量着黄水和朱淑兰说："你们这么小怎么跑出来了？"

"出来找事做。"

"没满十八岁吧？"

黄水摇摇头，"今年十四岁。"

"你们只能在这里干活，别的地方要看身份证，你们这么小肯定进不去。"矮个子女人说，"先进来吧，屋子比较小。"

只有一张床，在地上打了个地铺，用纸壳垫着，连铺盖都没有。半夜里，满屋子飞着蚊子，叮着痒不说，嗡嗡地吵着人难受。

整个夜晚，黄水都在翻来覆去。第二天早上起来，眼皮肿得老厚。早餐只有两份，四个人分着吃。

瘦男人叫小农，那个矮个子女人是他的妻子，叫桂花。别看桂花泼辣，其实心肠很好。

吃完早餐，小农就开工了，很快就被黑色的灰淹没了。

"你们干不了这种苦活，去别的地方看看，看能不能找到适合你们的活。"小农说。

朱淑兰会骑自行车，小农把那辆破旧的自行车借给了她们。朱淑兰骑着自行车大街小巷到处乱窜，没有找到合适的工作。

在深圳待了一个月，还是没有找着工作。一个月后，朱淑兰在一家餐馆找到了一份洗碗的工作。黄水不愿意干，说这是下贱的工作。朱淑兰不敢回家，偷了家里的钱，以她爸那暴烈的脾气，肯定会打死她。

黄水折腾不下去的时候，向小农借了两百块钱，她决定回去。回去干吗呢？她有些茫然了，可是留在深圳连个落脚的地方都没有。

那时黄孝杰以为黄水要么是被坏人拐骗了，要么是被人谋害了。派出所也没有办法，只是让他在家等消息。

黄水打算离开深圳的头晚，小农厂里的老板开着一辆吉普摇晃着来了，见着一个水灵灵的小姑娘，眼睛就瞪得圆圆的。

"这是我老乡。"小农介绍说。

老板见着黄水害羞的表情，说他可以帮她找工作，让她留在深圳，而且会收入不菲。

黄水自然是高兴，觉得遇上了贵人，而且说好了第二天跟老板去上班。

黄水有些激动，晚上睡不着。她听见桂花在和小农说着什么，一句也没有听清楚。

"黄水，黄水。"是桂花的声音，"你不能跟老板去，你现在就回去吧，叫小农骑自行车送你。"

黄水翻个身，好梦刚开始，一下子就破灭了。"去不得的，这个老板不是什么好人。"桂花接着说，"赶紧走吧，现在不走，天亮就走不了了。"

黄水坐在小农的自行车尾座上，抱着小农的腰，自行车一歪一歪地朝着火车站跑去，"小农哥，我以后一定会感谢你的。"这是黄水第一次叫小农哥。

"你还这么年轻，以后会有出息的。"小农说。

黄水就这样离开了深圳。可她没有回锯板桥，而是半路上改变主意去了浙江，她联系到另一个在浙江打工的同学。

"你来了。"黄水刚下车。一个稍有点胖的男孩跑上前来帮她提行李。他叫水谷，是她小学同学。初一那年，水谷和一名同学打架，被学校无情地开除了。他后来跟着父母来了浙江打工，给黄水写过几封情书，表达对她的爱慕之情。

在浙江玩了几天，水谷没有给她及时找工作，说他表哥在玉环县办了个玻璃厂，想让她去他表哥厂里上班，包吃住，每月工资八百元。她当然同意了。临别前的一个晚上，水谷请她吃夜宵，喝啤酒。几杯酒下去，她感觉整个人晕乎乎的，就连走路都没有了力气。醒来时是下半夜，赤裸着睡在一个小旅店的床上，发现水谷光着膀子抱着她。一声尖叫吓得旁边的水谷不知所措。浑身哆嗦如同筛糠，大气也不敢出。干了什么，不说也明着。"我喜欢你的。"水谷说。他嘴里支支吾吾，好半天才挤出一句话。黄水愤怒地看着水谷，眼泪倾泻下来。

第二天，水谷的表哥开车来接黄水。黄水第一次坐上老板的豪车，很快郁闷的心情好了许多。

这是一家新建的工厂，几个西装革履的男人在厂门口议论什么。车在门口停了下来。

"汪总来了。"

黄水才知道，接她的是这家厂的老板，姓汪。"小黄，下来吧。"

黄水下车哆嗦着站在汪总的旁边。

"汪总好福气，怎么找了个这么嫩的小姑娘。"紧接着就哈哈地大笑起来。"这都是咱们厂的股东，小黄以后要好好地为他们服务。"

听着，黄水感觉背脊上一阵麻木。她想逃离，可又不知道朝哪儿去，口袋里没有一块钱，她想在这里先干一个月，领到工资就跑。

开始几天，还很平静，公司安排她住在四楼，给了她食堂的饭卡，没有安排具体的工作。汪总也不知去向，几天都见不着人。

一个晚上，她的门咚咚地响起。

汪总酒气冲冲地跑进来："小黄，陪我去唱歌。"

黄水还没缓过来，汪总拉着她朝外走。一辆黑色的车等在楼下，几个粗鲁的男人把她夹在中间，汪总坐副驾驶座位上，一个劲地介绍说，这是我老家的妹妹。

"什么妹妹？"旁边的一个留着粗糙胡子的男人问黄水，"情妹妹吧！"紧接着哈哈地大笑起来。

黄水恨不得打个地洞钻进去。

这是一家歌舞厅。里面弥漫着强烈的酒味，一个男人拿着话筒站在中间吆喝着，旁边歪着几个发呆的男人。见着汪总进来，唱歌的停了下来，歪着的几个男人站了起来，不停地鼓掌。汪总接过话筒："今天晚上公司请客，大家玩得尽兴。"

汪总让黄水在他身旁坐下来，来敬酒的人不断，敬汪总的时候，也免不了敬黄水一杯，她没有酒量，喝不下去。汪总从包里掏出一沓钱来，抛在黄水的怀里："这是你今晚的小费，就算是喝醉，你也得给我撑住。"黄水不敢收钱，可她的确很需要钱，这比她一个月的工资还多，她把钱收了起来，一杯一杯地喝下去。

实在撑不住的时候，她摇晃着站起来，朝着卫生间走去。走到门口，发现卫生间里有人，门口还等着两人。服务员指着二楼说，那里也有卫生间。她晕乎乎地爬到了二楼，这也是一个小歌厅，里面黑黑的，卫生间在里头。

又有人来敬酒。她已经喝不下去了，汪总拿着话筒在吆喝着。声音洪亮，咆哮着。

有了这笔钱，黄水本来计划着回家的。可她渐渐地放弃了回家的念头，汪总安排她在会计室学做出纳。说是出纳，实际上是做汪总的私人秘书，他到哪儿都带着她，吃喝都由他买单。很多时候，还能多报一些餐费。

那是八月的清晨，黄水正在洗漱，汪总说，他计划周六去一趟海边玩，晚上在那里夜宿。黄水没有见过大海，很快就被汪总打动了。她根本连想都没想到，汪总是一个十三岁男孩的父亲，男孩只比她小一岁。那天下午，她玩得特别开心。黄昏渐渐逼近了，帐篷也搭好了。里面放着一张床，铺得整整齐齐的。"我住哪儿呢？"黄水颤抖着身体问。"住这里啊，你打算去哪儿住？"

黄水有些紧张，她不愿意进去。一个大男人明着要和她住在一起，她想抗拒，看着辽阔的四周，一下子没了主意。

"我们背靠着背睡吧。"汪总说。

"我们还是回去吧。"黄水很不情愿地提出请求。

"回去就看不到明天的海上日出了。"汪总一边说着，一边拿起石头朝着海上扔。咣当一声响，溅起一浪浪水花。

水在朦胧的夜色中，变得像一面镜子。帐篷里亮着一根小蜡烛，黄水的衣服有些脏，她想换下干净的衣服，找不着一个遮蔽的地方。

"我出去，你换衣服吧。"

汪总像是看出了黄水的心思。

夜晚越来越深了。一人睡一半床。黄水侧着身子，她第一次与一个大男人靠得这么近真的很害怕，她又想起了那个喝醉酒的晚上，她不知道那天晚上到底发生了什么。又生怕旁边的这个男人忽然变成狼，要真是那样的话，她就没办法了。

她回过头的时候，见他头枕着麻袋睡着了。

"快点起来，看日出了。"她是被喊醒的。她也不记得自己是什么时候睡着的，头半夜一直睁着眼睛，后半夜才睡着。

汪总动了几次私欲，可最终还是放弃了念头。毕竟黄水还是一个孩子，他不想去残害她。

黄水已经半年没有和家里联系了，黄孝杰以为黄水彻底消失了，因为在黄水出走的两个月后朱淑兰平安地回到了锯板桥。这次回来，朱淑兰哪也没去，把自己关在屋子里，什么人也不见。有时候，还会躲在屋子里脱光衣服跳舞。谁也不知道她在外面发生了什么事情。

黄水回到锯板桥是两年后，她突然出现的时候，把黄孝杰吓出了一身冷汗，他不知道黄水是人还是鬼。在院子里，黄水挡住了张少平的去路："妈，以后我再也不一个人往外跑了。""你待在家干吗，你去哪儿我管得着吗？"黄水回来，不见有人高兴，黄孝杰阴沉着脸，想骂又骂不出口。两年不见，黄水已经出落成一个大姑娘了。

她还想回那个玻璃厂。可村子里的一些非议让她很是害怕，有人说那个汪总以前是开拖拉机的，后来一个远房亲戚在山西挖煤出事了，赔了几十万块钱，他借来在浙江办厂，发财了，不说利息，就连本钱都赖了。"这样的人不遭天谴才怪。"

听着这些话，黄水有些害怕。可回来的时候，还是汪总给她买的车票。在他印象中，汪总可是正人君子，不像是那种卑鄙下流的小人。

不过，在她回来前，听厂里的一些人说，厂里遇到了一些大事情。主要是经营上出了问题，到底是什么问题她也一知半解的。

在家仅待了半月，黄水再次像人间蒸发了一样。这次黄水出走，黄孝杰除了愤怒，再也没有了往日的担心。他臭骂张少平，怎么生了个这么不争气的孩子。张少平告诉黄孝杰，在黄水的枕头下发现了两千块钱的现金时，他的火气就小多了。黄孝杰用黄水留下的两千块钱买回了一些瓦片，把屋面上的杉皮换了下来。不过，他没有打算白用黄水两千块钱，打算以后赚钱了，再把钱还给她。

黄水回到浙江，汪总已经不见了踪影，原先的工厂换了老板。新老板见黄水回来了，想把她留下来。她不愿意，后来去了一家阀门厂。

一个黄昏，黄水一个人借着月光，与厂里的朋友一起去玉环逛街。老远就听见卖甘蔗的声音，她特别好这个，于是走上前去。"你要多长？"卖甘蔗的是一个新疆人，留着粗黑的胡子。"一截。"黑胡子拿着砍了半截，放在秤上一称，"一百元。""一百元？怎么这么贵？""这甘蔗就是这么贵的。""不买了。""不买？"黑胡子挥舞着手中的刀。"不买，别想走。"黄水吓得两腿颤抖。"报警吧。"黄水的朋友见状说。黑胡子越来越凶。观看的人越来越多，有人指责黑胡子，这是强买强卖。"我帮她买单。"黄水见着一个男人站在身后。她回头时，见着一张熟悉的脸。

汪总一直在外面躲躲藏藏，他的妻子和孩子在家，听说是亏损了。原先政府划给他建房的土地，听说后来只能建棚，他和股东签订的土地承诺变成了泡影。纠纷渐渐地阻碍了工厂的发展，他亏损了几百万资金，不仅没有赚到钱，反而欠了不少的债务。

"你现在在干嘛？"黄水关心地问。

汪总跑到附近的一辆车上，掏出来一大堆的材料说："目前都在干这个事情。"

"我请你去吃夜宵吧！吃什么都可以。"

"我什么都不想吃。"

"那我请你去唱歌吧，你不是喜欢唱歌吗？"

"唱歌？"汪总显然没有心情。他想着一摊子焦头烂额的事，内心很不是滋味。但见着这个小老乡，心情似乎又开朗了很多。好像有一道光亮，从漆黑中照进了他那潮湿的生活。

歌舞厅里见不着几个人，生意不怎么好，到处冷冷清清的。"老板，三包间多少钱？"

"三百，送十瓶啤酒。"

与黄水随行的朋友寸步不离，一直跟随着黄水左右。三个人唱歌，喝酒，一直嗨到凌晨。

都喝醉了，汪总不能开车，半夜也拦不着出租车，只好在巷子里漫无目的地走。

走着，走着，见着前面有一家小旅店。"老板，还有房间吗？"

"只有一间了。"老板回答说。黄水摇晃着手。

"就住这吧。"

黄水还没有醉，可她的朋友已经醉了。

三个人窝在一间屋子里。谁也没有洗漱，倒在床上就睡着了。

黄水犯下了一个很大的错，某日她发现自己意外怀孕了，肚子一天比一天大。汪总格外开心，给她租了房子。

汪总叫啥名字呢？一次无意中，黄水在汪总的汽车上见到了这个名字。鲁智春，一个已婚男人，也是当地声名远扬的恶霸。她不在意他是否结婚，可她害怕"恶霸"二字。鲁智春以前是一个货车司机，黄孝杰多次提到过这个名字，黄孝杰一次搭车去锯板桥时被鲁智春吐了一脸的唾液。两人差点大打出手，黄孝杰自然不是他的对手，只好憋着一肚子气回家。

黄水从未在他面前提过她的往事，更没有说过她是黄孝杰的女儿。

到了秋天，鲁智春穿着一身夏天的衣服——浅蓝色的衬衫，一条式样已经过时的牛仔裤，脚上穿着黑皮凉鞋，一双裸露的苍白脚趾，会让人想起某种生存的状态和意义。

黄水租住的是一条商业街新式公寓，经常会有人敲错门。门框上装着电铃按钮，但它已经坏了。门口还放着一块草垫，是供人擦鞋用的，草垫子边有一只红色塑料桶，里面堆满了各种垃圾。

黄水想着自己往后的日子，她得离开这个舒适的地方。她不可能会嫁给这个男人的，她只想和他过一段日子。可她现在肚子里怀有鲁智春的孩子，无论走到哪儿，这孩子还是他的。

鲁智春回来已经是深夜了。他一回来，就觉出问题严重了，屋子里空荡得可怕。黄水带着衣物不见了去向，这也使鲁智春顿时清醒了，她还是十多岁的小姑娘，还是一个弱小的动物。一旦嗅到巢穴里失去了什么，就要回到父母巢穴中去寻找温暖。他想起了黄孝杰，他也是黄水怀孕后，才知道她是黄孝杰的小女儿，这事要是被黄孝杰知道了，必定是一场生死相搏。想着自己走投无路的生活，他决定去缅甸，躲藏些日子。

外面起了大风，鲁智春听见风推动着阳台上的一扇窗户，他跑去关好了窗，在阳台上站了一会儿，风很大，街道上的梧桐树落叶被旋卷起来。不远处的路灯下，一对小男女拥抱在一起，男孩将风衣像伞一样撑起来，拢住那个女孩。

黄水消失后，鲁智春的日子就变得悠长了。他在租住的房里等了几天，还期待黄水回来，一天只胡乱吃两顿饭，可日子长得见不着踪影。

他回顾了这些年来的婚姻生活，妻子对他特别好，他当初也就是好色，物色了一个漂亮的女孩做妻子。他决定办好退房手续后，把车也卖了，还欠了不少的债务。卖车没打算用来还债，只是计划着在缅甸的生活。

鲁智春到缅甸地头，才知道缅甸的生活不好过。刚刚下车，就被几个流氓打得满脸鲜血，鼻子都被打破了。没跑几步，又被几个黑衣人拦着。

很快他就成了一家荒诞的诈骗公司的骨干，他也觉得可笑，自己怎么成了诈骗公司的成员呢？

第二天，鲁智春醒来时，鼻梁部位隐隐作痛。阳光从窗玻璃上射进来，刺痛了他的眼睛。他想继续睡一会儿，可门咚咚地响着。缅甸的生活不知道是一个多长的噩梦，不过无论如何他都得坚持下来。

"你脸上有灾气。"一只独眼在门口守着他。"什么灾祸？"鲁智春问，"灾祸什么时候降临？"

"现在不知道，算一卦就知道了。"

鲁智春对着他笑了笑说："不用算了，其实我早就知道了，我身上有灾气。"

鲁智春在想着法子逃回国内，可这对他来说仅仅是一个念头，没几日他听到一个可怕的消息，他的二伯出事了，案子和他有很大的关联。

十几年前，他失手打死了二姨。二姨来他家玩，揭露了他在外和女人鬼混的事情，两人争执起来，他抛了一条小板凳，砸中二姨的后脑勺，没几分钟二姨就一命呜呼了。

那时，他二伯是县司法局的局长。最后法医鉴定是脑溢血，不是他的板凳砸死的。一个本来是蹲监狱的案件，仅赔偿了几万块钱不了了之。

现在二伯出事了。二姨父一直在告他，说案子是他二伯做了手脚。当年办过此案的县公安局刑侦大队的大队长也被抓了起来。

他还敢回去吗？回去就是自投罗网。那些陈年旧案都被翻了个底朝天，只要他回去，等待他的必定是把牢底坐穿。警察在四处找他，也下了通缉令，劝他主动回去自首，要不然会注销他的户口，让他永远成为黑户活在缅甸不得回来。

在很多人的眼里，鲁智春是个十恶不赦的人，可在他母亲的眼里，他却是个好孩子，在黄水的心中他也是个好男人。

黄水一个人偷偷跑去了深圳，她找到了一名河南的网友，他们在网上谈过一段时间的恋爱。那次见面，黄水像是掉进了陷阱。网友没有正式的工作，租住在一个破楼里，她去的时候他还欠了半年的房租。她还记得那是一个夜晚，她从灯火辉煌的街道走进那栋破楼时，她感觉那就是她未来的生活。她想留着肚子里的生命，那可是个无辜的生命。可她不知，这个生命会彻底毁掉她的一生。

网友还不知道她怀孕了，虽然她的肚皮开始朝上凸，但如果不仔细看，还看不出来。不知道她是犯了什么傻，就蜗居在这屋子和一个陌生男人开始了生活。肚子慢慢大了起来。男人就这样默认了这个孩子。孩子出生后的第二年，黄水带着这个男人和孩子回到了水碧源村。这次回来之前黄孝杰认为她不在人世了，要不然也不至于消失了两年。不过他也有耳闻，可能黄水和鲁智春去了缅甸。"就当白生了这个女儿。"黄孝杰气得颤抖。他去过鲁智春家，见过他的老婆和孩子，但没有提起过黄水。他是想，如果黄水真的和鲁智春在一起，他老婆见着他时必定会有情绪。可他去过之后，不见半点声色。他最担心的是鲁智春瞒着他老婆，要真是那样的话黄水永远都回不来了。她也没脸回来了。

只要没有和鲁智春在一起，黄孝杰心里宽慰了许多。这个男人也不是他理想的女婿，说话有点傻里傻气的。黄水出去的时候，还是一个冰清玉洁的小姑娘。现在虽然历经了很多曲折，可她那双大眼睛还是很有魅力。她还不到二十岁呢，孩子就两岁了。黄孝杰叹了口气说："这就是命。"

一开始黄水只是想找个替身，暂时帮她把孩子养大。哪天还能把孩子送回去，或者说还有机会和鲁智春在一起，哪怕是过余下来的生活。这是一种可怕的未来想象，她的男人不会答应。鲁智春显然不是当初那个高大威武的男人了，他变了，变得就像是个脆弱的孩子。黄水余下来的生活，也就是和现在的男人过日子，在经济稍微宽裕点的时候，再生一个孩子。

黄水的户口一直在黄孝杰的户口本上没有迁出，黄孝杰做主，想把黄水的男人的户口也迁到水碧源村。这事只要村里同意，签个字，盖个章就可以了事。可是村里并不同意，理由是黄孝杰有儿子，不能再纳上门女婿。"这是哪的规定？干啥总得讲理吧。"黄孝杰吵闹了半天。被黄孝杰这么一闹，闹出问题来了，上面移民的政策来了，凡是嫁出的不论户口在不在村里，都不能享受移民的待遇。黄水男人的户口不仅不许迁入，反而还要黄水把户口迁出去。"没门。我娃还没结婚的，谁出的规定？"村里冷静了几天。没结婚生了孩子，像这样的情况还能不能享受政策？答案很快就下来了，出嫁是指取得了合法手续。黄水可以享受移民条件，但她的户口不能独立，只能算是黄孝杰的家庭成员。有了这个条件，黄孝杰主动签订了移民协议。

说实话，到这个时候水碧源村已经见不着壮年了。村子里很多月亮丘一样的田土，基本上荒废了。人们的生活也仅靠打工来维持，上学问题、就医问题，一直是困扰村民的心病。山里发生过几场大火，只剩下几个长着茅草的光山头。以前那个山清水秀的名字，与村庄很不匹配。"移民是唯一的出路。"镇村两级干部来村里开过几次会议。有些村民思想僵化,认为祖祖辈辈都是活在村子里的,重新换个地方很难适应。

"移吧,不移没有出路。"破矮的泥土屋,像风化的岩石,一层层脱落,加上多年风雨的侵蚀早已是千疮百孔。按照上面的政策,黄孝杰一家可以免费补到一套110平方米的房子。黄水的两岁孩子还没有上户口。黄孝杰去了趟派出所,咨询后知道,在没有领取结婚证前,根据法律规定孩子的户口可以上在母亲的户口本上。就这样又多出了两个合理成员,两个人可以补偿到一套80平方米的房子。

很快黄水移民了。移民后,她男人和她一起在县城办了家餐馆。一年下来,净收入有十多万元。男人下厨,她洗碗。

大约是七八年后的一个黄昏,黄水收到一条陌生的信息,说他回来了,想和她见个面。黄水没有了喜悦,她吓得浑身颤抖。给对方回了一条信息:"给我一条活路,不要再来找我。"再过些日子,黄水听到一个消息,鲁智春回来过,只待了两天又逃走了。网络上有规劝缅甸逃犯的通知,上面有鲁智春的名字,她在想,他应该不会再回来了。那段往事,她不想提了,孩子也长大了,她也有了自己的生活。

鲁智春虽然干过一些坏事,可他有血性。孩子长大后相貌和鲁智春很相似,这让黄孝杰很纳闷。那时,鲁智春足有十年没有音信了。孩子不像鲁智春那么鲁莽,而是特别乖巧。

十八

天果真一下就冷了。西北风，东南风，乱纷纷地刮，又不停地下雨。张少平很担心外婆，听说她一个人在家守着一个屋子，吃的也是一些干粮。

"真是遭罪啊，这样的天气，冷到了极致。"

张少平想去看看她，把她接回来住一阵子。黄孝杰反对，不是住一阵子的问题："就说来回的路程吧，她的血压都快两百了。在路上出了事谁来承担责任？"

当年外婆去奉新时，在路上吐了十几次，那时只有七十余岁，可现在已经是九十出头了。张季瓶去过一次奉新，回来说，外婆过日子就像是坐牢，她想早日归天。张少平给她算过一卦，说她在凡间的日子寥寥。

自从外公走后，外婆的心早就跟着走了。以前，她的耳朵特别灵敏，听到一点风声就辨别出一些事情。现在整个人就像是陷落在泥潭里，风吹在脸上不见一点知觉。她已经不在乎自己了，她想着一死了之，觉得活着没有意思，可是等啊等，总是死不了。一辈子很短，可也长着呢。外公不在了，没有人知道她心里的冷暖。

"还是接过来吧，等咱们把县城的新房子装修好后。"张少平用半商量的口气讨黄孝杰的话。

黄孝杰一颤，没头没脑道："水开了。"抖抖肩膀，将大衣脱下，"她有儿子啊。回来要是死在咱家怎么办？那就只能埋在水碧源。"

农村里死一个人不是小事，办起丧事来，还有很多礼仪。外婆膝下有儿，如果外婆去世，女婿来办丧事，会让村里村外的人议论。再者，舅舅会同意吗？

张少平给舅舅打电话，舅舅当然希望张少平能照顾外婆一些日子。她的日子实在是太苦了，自从到奉新后就没有过一天好日子。

临近年关，过完年再说吧。

农历四月，急骤升高的气温宣告结束了锯板桥本来就短暂的春天，进入初夏季节。水碧源村的麦子从墨绿中泛出一抹蛋白色，一方一绺已经黄熟的大麦和青稞夹缀在大片麦田中间，大地呈现出类似孕妇临产前的神圣和安谧。从气象和节令上判断，似乎与以往无数个春夏之交的景致没有什么大的差异，无论穷的或富的庄稼人，只是习惯性地比较着今年的节令比去年提早了几天或者推迟了小半月，穷庄稼人总是比富庄稼人更多一些念叨和嘟囔罢了。迎接果实成熟的期待，没有以往那么迫切了。村民吃的喝的，少量地依靠土地了，大多数的食物都是从集镇上买回来的。麦子还是熟透了，还没有过完夏天。

锯板桥的气候神秘短促的一晌或一时，永久性地改变了本原的历史。张少平听到电话铃响，心里一跳。搬进城里后，她就在家烧菜煮饭，把屋里屋外打理得井井有条的。买了洗衣机、电视机、冰箱，还安装了电话。城里人的生活与农村的确大不相同，进门得把脏鞋脱在门口，重新换上干净的，屋里的鞋不穿到屋外。电话铃声一响，她的心脏就感觉到一阵强烈的撞击。抓起电话扣到耳朵上，她猜测一定是舅舅打来的。因为这段时间，都在讨论外婆的去向。

电话那头说，舅舅骑摩托车追尾，撞到一辆大货车了，在医院抢救。张少平听着全身发麻。

这天夜里，张少平和黄孝杰商量："得把妈接过来。"

黄孝杰瞪着眼睛看着她，他似乎已经知道了舅舅的事情。

"接来就接来吧，就是以后不知道咋办。"

"现在活着遭罪，还管死后的事干吗？没有钱可以薄葬。"张少平说。黄孝杰见张少平这么说，他只好答应了下来。

去接外婆之前，张少平专程去了趟医院看舅舅。舅舅从头到脚被包裹着，只留着一双沉睡的眼睛在外头。

舅舅住院的事情，外婆并不知道。她说，现在年岁不小了，哪也不能去了。周六舅舅还会回来看她的，会给她买吃的。外婆床上收拾得干干净净，床下到处是抖落的饼粉。

外婆死活都不愿意走，说这都是多活的。

张少平回到家，思来想去，决定给外婆制订一个生活计划。

舅舅的病情好转后，乡村振兴的春风吹进了村子。他没有再外出，在家里种柑橘。苗子都是政府免费提供的，每亩还有补贴。他种了十几亩，一年下来的收入有好几万块钱。

外婆有了舅舅的照顾生活好了起来。

张白轩开始一直在陕西挖煤，一年到头没有什么收获。三十好几了，还是一根光棍。舅舅最担心的就是他的婚姻问题，要找个对象没有那么容易。他有一个很大的缺陷，小时候在火炉前烤火，不小心栽进火炉，烧着半边脸，至今看上去半边脸还通红通红的。除了一米八的个头，长着一身结实的肌肉外，没有任何优势可以让女孩动心。好几年前，一个广西妹子和他扯上了关系，过年的时候跑到奉新一看，就再也不愿来了。舅舅一着急，不知道从哪儿带回来一个孩子。他是打定了主意不给张白轩娶媳妇的，主要是张白轩自己也没有再结婚的计划。

乡村振兴让舅舅一家迎来了机遇，舅舅用赚来的钱盖了一栋两层的小洋楼。小洋楼凤鸣朝阳，生活蒸蒸日上。

第二年，张白轩返乡创业。很快将舅舅的十几亩柑橘扩种到了一百多亩，成为全县最大的种植户。

生活好起来了，外婆的眼睛好像见着了色彩。好些年她的眼睛一直是深陷在痛苦中，她是怎么也没想到能住上可以遮挡风雨的房子。

唉，农村人也过上了城里人的生活。可舅舅的心还是放不下来，当初带回来的是一个女儿，现在家业大了，没有一个男孩可不成。他知道自己的思想是守旧了些，可这也是实际问题。一想着这些，他就抽烟，常常一个人在黑暗中沿着柑橘园走，他几乎不愿意和人说话。

带回来的孩子也该上学了。这年张白轩四十岁了吧，不过他越发成熟，舅舅听说他和县城的一个有夫之妇扯上了关系。这可不是啥好事情，舅舅狠狠臭骂了张白轩一通，发红的脸就变得发黑起来，他气愤的是张白轩不应该去破坏别人的完整家庭。

骂完之后，他又陷入了一种痛苦的纠葛中。张白轩趴在那儿一声不吭。

这天晚上，张白轩没有吃饭，一个人出去了，舅舅不理解他的情绪。我外婆听到舅舅在教训张白轩，她的脸拉得老长，"老是说孩子干什么？"外婆没有见过张白轩的相貌，在她的心里，张白轩可是个英俊的帅男，和我外公一样，也是个血气方刚的男人。这样的一个男人怎么会找不着女人呢？她倒是纳闷了。

这天晚上，张白轩一宿都没有回来。

月亮从山的对面探出头来，静静地凝视着大地。虽然已经是夏天了，可山坡上的风飕飕地刮过来的时候，吹在人的脸上冰冰凉。暮色中，从远处传来一阵飘忽的信天游。

舅舅不停地抽着旱烟。烟雾在黑夜里，缓缓地朝着天空跑去。

不过半月，村里学校的老师上门家访。老师是从外地来的，长得眉清目秀。舅舅介绍了孩子的情况，老师倒是热情，说寄宿学校可以帮忙带。孩子的成绩很优秀，经常获得学校的表扬。

张白轩近半年都是手忙脚乱的，他参加了一个电大的夜校，搞农业不能没有知识，他想申报乡土人才。他只念过一年半初中，直接上电大，很多不解的问题让他很苦恼。他的养女回家后在他面前大夸带教她的老师，于是张白轩带着请教学问和家长感谢的两个意思去了学校。老师是个二十岁刚出头的姑娘，白净的脸蛋，弯弯的眉毛，一对清澈活泼的眼睛。几个月下来，女老师就认了他这个大哥。两人相处得很好，最大的问题就是年龄，女老师足足比他小了十九岁。张白轩像个小学生听她讲解，但他学习实在迟笨，说了半天，他都不理解，只是一脸好奇地看着她。

半夜里，他总是辗转难眠，只要一闭着眼睛就看见了女老师那双水灵灵的眼睛。他想试探着表露下心迹，可是转念一想，这不是癞蛤蟆想吃天鹅肉吗？万一她不答应，会不会连个朋友都做不成呢？虽然现在有点小成绩，可内心还是苦涩的，归根结底他们走的是两条路，而且是永远不会交叉的两条路。可他一个人独处乡野的时候，内心就有一种强烈的愿望升起。他不甘一个人就这么孤独地过一辈子，他老是感觉有一种东西在向他召唤。

第二天，他从头到脚换上了新衣服，然后到街上买了很多东西。以往花钱都是小手脚，现在像个财主似的在商店里巡视。他给女老师买了两套衣服，又买了许多零食。买完后，心里很充实，觉得自己干了一件很不错的事。

这天吃过午饭，舅舅和张白轩去了山上。

舅舅有这个意思："年龄小点不是问题，最关键的是要两个人能对得上。"

唉，有时候张白轩又动摇。还是顺从命运安排吧，得面对现实。

经过不断的内心斗争，张白轩还是决定给女老师写封信，把自己的想法告诉她。信是请他养女带去的，半个余月都不见动静。他在焦急等待的时候，养女回来告诉他，女老师把他的信撕毁了。当然，那些衣服和零食都没有送出去。

这意味着女老师拒绝了他的爱情，也隔断了与他的友谊。他想，她不会再理睬他了。

可他心不甘，决定找女老师坦白。"我不能嫁给你的。"女老师说。

"我不能和你在一起的，我不是好女人。"她那双美丽的眼睛真诚地看着他。

张白轩隐约感觉到女老师身上发生了不可告人的事，"不要怕，我会照顾你的，一直照顾……"

她满眼是泪水，终于说出了憋在心里的委屈。

在她上大学的时候，认识了一个爱她的学长。两个人的感情一直很好，一起描绘着美好的未来。

她毕业后，跟着学长去了深圳。两个人很快就在一起了，她怀孕了。没过多久，她无意中发现学长借了不少钱，在网上赌博。这是个万丈深渊，她帮着他还债。孩子流产后，她离开了那个男人，可至今还欠了几万块钱。

张白轩像是在听一个久远的故事，他不是不愿帮女老师，如果这时候两个人走到一起，多少会有些乘人之危。他不愿意这么干，"我借点钱给你吧，你有钱了再还给我。"

"你在意我的过去吗？"女老师问他。他点了点头，又连着摇了摇头。

"钱不需要你借，我可以慢慢还的。"女老师说。"你可以配得上更好的男人。"张白轩认真地说。

女老师没有说话了。他们有了这次交谈，彼此间就坦诚了许多。

于是他闷着头干活，一天也没多少话。不论是在家里还是在家外，多余的话他一句都不愿意说。村里有人和他开玩笑，他也表现出一种厌烦的情绪，弄得人家很尴尬。

日子就这样平淡地过着，再过些日子，张白轩就把女老师忘记了。那天晚上，他意外收到一封信，里面是一首诗：

山色空蒙雨亦奇

春意更浓，时空定格胜似天堂，烟渺生香
暂别，依然怀念褪尽凡尘的心境
与诗意邂逅，唯独觉得美好总敌不过时间，远处是风景，近处是人生
时光会替我们记得，来过，便不曾离开

秋末冬初，地里的庄稼收割完毕，禾场上的活也随之结束，庄稼人便渐渐消闲下来。

山野里绿色褪尽，裸露的大地重新变得荒凉起来。柑橘林显出了一片严峻的铁黑，河流却到了涨水季，把潮湿的凉气扩散到了东西两岸。

早晨，地上已经开始结霜。只是在接近中午的时候，天气才暖和那么一会儿。大部分农人的棉衣都上了身。

这时候，有些人即使没什么买卖，也要到县城的街头去溜达一圈。更多的人闲着没事，就三五成群地蹲在村子各处的屋檐下说闲话。近一两年，村子几乎改变了往日的穷光景。

某日，村民意外发现女老师怀孕了，肚子一天比一天大。大家纷纷议论，女老师肚子里的孩子会是谁的呢？没有人猜得出来。

这天晚上，张白轩回家没多少工夫就不见了。"外面天冷，你带件毛衣去。"舅舅喊着。一个高挑的影子站在柑橘林里，张白轩朝着那个影子奔跑过去，一不小心连摔入了两个地坑。

养女很快就上三年级了，成绩一直名列前茅。

女老师的肚子一天比一天大，她也很喜欢这个养女。张白轩的心里是比吃了蜜还高兴，他很想悄悄地坐到教室里去，看看孩子上课的情形，看看女教师上课的情景。"只要你好好读书，就算你将来去外国上学，老爸也要把你供出来。"

女老师爱孩子，不论是谁的，她都把她当成是自己的。

有了孩子就算是铁板钉钉了。张白轩决定带着礼物去女老师家提亲，本来是请个媒人先去和她父母交涉的。男女年龄差距这么大，她父母不一定会同意的。为了这桩婚事他筹备了好久，特意杀了一头猪，彩礼也是准备得很体面。当他到达女老师的娘家时，他才傻了眼。原来她是在敬老院里长大的，敬老院的爷爷奶奶就是她的亲人，她是一个弃婴。了解到这些，张白轩抱着女老师好久，发誓往后一定要好好照顾她。

婚后半个多月，一饱口福的村民还在意犹未尽地谈论宴席的丰盛。婚礼当天张白轩在祠堂里叩拜外公，一对烫金的大红蜡烛欢跃跳弹着火焰，新媳妇在炕上铺褥暖被。

媳妇暖好被褥，把一对绣着鸳鸯荷花的陪嫁枕头并排摆好，盘腿坐在炕上说："你歇下吧，今日个劳累了一天了。"他的光腿在被窝里撞着了她的光腿，就往一边躲了躲，很快睡着了。连着两夜都是这样。

一个夜晚，张白轩刚躺下，就听见门外有响动。他爬起来一看，门上贴着一张纸条，意思是要把养女要回去。看着纸条，张白轩一下就闷了。孩子是一出生就带来的，现在要回去，他怎么会舍得。可他转念一想，就不知道如何是好了。还没等到天明，他就敲开了舅舅的门。"这孩子是哪儿来的呢？"舅舅嘀咕着，知道张白轩的意思："我已经和他们说过了……孩子是买来的。""在哪儿买来的？"在张白轩的再三逼问下，舅舅说出了实情。就是他下屋的张三宝卖给他的，花了五百块钱。"张三宝五十好几了，一直没有结婚，怎么会有孩子呢？""听说是在云南拐来的。"这可不是小事。张三宝见他这几年火了，想敲他点钱。张白轩一宿未睡，他在想着怎么解决这件情。孩子肯定不能交还给张三宝，可他现在开了个三十万的天价。张白轩思前想后，决定去派出所报案。可一想着报案就会给孩子的心灵带来极大的创伤，他的心就软了下来。

那天夜晚，张白轩扣着张三宝的衣领，朝着大马路上拖。"我叫你胡说八道，活活弄死你，让你去见阎王。"

　　这一招虽然管用，可他还是担心，这疯子哪天会做出对孩子不利的事情。打过之后，又上门去安慰，送了一些钱。"你要三十万是不可能的，药费我还是给你，你要再胡说八道，我就去报案，包你牢底坐穿。"被张白轩这么软硬兼施，张三宝再狡猾，也只好顺从。

　　没过多久，张白轩还是带养女去了公安局。他是想帮孩子找到她的亲生父母，也许他们一直在寻找丢失的女儿。

　　村里的学校有些破旧，村书记找到张白轩表达两个意思：一是想把他发展成为党员，二是村里想重新建一所学校，需要他捐资。这两件事情张白轩都满口答应了下来，他数数积蓄，这些年赚得多，可花销不少。他打算在城里买套房子，买辆好点的车子。房子是打算用来结婚用的，车子做生意需要排场。他和女老师商量，结果很快就决定了。意思是一致的，先扶持教育。舅舅反对儿子白花这一大笔钱。他们刚到奉新的时候，没有谁支持，受了多少人的白眼，他可是点滴都忘不了。

　　"是傻子才干这么愚蠢的事情。"舅舅说啥都不同意。

　　一百万块钱的确是个不小的数目，但张白轩三思后，还是决定给村里捐赠一百万块钱建学校。

　　他没有想那么多，只想着村子里有所好学校，孩子们就可以就近上学。他的这一善举赢得了乡里乡亲的掌声。

　　最近，舅舅听到张少兰病情严重的消息。他想回锯板桥去陪陪她，医生说她的日子不长了。

　　实际上，他在奉新也待不下去了。见着张白轩他就满腔怒火，"怎么生一个这样的儿子？"舅舅不是没有爱心，他是觉得，自己的几个妹妹，哪个家里都不好，自己家也没少得她们的恩惠，就不该给她们一点？

　　那天夜里，舅舅在柑橘林里走了一圈。他想，这次回锯板桥也就不再回来了。

　　张白轩明白舅舅的意思，他的心里很难过，二姑对他最好，小的时候家里吃红薯，二姑会把米饭留给他。在他们搬到奉新的第二年，张少兰肾脏就出了问题。当时在武汉治疗了好长一段时间，病情有了好转。

可现在又出了问题。在县医院没得治了，转到了省城医院。省城医院的意思很明了，病情已经相当严重。实际上，张少兰得肾病很长时间了。每周三次血液透析，她已经熬过了八年。

他想，如果舅舅回去，他跟着回去。

那天晚上，刮着狂风下着暴雪。舅舅没有告诉张白轩悄悄地驱车赶到县城中医院，那时候，我接到母亲的电话已经在门口等了很长时间。大概是半夜，一辆白色的救护车停在了医院门口。

舅舅哭着喊妹妹。看着那个心酸的场景，母亲也跟着哇哇地哭得像个孩子。

"先住院，人还活着的。"这是我的建议。医院里没有了病床，也没有了呼吸机。"这么严重的病人，我们医院不敢收。"一个瘦弱的值班医生站在门口，拦住了所有人的去路。"医院本来就是治病救人的。""真的收不了，进去就是等死，送去县人民医院吧，我们派医生护送。"这倒像句人话。

半夜过了。我给县人民医院打电话，那边说 ICU 病房没了床位。只有 ICU 病房才可以接收这么严重的病人，"归根结底省里解决不了的问题，县里是没办法解决的。"说这话的是张少兰的大儿子。这也是事实，这都是省人民医院放弃的病人，再回来难道会出现奇迹？舅舅不愿意放弃，拉着我的手，求我找找县人民医院的熟人，先让张少兰住进去。我没有理由拒绝，那时我调到卫生局担任医疗股股长，全县各医院医疗都是我分管，可县里的几家医院的院长不会把我这个职务当回事。医院的意思说，住进去也可以，得去急诊科借一台呼吸机，加一张病床，呼吸机搬动不是件容易的事情，得院长亲自发话才可以。我给院长连打了一串电话，都没有人接听。外面的风雪越来越大了，救护车就等在医院门口。车上的护士说，氧气也快用完了，如果再不能入院，恐怕病人熬不到天亮。

我突然想起了一个新来的副院长，一个年轻的研究生，我认识他还不到三天。试着给他打了一个电话，电话接通了。我把病人的情况向他汇报后，很快张少兰就住进了医院的 ICU 病房。

"肾的问题现在不会致命，机器透析可以替代。主要是并发症，引起了其他器官的问题。现在主要是治其他器官，如果能够治好，病人不会有生命危险。"

费用不少，一天得花几千块钱，舅舅给张白轩打电话，张白轩带着那个如花的女老师赶了过来。一次性帮张少兰交了十万元，也就是这十万元救了张少兰的命。张少兰没有死，逢人就夸赞张白轩，说这孩子是她的福星。

女老师给张白轩生了个女孩。"女孩也是宝。"张白轩很高兴，"长大和妈妈一样漂亮。"

张白轩和女老师结婚到现在，感情一直很好。一般有了孩子，两口子的感情就要减少一些，而分散给了孩子。但这两人有了孩子，两个人的感情倒似乎更深了。仔细一品味，人生是多么美妙，又是多么神秘。当他们共同疼爱孩子的时候，相互看一眼对方，心间就会淌过那永不枯竭的感情热流。

他现在想着的不是把养女送出去，而是想着法子帮她找家。

电视台有一档寻亲的节目。张白轩和女老师商量，要不要参加这个节目帮这孩子寻亲。"如果找到了，真的让她回去吗？"女老师问。"让她自己决定吧，回去了也还是咱们的女儿。"

遗憾的是没有找着。后来，就再也没有谁提起这个话题。

张白轩把这些年来的积蓄捐赠出来，在村里重新盖了一所学校。校名叫：明德希望小学。

后来，女老师的肚子又大了起来。这回肚子和以往大得不一样，去省城医院连做了两个检查，医生都说肚子里的孩子正常。

那天早上起床，张白轩告诫女老师说："从今天开始你哪儿也别去了，学校里我帮你请好了代课老师。你就待在家里好好养胎，让孩子快快长大。"有些时候，他还会去镇里请个医生上门，害怕女老师肚子里的孩子出啥问题。

婚后半年多的时间里张白轩都打不起精神，可每天晚上他都得起床给女老师端茶送水。

大约是黄昏时分，女老师的肚子疼得厉害。张白轩早把车买回来了，只等着她再生的一天。送到医院没有半小时，孩子就生下来了，双胞胎，顺产，还都是男孩。张白轩高兴得乐弯了腰。

四个孩子都是在明德希望小学上学的。女老师当上了校长，村外又调来了几名老师，都是大学本科毕业的。师资条件并不比城里差，很多在县城借读的孩子也都回来了。在村里读书不用租房，节约了成本，孩子就学也更加便利。

学校建成后的第二年，村支部书记退休，力挺张白轩接任村支部书记。张白轩开始是拒绝的，他担心自己的能力有限，不能完成村民们的期望。"上面有号召，村支部书记要推荐能人来干。""我不是什么能人啊。"张白轩还是拒绝。

后来只好由村里提名，村民投票来决定。张白轩以满票当选，再拒绝他就不好意思了。

上任后，他想着第一件要干的事情就是修路，把路修到每个屋场，他粗略地算了一下，仅这笔开支就要好几百万。"再难也要干。"有了这种干的精神，不愁解决不了问题。他一方面向上争取资金，另一方面争得村民的支持，投工投劳，缺少的部分就由自己垫付。一年的时间，全村的路修通了一半。

第二年，还是继续修路。他自己垫资建了一栋卫生所，取名：明德爱心卫生所。

我一开始还担心，张白轩会不会是新官上任三把火，几把火烧光也就得了。可是他并没有这样，而是一件接着一件干。他的柑橘产业也变成了集体产业，变成了村民致富的门路。这点是谁都没有想到的。

张白轩心里明白，乡村振兴所带来的变化，不是他一个人的收获。是国家给他前途，给了他从未想过的幸福生活。只有让大家都幸福起来了，才算是真正过上了幸福的生活。

没多久，水碧源村到处长满了柑橘。张白轩把这个产业嫁接到了水碧源村，并且成立了柑橘合作社。他说，水碧源是他的家乡，帮助家乡发展他将不遗余力。

他甚至对这里的山山水水产生了一种怜爱的情感，他甚至想到了他的祖辈——埋在土地里的外公。

在一个秋天，张白轩收到了养女的录取通知书。哈尔滨工业大学机电专业。张白轩不停地抽着烟，一晃就快二十年，好久没有抱孩子了。

"孩子，你在城里要好好念书，甭跟着旁人疯疯癫癫乱跑。"说完，他又想起点什么，看着那个影子慢慢地消失。她一个人单枪匹马去了远方，"这不是你希望见到的吗？一个大男人哭啥呢。"

尾声

暖洋洋的太阳照耀着锯板桥的大地，乡村已经处处绿意朦胧，山野的各种花朵都在不知不觉中竞相绽放。人们纷纷走到户外，尽情享受着阳光和暖风。

那些时髦的姑娘脱去了外衣，穿着单薄的、色彩斑斓的衣裳，在阳光下特别地抢眼。

其间，外婆回过一趟锯板桥，在我的几个姨家轮着小住了半年，她开始和张白轩商量好，就在锯板桥住下来，再也不回去了。可是没过些日子，她就后悔了，说她得回去。她的想法是可以理解的，每个人的生活都必须得有个归处。小女儿对她再好，她也总觉得自己是个客人。

"妈，来我家住些日子吧！"我母亲去接外婆时，她却不愿意了。

可惜的是，舅舅的命不长，只活了五十九岁就走了，恰巧是我外婆回去的第二年。他患了一个谁也救不活的病——肝癌。

听到这个消息，一向镇定的外婆开始慌乱，她不相信。不过，她摸了摸旁边的椅子，开始相信了，这个椅子一直空着。舅舅每次回来，都会在椅子上坐一会儿，她有意无意间会摸到他的手，那是一双粗糙的手，指头和外公的长得一模一样。

"儿啊，你去哪儿了啊，你要记得回来看娘啊！"

舅舅去世后被埋葬在柑橘林中，守望着一片无际的树林。张白轩每天都要去柑橘林走走。天黑以后，张白轩还没有回家。他一个人呆坐在柑橘林边上，望着满天的星星，听着小河潺潺的流水声，陷入了一种说不清楚的思绪之中。这思绪是散乱而漂浮的，又是幽深而莫测的。他突然感觉到，周围被一种东西包围着。这一天，他忘了吃饭，想着舅舅最后和他分手时的情景热泪盈眶。

"跪着，拜拜爷爷。"两个孩子都很调皮，嘻嘻哈哈地在林子里捉迷藏。母亲知道，舅舅因为文化程度低，从小又压上生活的重担，只能为了生活问题而没日没夜地操劳，为了几个钱受尽了折磨。其实，在他的灵魂深处没有看低自己。现在通过一段血火般的洗礼，酿造出了生活的蜜糖，他就急匆匆地走了，想到这，她的眼圈就发热。

我的外婆越来越老了，她的手变成了松树，老得皱在一起。外婆一个人躲在屋子里，嘴里不停地说着那些往事，有些事我母亲和我说过，还有很多不知道说的是什么，说着说着就呜呜地哭了起来。

一个女人失去了丈夫和儿子，大概也就没有值得她留恋的东西了。她的一生是不是就算是完成了呢？我这样想着。

我去见外婆的时候，她的耳朵也听不见了，她拉着我的手，大概知道我是谁，在我的手背上有道刀疤，每次她都会在手背上轻抚着。"海儿，你来了。"从外婆的嘴里喊出了我的名字。我这才明白，在外婆的心里还有我。我的那道刀疤一直印记在她的脑海中，那也是我留在她心中的样子。

这人间对于外婆来说真的太苦了。她就是来这个世界上受苦的，她一个人静思，谁也不知道她在想什么。

在她的心里，也许只有一段时光，那是她年轻的时候，她还是个水灵灵的姑娘，扎着马尾辫，穿着一身短小的裙子，在山野间蹦跳着。她和外公的结合算不算是个传奇呢？她选择和自己心爱的人在一起，爱情是那么纯粹。

生活的沉重感有时会冲淡人对感情的渴望，人总是处在幸福和不幸的情感交织中。现在又被生活中的不幸和苦难所湮没。在这短短的时间里，她再次品尝到了生活的辛酸。也许命运就注定让她不断在泪水和咸水中浸泡。

她的眼睛陷得更深了，深得像一口见不着底的井。幽幽地黑。

她的眼睛注视着远方，像是看见了锯板桥的青山绿水，看见了阳光，看见了高楼，看见了年轻的外公，眼里忍不住涌满了泪水。

每次想起外公的时候，她的眼泪就会不顾一切地往外流。都过去多少年了，日子仿佛还停在昨天。

"借不到钱，家里畜生都买不起。"外公皱着眉头说。

外婆的脑海中恍惚了一下。她感觉外公还在，那个声音还在。

"推着奶奶去晒太阳。"张白轩和女老师说。

"奶奶，你在想什么呢？"

外婆摇着手说："那都是过去的事了。"

张白轩的大女儿上初中了，两个小儿子在后面追赶着，过不了一年就都要上学了。张白轩看着两个半大的儿子，他的心头冒出一个主意，把城里还没装修的房子卖掉，回水碧源在原来的宅基地上盖几间房子。有空的时候，带着媳妇和孩子们回去住些日子，那该是一件多么幸福的事情。

女老师会同意吗？这么些年，都是张白轩说了算，这回他想听听她的意见。

可他还没开口，她就把话给堵了回来。"你干什么，我都支持。"张白轩的鼻子很快就酸了。很多时候，他都像是活在梦中，可他死命掐着自己的手指时，疼痛让他不得不相信这是梦一样的现实。

每个时代的人都有各不相同的命运。今天的中国大地，农村发生了翻天覆地的变化，这些变化外公是没法看见的，外婆也没有看见。但她的内心能够触摸得到，这将是他们曾经盼望的生活。

又是春天了，锯板桥到处是一片诗情画意，到处是一片欢乐祥和。

春天带来了无限的美好和希望，带来了勃勃的生机和活力。多美啊，春风吹来，那清新的花香气息，沁人心脾。无论是谁都会深深吸上一口，像痛饮甘露一样。温暖吹过了青翠的山野，蓝天上，是太阳永恒的微笑。

外婆叹了口气说："那个时代真的过去了。"说着，说着，便呜呜地哭了起来。

2010 年 9 月开始构思

2012 年 12 月开始创作

2022 年 4 月 12 日完稿